천살擅殺의 시대

실천문학 소설

천살의 시대

2023년 10월 10일 1판 1쇄 찍음
2023년 10월 10일 1판 1쇄 펴냄

지은이   김현종
펴낸이·편집장   윤한룡
디자인   윤려하
관리·영업   이소연
홍보   고 우

펴낸곳   (주)실천문학
등록   10-1221호(1995.10.26)
주소   남양주시 퇴계원읍 퇴계원로 52 405호
전화   02-322-2161~3
팩스   02-322-2166
홈페이지   www.silcheon.com

ⓒ 김현종, 2023

ISBN 978-89-392-3135-1 03810

후원 : (재)대전문화재단
이 도서는 대전광역시, (재)대전문화재단에서 사업비 일부를 지원받았습니다.

천살의 시대

김현종

장편소설

실천문학사

목 차

1부

—

연좌의 시대

길이 없는 길

1972년 10월 27일. 비상계엄이 선포되고 유신헌법이 발의되었다. 유신헌법에 따르면, 대통령은 직선제가 아닌 간선제로 선출하고, 임기 6년에 횟수 제한 없이 연임할 수 있으며, 국회의원 1/3의 임명권과 긴급조치권을 갖는다고 되어 있다.

다음 달 11월 21일. 개정안 찬성 여부를 묻는 국민투표 결과, 투표율 91.9%에 찬성률 91.5%로 유신헌법이 통과되었다. 대학교는 휴교령이 해제되어 다시 문을 열었으나 대숲에 이는 바람처럼 캠퍼스는 스산하고 을씨년스러웠다. 12월에는 개정된 헌법에 따라 통일주체국민회의 대의원이 선출할 대통령 선거가 예정되어 있었다. 국정의 최고 책임자를 뽑는 선거인데 나라의 주인인 국민의 투표권은 사라지고 없었다.

국문학과 과사무실 게시판에 학기말고사는 예정대로 진행된다는 공고가 떴고, 그 밑에 김남규라는 이름이 적힌 메모지가 한 장 붙어 있었다. ROTC 학군단에서 찾는다는 내용이었다. 남규는 학군단에 학군사관 후보생 입단 지원서를 냈기에 무슨 전달 사항이 있으려니 했다.

시간에 맞추어 학군단에 도착했다. 모인 사람은 열 명 남짓. 아는 얼굴도 있었다. 사학과 함보림과 철학과 장종태. 보림은 고등학교 동창이라 전부터 아는 사이였고, 종태는 테니스 클럽 회원으로 함께 복식 시합에 나간 적도 있었다. 셋은 문과대 동기생이라 서로 잘 알고 지내는 사이였다. 이들도 ROTC에 지원한 모양이었다. 지원자가 많았을 텐데 몇 명만 따로 불렀다는 사실에 모두는 서로를 힐끔거리며 생뚱맞은 동지적 유대감을 떠올려보기도 했다. 수많은 지원자 중에서 몇 명만 따로 불렀다면 이들에게 어떤 변별적 기표(記標)가 있을 텐데 외견상으로 공통점은 찾을 수 없었다. 도대체 어떤 기준이 이들을 한자리에 모이게 한 걸까? 누구도 그 답을 알지 못했다.

궁금증을 풀어줄 사람이 나타나기를 기다리며 학생들은 현관 복도를 따라 길게 놓인 나무 의자에 앉아 창밖의 잎 진 플라타너스를 바라보거나, 복도 벽에 과장되게 그려 붙인 '때려잡자 김일성' 포스터를 건성 넘겨보고 있었다.

이윽고 사병 하나가 나타나 일행을 이층 강의실로 안내했다. 모두는 성가대 의자처럼 생긴 긴 장의자에 주린 새 떼처럼 오글거리며 자리를 잡았다. 소령 계급장을 단 장교가 들어왔다. 시선이 그에게 집중되었다. 표정을 규정할 수 없는 묘한 얼굴이었다. 그가 쇳소리를 내며 끌어온 철제 의자에 앉아 말했다.

"우리 ROTC에 지원서를 낸 여러분, 환영합니다. 우리 학군단은 우수한 대학생 자원을 엄선해 학업과 병행한 군사훈련을 실시하고, 졸업과 동시에 현역 장교로 임관할 수 있도록 돕는 군사 엘리트 양성기관입니다. 대한민국 장교가 된다는 것은 정말이지 뜻깊고 자부심 넘치는 일입니다. 그동안 우리 학군단은 학생들이 유능한 군 간부로 성장할 수 있도록 교육해 왔으며, 신성한 국방 의무와 국가의 발전, 국민의 안녕을 위해 헌신해왔다고 자부합니다. 그런 점에서 여러분의 ROTC 지원은 대단히 뜻깊고 가치 있는 결정이라고 생각합니다."

소령이 국민교육헌장이라도 낭독하듯 심각하고도 장중하게 말머리를 잡았다. 학생들이 대체 무슨 소릴 하려고 저렇게 밑자리를 까는지 저의를 의심하는 눈치를 보이자 소령은 곧바로 본론으로 들어갔다.

"그런데, 여러분이 제출한 서류를 신원 조회하여 본 결과 몇 가지 부적격 사유가 발견되었습니다. 물론 이 문제가 앞으로 여러분이 군대 생활하는 데 중대한 하자가 있다는 걸 의미하지는 않으며, 우리의 조국 대한민국의 장교가 되기 위해 치러야 할 극히 사소한 통과 절차 중 하나라는 점을 먼저 말해 두고자 합니다. 개인 정보 보호를 위해 이후의 면담은 1대 1로 진행할 것입니다. 앞줄 맨 오른쪽 학생 하나만 남고 나머지는 밖에서 대기하기 바랍니다. 질문은 개인 면담 과정에서 받겠습니다. 이상입니다. 어이, 기간병! 학생들을 밖으로 인솔하라."

남규는 떠밀리듯 밖으로 나왔다. 쇠망치로 뒤통수를 한 대 얻어맞은 기분이었다. 공연히 학군단에 지원했다는 후회가 들었다.

'이런 낭패가 다 있나? 나를 따로 부른 이유가 신원 조회에 이상이 있어서라니? 내가 뭘 잘못했지? 도대체 내가 무슨 잘못을 저지른 거야?'

신원 조회에 걸릴 만큼 잘못한 일은 떠오르지 않았다. 뻘밭에 빠진 느낌이었다. 무언가 착오가 있을 것이다. 보림과 종태 역시 황당해하기는 마찬가지였다. 셋은 나쁜 짓 하다 들킨 아이처럼 서로의 얼굴을 똑바로 바라보지 못하고 망연자실했다.

'개별 면담을 한다고 하니 곧 이유를 알게 되겠지.'

남규는 어색한 분위기를 눙치기 위해 보림의 어깨를 과장되게 치며 물었다.

"너 혹시 무슨 나쁜 짓 하다 걸린 적 있냐?"

"없지. 그런 너는?"

"나도 없지."

"대체 무슨 일인가 싶다. 우리가 왜 신원 부적격자라는 거야?"

"낸들 알아? 야간 통행금지 위반도 부적격 사유가 되냐?"

"그런 걸로 치면 안 걸릴 사람이 누가 있겠냐?"

옆에서 듣던 종태가 점퍼 깃을 올리며 말했다.

"징역을 살았거나, 사람을 칼로 찔렀거나, 뭐 그랬다면 모를까 대학생이 나쁜 짓을 하면 얼마나 했다고 이 난리냐?"

"그러게 말이다. 뭔가 착오가 있겠지."

"받아주기 싫으면 그만두라고 해. 국가와 민족을 위해 이 한목숨 바치겠다는데 대한민국 군대가 그걸 마다하네!"

셋은 홧김 반, 빈정거림 반으로 서로를 위로했다.

"잘못한 게 없다면 무슨 문제가 있겠어?"

셋은 그쯤에서 입을 다물었다. 잠시 후면 이유를 알게 될 테니 기다려보기로 했다. 남규가 먼저 호명되었다. 매도 먼저 맞는 게 낫다는 말이 틀린 말은 아니라 생각하며 자리에서 일어섰다.

소령과 마주앉았다. 소령은 아까와는 달리 하대하며 말했다.

"국문과 김남규. 어디 보자. 신원 조회 결과가 부적격으로 나왔는데, 어떻게 된 거야? 무슨 사고라도 친 거야?"

"그런 적 없습니다."

"데모하다 붙잡힌 적은?"

"그것도요."

"그럼 왜 부적격이야?"

"그걸 왜 저한테 묻는 거죠?"

남규의 도발적 반응에 소령의 눈썹이 치켜 올라갔다. 그가 남규를 오래 바라보다가 말했다.

"자네는 이 나라의 장교가 될 수 없어."

"무슨 이유죠?"

"그렇게 회신이 왔어. 신원 조회 부적격이라구."

"이유가 뭐냐니까요?"

"이유? 이유는 안 적혀 있구만."

"이유도 안 알려주고 너는 안 되니까 저리 꺼져라. 뭐 이런 겁니까?"

"그래서 묻는 거 아냐? 무슨 일이 있었냐구?"

"그거야 안 된다고 하는 쪽에다 물어야지 왜 저한테 묻는 거죠?"

"말이 대단히 공격적이군 그래? 아무튼 좋아. 그런데 이걸 어쩌지? 이번에 내려온 공문에는 부적격 여부만 적혀 있어서 현재로선 그 이유를 알 수 없다네."

"이유도 안 알려주고 무조건 안 된다고 하는 건 온당치 않습니다."

"그럴 만한 사정이 있겠지. 우리 군의 정보망은 자네가 생각하는 것보다 훨씬 정확하고 틀림이 없다네."

"저는 부적격자가 될 만한 어떤 일도 저지른 적이 없습니다."

"좋아. 정 그렇다면 한번 알아보지. 알아봐 줄까?"

소령이 서류를 둥글게 말아 탁탁 치며 물었다. 남규는 굵고 짧게 말했다.

"그렇게 해주십시오."

남규가 일어섰다. 소령의 옷깃에 붙은 계급장이 형광등 불빛에 반짝거렸다.

"알았네. 다음 주 이 시간에 다시 오게."

"알았습니다."

"그럼 또 봄세. 잘 가게나."

소령에게서 너 정도 지푸라기는 아무래도 상관없다는 표정이 읽혀졌다. 덩치 큰 씨름선수에게 멱살을 잡혀 모래판 밖으로 내동댕이쳐진 기분이었다. 문을 닫고 나가려는데 소령이 등 뒤에서 물었다.

"자네 혹시 가족 중에 월북한 사람은 없었나? 부역을 했다거나?"

순간, 남규의 머릿속이 하얗게 바래졌다.

'그랬구나. 그거였구나!'

ROTC에 지원한다고 했을 때 어머니가 했던 말이 떠올랐다. ROTC가 뭔지 꼬치꼬치 캐묻더니 어머니가 이렇게 말했다.

"니 아버지와 형제들 때문에 문제가 되지 않을까 싶다."

어머니의 기우가 현실로 나타나고 있었다.

남규가 돌아서서 소령에게 물었다.

"월북은 알겠는데 부역이 뭐죠?"

"부역? 국가에 반역되는 일을 하거나 도와주는 행위. 쉽게 말해 빨갱이거나 빨갱이 앞잡이 노릇을 했냐는 거지. 가족 중에 그런 사람 있었나?"

소령은 빨갱이라는 단어를 발음할 때 그 색감을 어떻게 하면 더욱 선명히 부각할 수 있을까를 오래 고민한 사람처럼 목에 굵은 핏대를 세웠다.

"잘 모르겠습니다."

"알았네. 다음 주에 보세나."

남규는 '빨갱이는 뭐죠?'라고 이어 물으려다 말았다. 그 답은 이미 알고 있었다.

남규는 학군단 건물을 빠져나와 건물 뒤쪽 시멘트 벤치로 가서 보림과 종태가 나오기를 기다렸다. 손이 뜨거웠다. 담뱃불이 손가락을 지지고 있었다.

보림이 먼저 나왔다.

"너는 왜 불렀다냐?"

"신원 부적격자라서 입단이 안 된단다."

"나랑 똑같네. 왜 부적격이라더냐?"

"되레 내게 묻던 걸?"

"웃기는 짬뽕 새끼. 네 죄는 네가 알렸다? 바른 대로 이실직고 하면 목숨만은 살려 주겠다? 뭐 이런 식이었지?"

"그러게 말이다."

"다른 말은 없었어?"

"빨갱이 어쩌고 하던데?"

"네게도 그걸 물었어?"

"월북했거나 부역한 사람 없었냐고 물었어. 가족 중에."

"나랑 똑같네. 그래서 뭐랬어?"

"모른다고 했지."

"그랬더니?"

"자세한 걸 알고 싶으면 다음 주에 다시 오라더라."

종태가 나오는 게 보였다. 그를 손짓해 불렀으나 일부러 못 본

척한다는 느낌이 들었다. 큰 소리로 다시 불렀다. 그제야 종태가 돌아보고 다가왔다. 얼굴이 형용할 수 없는 분노로 불타고 있었다. 황소라도 한 마리 때려죽이고 나오는 기세였다.

"소령이 뭐라더냐?"

언제 붙였는지 종태는 필터까지 타든 꽁초를 튕겨내고 새 담배를 꺼내 물었다. 담배가 다 타도록 입을 닫고 있다가 짧게 말했다.

"소령이 그러더라. 우리 부모는 빨치산이었다고."

"빨치산?"

"그래. 빨치산. 무장공비 빨치산."

"정말이냐? 네 부모님이 빨치산이었다는 게?"

"그 정반대지. 우리 부모님은 빨치산이 아니라 오히려 빨치산에게 끌려가 죽은 피해자였어."

"자세히 좀 말해봐라."

"자세한 건 나도 모른다."

"소령이 뭐라고 했을 거 아냐?"

"소령도 잘 모르는 것 같더라. 우리 부모님의 사망 사유가 '지리산에서 공비로 활동 중 사망'으로 나와 있다고 했어. 자세한 걸 알고 싶으면 다음 주에 다시 오라더라."

"지리산에서 돌아가셨다고? 네 부모님이?"

"그래. 우리 부모님 고향이 지리산이지. 내가 태어난 곳이기도 하고."

남규는 공비니, 빨치산이니 하는 말이 실감나지 않았으나 셋의 공통점이 '빨갱이와 부역'이라는 단어에 귀결되고 있음을 직감했다.

남규가 말했다.

"아무래도 문제는 우리 개인에게 있는 게 아니라, 가족사와 관련이 있는 것 같다."

종태는 남규가 내린 결론에 목이 잠겨 중얼거렸다.

"오늘 불려온 학생들 모두 가족이 빨갱이 노릇을 했다는 얘기였구만."

남규가 보림에게 물었다.

"보림아? 넌 네 가족 중 누가 부역했다는 소릴 들은 적 있냐?"

"큰아버지가 한강 다리 끊어지는 바람에 피난하지 못했다는 얘기는 들은 적 있다."

"그건 부역한 게 아니라 피난을 못 내려온 거잖아?"

"그 외엔 아는 바가 없다. 피난 못 내려온 것도 부역에 해당하냐? 그러는 너는?"

"나도 자세히는 몰라."

셋은 시멘트 벤치에서 올라오는 한기를 털어내며 일어섰다.

"여기서 이럴 게 아니라 가면서 얘기하자."

큰길로 향했다. 아무도 먼저 말을 꺼내지 않았다. 침묵이 길어지자 보림이 너스레를 떨며 말했다.

"이참에 신원 조회의 타당성에 대한 논문이나 한 편 써 볼까?"

남규가 술이나 한잔하면서 더 얘기하자고 했으나 종태가 발을 뺐다. 셋은 학군단 연병장이 끝나는 길모퉁이에서 헤어졌다.

한 주가 빠르게 지나갔다. 남규는 학군단으로 소령을 만나러 갔다. 어제부터 내리기 시작한 눈이 세상을 하얗게 덮더니 지금은 어디가 인도이고 어디가 차도인지 모르게 경계가 허물어져 있었다. 셋이 함께 만나기로 했으나 보림은 보이지 않았고, 종태가 학군단 현관 앞에 나와 서서 하염없이 내리는 눈을 바라보고 있었다. 둘은 학군단 건물 안으로 들어가 썰렁한 복도 의자에 앉아서 소령을 기다렸다.

남규가 종태에게 물었다.

"좀 알아봤어? 네가 신원 부적격자가 된 사연을?"

"너, 대살(代殺)이라는 말 들어봤냐?"

"대살? 당사자가 없으면 다른 사람을 대신 죽인다는 뜻 아닐까?"

"그래. 바로 그런 뜻이지."

"누가 죽기라도 했냐? 뜬금없이 그런 얘긴 왜?"

종태가 말을 할까 말까 망설이다가 말을 이었다.

"너는 나랑 처지가 비슷하니까 우리 부모님이 어떻게 돌아가셨는지 얘기해주지."

"말하기 힘든 얘기겠구나?"

"지난주에 너랑 헤어지고 나서 곧바로 지리산에 갔었다."

"거기가 네 고향이라고 했었지?"

종태가 큰 숨을 들이쉬고 나서 말했다.

"그래. 내 고향이야. 또 우리 부모님이 살다 돌아가신 곳이기도 하고. 아직도 고향에 사는 분이 몇 계시길래 만나고 왔지."

남규는 종태의 부모님이 돌아가신 사연을 듣자니 양손이 저절로 초헌 잔 올리듯 모아졌다. 종태가 허허롭게 거푸 숨을 고르고 나서 이야기를 시작했다. 그가 들려준 얘기는 다음과 같았다.

그의 부모가 살던 곳은 지리산 피아골. 정확히는 전라남도 구례군 토지면 내동리. 내동리는 피아골 골짜기 위 노고단과 노루목을 잇는 삼거리와, 연곡사를 지나 구례와 화개가 만나는 외곡 삼거리의 중간 지점에 자리잡고 있었다. 봄이면 노란 산수유가 만발하고, 물에 떠 흐르는 매화 꽃잎이 바위나 돌멩이 위에 눈꽃처럼 덮이는 탈속의 무릉도원, 하늘 아래 첫 동네라고 했다. 부모님은 화전을 일궈 곡식을 심고, 산을 뒤져 약초를 캐거나 고로쇠, 토종꿀, 송이버섯을 채취하며 살아왔다. 이웃에 민가가 서너 집 있었으나 사람보다 산짐승을 더 많이 만나는 산중의 자연인이었다.

이 화전민 마을에 재앙이 닥친 건 여수·순천 사건이 일어난 1948년, 반란에 가담했던 군인이 지리산으로 숨어들어오면서부터였다. 흔히 구빨치라 불리는 남로당 계열 군인이 지리산에 은신처를 마련하고 인근 경찰서나 관공서를 습격하거나, 좌익 청년을 끌어모아 게릴라 훈련을 시키고 공산주의 이념을 가르치기도 했었다.

처음에는 반란군 숫자가 많지 않고 세력이 미미해 주목받지 못했는데, 6·25가 발발하고 전선이 남하하면서 정규군 버금가는 무장 세력으로 성장했었다. 이후 9·28 수복으로 전세가 역전되고 월북하지 못한 북한 정규군이 대거 입산하자 지리산은 빨치산 해방구로 변해버렸고, 전쟁이 소강상태에 접어들면서 또 다른 후방 접전지역이 되고 말았다. 이때가 피아골 화전민 마을에 비극이 발생한 시기였다.

남한 정부는 전방부대를 빼내 지리산에 대규모 토벌군을 투입했다. 그러나 지리산은 산이 깊고 험준하여 많은 병력을 투입해도 빨치산을 찾기 어려웠고, 매복 기습을 우려해 산속 깊숙이 추격해 들어가지 못하면서 소강상태가 계속되고 있었다. 사정이 이렇다보니 죽어나는 것은 화전민 마을 주민이었다. 낮에는 토벌군이 올라와 빨치산 숨은 곳을 대라며 위협했고, 밤이면 빨치산이 내려와 식량을 내놓으라며 닦달했다. 빨치산이 처음엔 붉은 군대가 조국을 통일하면 열 배로 갚아주겠다며 식량을 얻어갔지만, 식량이 동나면서 강탈도 서슴지 않았다. 반대로 토벌군은 화전민 초막에 불을 지르고 산에서 내려가라고 윽박질렀다. 그야말로 낮에는 토벌군, 밤에는 빨치산 세상이 되었다. 그러는 동안 마을사람 중에는 빨치산에 동조해 입산한 사람도 있었고, 반대로 토벌군을 도와 빨치산을 습격하는 일에 앞장서는 이도 있었다.

종태의 아버지가 혼란에 휩쓸리게 된 건 빨치산이 보급품을 실어 나를 짐꾼으로 그를 데려가면서부터였다. 그런데 문제는 종태 아버지가 빨치산에게 끌려간 이후 생사를 모르는 상황이 되어버린 것이다. 그러자 남은 가족에게 핍박이 닥쳤다. 어머니가 나서서 아버지는 강제로 빨치산에게 끌려간 것이라고 주장해도 토벌군은 믿지 않았다. 하루가 멀다고 찾아와서 남편 간 곳을 대라며 몰아세웠고, 어머니는 끌려가서 안 내려오는 걸 내가 어떻게 하냐며 항변했다.

호락호락 물러날 토벌군이 아니었다. 당장 남편을 데려오지 않으면 대신 죽을 줄 알라고 엄포를 놓으며, 가족을 데리고 즉각 산에서 내려가라고 명령했다. 그러나 어머니는 남편이 자진해서 간 게 아니라 강제로 끌려갔으며, 지아비가 언제 돌아올지도 모르는데 저 혼자 살겠다고 내뺄 수는 없다며 맞섰다. 또 무턱대고 산에서 내려가면 자식새끼들하고 무얼 해서 먹고사냐며 손사래 쳤다.

이런 설왕설래가 있을 즈음, 마을과 멀지 않은 곳에 주둔해 있던 한 토벌군 부대가 빨치산의 습격을 받아 전멸하는 사태가 발생했다. 그러자 눈이 뒤집힌 토벌군이 종태네 집으로 들이닥쳐 네 남편 같은 빨치산 때문에 이렇게 되었다며 어머니를 사살해 버렸다. 소위 말하는 '대살(代殺)'이었다.

이 일이 있은 후 종태네 집안은 한순간에 풍비박산 나고, 어린 자식들은 산 아래 친척 손에 맡겨졌으며, 집은 불태워 없어지고 말았다. 이렇게 하여 종태는 하루아침에 고아가 되었고, 나중 서울에 사는 먼 친척에게 보내져서 오늘에 이르게 되었다.

종태의 얘기는 여기서 끝났다. 이것이 그가 들려준 자기 집안의 비극사였다. 종태는 말을 마치고 나서도 한동안 자신의 발끝으로 시선을 향한 채 말없이 내려보기만 하다가 말을 이었다.

"그런데 문제는 말이다, 이렇게 우리 아버지는 인민군 빨치산에게 끌려가 잘못되었고, 어머니는 아군인 토벌군에게 죽임을 당했다는 사실. 다시 말하자면, 우리 부모님은 빨치산과 토벌군 양쪽으로부터 죽임을 당한 거였다. 그런데 이게 끝이 아니야. 너도 알다시피 이 나라는 어머니를 죽인 것도 모자라 자식에게까지 연좌의 책임을 물어 나를 신원 부적격자로 낙인찍고 있으니 어떻게 이런 일이 있을 수 있는 거지?"

종태의 목소리가 점점 커졌다. 복도에는 듣는 귀가 많아 더 있다간 큰일 나겠다 싶어 종태를 데리고 밖으로 나왔다. 건물 뒤편의 시멘트 벤치로 향했다. 벤치는 뽀얀 눈을 두껍게 뒤집어쓰고 있었다. 종태가 쌓인 눈을 발로 밀어내자 덧난 상처를 건드린 것처럼 거친 표면이 드러났다가 내리는 눈에 다시 덮였다.

사병 하나가 둘을 찾으러 나왔다. 소령이 온 모양이다. 남규가 같이 가자고 손을 잡아끌었으나 종태가 단호하게 말했다.

"나는 안 갈란다. 가봤자 뻔하다. 달라지는 건 아무것도 없다."

종태가 남규의 시선을 뒤로 한 채 돌아섰다. 남규는 쏟아지는 눈발 속으로 멀어져 가는 종태를 우두커니 바라보는 수밖에 없었다. 눈이 바람도 없이 부서져 흩어졌다.

사병을 따라 이층 사무실로 들어가자 소령은 남규가 제출했던 지원서를 돌려주며 신원 부적격 사유를 말해주었다. 어머니가 한 말이 맞았다. 소령의 뒤쪽 창문 너머로 폭설이 눅눅하게 내려앉고 있었다.

사무실을 나오는 즉시 남규는 소령이 돌려준 지원서를 휴지통에 집어던졌다. 소령이 했던 마지막 말이 되살아나면서 귓전에 맴돌았다. 머릿속이 어지러웠다. 계단을 내려오다 층계참에 얼어붙은 눈덩이를 잘못 밟아 나동그라졌다. 계단을 구르며 발목을 접질리고 말았다. 난간을 붙잡고 내려왔어야 했는데 방심했다.

다리를 절며 현관으로 나왔다. 사병 두엇이 들이치는 눈발을 빗자루로 쓸어 현관 밖으로 밀어내고 있었다. 그들이 몸을 비켜 길을 열어주었다. 현관 밖에도 몇몇 병사가 큰길로 향하는 진입로의 눈을 치우고 있었다. 종태가 걸어간 흔적이 말끔히 지워져 있었다. 남규는 그 길을 버리고 연병장을 대각선으로 가로질러 숫눈길을 헤쳐 걸었다. 연병장 끝에 가면 큰길과 만날 수 있으리라 생각했다.

연병장에는 정상적인 걸음걸이로 전진할 수 없을 만큼 많은 눈이 수북하게 쌓여 있었다. 정강이까지 차오른 눈밭을 헤치며 연병장 끝까지 걸어갔다. 경계가 흐려져 어디가 연병장의 끝인지 분간할 수 없었다. 막상 도착해 보니 멀리서는 보이지 않던 철제 펜스가 눈을 얹고 가로놓여 있었다. 펜스를 통과하지 않으면 온 길을 되돌아가야 한다. 펜스는 빈틈없이 견고하고 꼼꼼하게 닫혀 있었다. 되돌아갈까 망설이다가 펜스를 타넘기로 했다. 높이가 부담스러웠다. 앞뒤로 흔들자 유격이 느껴졌다. 올라탔다가는 줄줄이 넘어갈 것 같았다. 가로막힌 펜스 앞에 서 있자니 길의 끝에 와 있는 느낌이었다.

돌아갈까를 망설였다. 눈 치우는 병사들이 빤히 바라보는 앞에서 빙충맞게 되돌아갈 수는 없는 노릇이었다. 다행히 그들이 남규에게로 향했던 시선을 거두고 다시 제설작업에 열중하기 시작했다. 남규는 젖은 눈을 털어내고 양손으로 펜스 기둥을 단단히 붙잡은 뒤 맨 윗단에 다리를 걸어 뛰어올랐다. 접질린 발목 탓인지 냉큼 올라채지 못했다. 여러 번 시도했으나 발목은 연신 허방을 짚었고, 짓이겨진 눈덩이가 신발과 바짓단 속으로 밀려 들어 왔다. 눈 알갱이가 신발 속에서 한데 뭉쳐져 발이 겉돌았다.

마지막 혼신의 힘을 다해 발을 쭉 뻗어 펜스를 낚아챘다. 성공이다. 무릎의 오금이 펜스 상단에 걸렸다. 이제 펜스 바깥으로 몸을 넘기기만 하면 된다. 허리를 들어올려 무게중심을 펜스 밖으로 옮겼다. 그러나 무게중심이 한쪽으로 쏠리면서 몸무게를 이기지 못한 펜스가 도미노처럼 줄줄이 쓰러지기 시작했다. 남규는 얼굴로 쏟아지는 철조망을 피해 양팔을 쭉 뻗어 안경은 막았으나 발목을 방어하는 데는 실패했다.

발목이 펜스에 깔리면서 눈밭에 나동그라졌다. 눈에 파묻혀 하늘을 올려다보았다. 굵은 눈송이가 때죽나무 꽃잎처럼 한들한 들 날아와 콧등에 내려앉았다. 멀리서 제설 작업하던 병사들이 빗자루를 외로 꼬아 짚고 서서 딱한 웃음을 지어 보였다.

소령이 이렇게 말했었다.

"학생, 내 말 잘 듣게. 자네에게는 아무런 결격사유가 없었다 네. 자네 아버지와 형제들이 문제였어. 자네의 부친 김수산 씨, 학교 선생이었더군? 일제 때 사범학교를 나온 수재였구만. 그런 데 회신 내용을 보니 1950년 10월 15일에 제정 공포된 '공무원 임시등록법 제3조에 의하여 본직을 면함' 이렇게 되어 있었다네. 이 법이 뭔지 아나? 전쟁 통에 흩어졌던 공무원을 다시 불러 모 으기 위해 만든 공무원임시등록법이지. 죽지 않고 살아 있으면 다시 나와 일할 수 있게 등록하라는 거야. 그런데 자네 아버진 등록하지 않았어. 왜 그랬을까? 등록해야 한다는 사실을 몰랐을 까? 아니지. 등록할 수 없었지. 왜냐? 나이 서른에 교감까지 되신 똑똑한 양반인데 그걸 모를 리 없었겠지. 답은 뻔해. 부역을 했 던 거야. 인민군에 부역했으니까 등록할 수 없었던 거지. 인민군 점령 시기에 빨갱이 노릇을 했던 거야. 그래서 등록할 수 없었던 거지. 등록했다간 부역 혐의로 체포될 수밖에 없으니까. 증거는 또 있지. 네 아버지는 보도연맹에 가입해서 활동한 기록도 있어. 결론적으로 말하자면 자네 아버지는 인민군이 쳐들어 내려오자 기회는 이때다 하고 자진하여 부역했다고 볼 수 있는 거지.

다음은 자네의 삼촌인 김수한 씨, 호적등본을 보니 '1951년 2

월 26일 18시 30분, 부산시 동대신동 2가 313번지, 부산형무소 사망, 신고인 부산형무소장' 이렇게 적혀 있더군. 이건 또 무슨 뜻일까? 1951년이면 한참 전쟁 통이었겠네. 그런데 형무소에서 사망이라? 형무소엔 왜 갇히게 되었을까? 뭔가 붙잡힐 만한 일을 했겠지? 어째 좀 총살당했다는 느낌이 나지 않나? 잡범은 아니었을 거야. 정치범이니까 죽였겠지. 네 삼촌도 역시 보도연맹원이라는 기록이 있구만.

끝으로 자네의 고모 김순임 씨, 역시 호적등본에 보면 '1935년 7월 20일생. 충북 보은읍 학림리 출생'으로 되어 있네. 하지만 이걸로 끝이야. 태어나긴 했는데 그 이후의 기록은 어디에도 없어. 죽었는지 살았는지 그걸로 끝이야. 사망 기록이 없으니 결국 행방불명이라는 얘긴데, 올해가 1972년이니까 살아 있다면 만 40세가 조금 안 되겠네? 살아 있다면 벌써 연락이 왔겠지. 하지만 그런 연락은 없었어. 그럼 어디에 살고 있을까? 남한은 아닐 거야. 남한이라면 이미 연락이 닿았을 테니까. 그렇다면 답은 하나. 죽지 않았다면 지금 북한에 살고 있다는 얘기야. 북한.

자네가 왜 신원 부적격자가 된 줄 이제 알겠나? 자네 아버지는 보도연맹에 가입해 활동했고 인민군에 부역한 죄가 있으며, 삼촌도 보도연맹원이자 정치범이었고, 고모 역시 내일이라도 당장 남파 간첩으로 자네 앞에 나타날 수 있다는 거지. 그래서 자네에게 연좌의 죄를 묻지 않을 수 없었던 거야. 다시 말해서 네 집안은 순전히 빨갱이 족속이라는 거지. 그런 집안의 자식에게 대한민국의 장교가 될 기회를 줄 수 있겠어? 나라 망해 먹을 일 있나? 너라면 그렇게 하겠어? 이런 순 빨갱이 새끼 같으니라구."

소령은 빨갱이라는 욕설을 끝으로 종이 한 장을 휙 던져놓고 나가버렸다. 소령이 끝말로 남긴 '빨갱이 새끼'라는 욕이 증폭되어 머릿속을 휘저었다. 종이를 펴보았다. 공무원임시등록법 사본이었다.

공무원임시등록법

[시행 1950.10.15.] [법률 제148호, 1950.10.15. 제정]

제1조, 본법은 단기 4283년 6월 25일 북한괴뢰군의 침구로 인하여 발생한 비상사태 회복 시에 있어서의 공무원 동태의 정확한 파악과 인사 처리의 신속을 기함을 목적으로 한다.

제2조, 북한괴뢰군의 침구로 인하여 원소재지를 철수한 관서(國會, 軍 및 警察官署를 除外한다)의 공무원은 그 근무 관서의 귀환 공고 후 20일 이내에 그 관서에 등록하여야 한다.

제3조, 전조의 규정에 의하여 등록하지 아니한 공무원은 그 근무 관서의 장(官署의 長이 登錄하지 아니한 境遇에는 그 任命權者 또는 任命提請權者)이 이를 휴직 또는 면직시킬 수 있다.

전항의 휴직에 관하여는 국가공무원법 제43조의 규정을 준용한다.

부칙 〈법률 제148호, 1950.10.15.〉

본법은 공포한 날로부터 시행한다.

빨갱이는 이렇게 만들어진다

보림을 다시 만난 건 중앙도서관에서였다. 다리를 다치는 바람에 대출 기한을 넘긴 책을 반납하러 갔었다. 그가 책상에 코를 박고 무언가를 읽고 있었다.

"무슨 공부를 그렇게 열심히 하냐?"

"공부는 무슨? 이거 시험공부 아니다."

보림이 고개를 들더니 남규를 보고 이어 말했다.

"너 마침 잘 왔다. 그러지 않아도 좀 만나려 했었는데."

그가 먼저 가방을 챙겨 일어나며 나가자는 눈짓을 보냈다. 둘은 캔 커피 하나씩을 빼 들고 도서관 앞 벤치로 갔다. 며칠 춥던 날이 풀렸다.

"다쳤냐? 목발을 짚고 다니게?"

"그렇게 됐다."

"많이 다친 것 같은데?"

"발목에 금이 가고 인대가 늘어났단다."

"남의 다리 얘기하듯 한다, 너?"

"다리 다친 사연이 듣고 싶어?"

보림에게 투정할 일은 아니지만, 남규는 다리 다치던 날의 기억이 되살아나 자신도 모르게 날을 세웠다.

"뭐 좋은 일이라고 그런 얘길 듣겠냐? 그건 그렇고, 신원 부적격자 된 소감이 어때?"

소령과의 면담 이후 보림을 만난 것이 처음인데 이미 모든 상황을 알고 있다는 듯 근황을 물어왔다. 가뜩이나 지원도 못 해보고 낙방해 심기가 불편한 사람에게 할 소리는 아니었다. 그러나 보림 역시 자신과 똑같은 처지였기에 빈정거리는 말로 들리지는 않았다.

"소감이랄 것까지는 없고, 다 함께 먹는 자리에서 숟가락 뺏긴 기분이다."

남규가 어깃장 놓느라 꼬아 말했다.

"그랬겠지. 그건 나도 마찬가지다. 소령이 뭐라 그러든?"

남규는 또다시 신경이 곤두서는 걸 절감했다. 여전히 귓전에서 맴도는 소령의 마지막 말.

'빨갱이 새끼들'

그날 소령은 남규네 집안을 이렇게 규정했다. 보림에게 이 얘기를 해야 할까 고민했다. 한다면 스스로 빨갱이라고 고백하는 것이고, 하지 않는다면 사실을 숨기는 게 된다. 빨갱이 집안이라고 동네방네 쌍나팔 불고 나설 이유는 없었지만, 처지가 같은 보림에게 감출 이유도 없었다.

"우리 집안을 빨갱이 새끼들이라고 하더라."

반응이 궁금했다. 그러나 보림은 별스럽지 않은 표정으로 말했다.

"그래도 나보다는 낫네. 나더러는 친가, 외가 할 것 없이 죄다 빨갱이라고 하던데?"

"그래?"

얘기하길 잘했다는 생각이 들었다. 보림 역시 자신과 같은 이유로 신원 조회에 걸린 모양이었다. 그가 마시던 캔을 우그려 쓰레기통에 던지며 말했다.

"부모가 빨갱이면 자식도 빨갱이라는 얘긴데 이거 좀 웃기지 않냐? 전쟁 끝난 지 사반세기나 지난 지금 아직도 빨갱이 타령이나 하고 있으니. 남규야, 한 가지 묻자. 너 진짜 빨갱이냐?"

남규가 지나가던 학생들이 뒤돌아볼 정도로 크게 웃고 나서 물었다.

"도대체 빨갱이가 무슨 뜻인데?"

알면서도 짐짓 물었다.

"빨갱이? 간단하지. 공산주의자야. 자본주의 사회에서 프롤레타리아 혁명을 꿈꾸는 반동 불순분자. 그게 빨갱이야."

"그럼, 내가 공산주의자라는 거냐?"

"소령이 그랬다며? 빨갱이 새끼라고."

답답하고 기가 막혀 억장이 무너졌다.

보림이 남규가 짚고 있던 목발을 빼앗아 어깨에 얹고 병신춤을 추어 보였다.

"이렇게 병신춤이나 추며 살라는 거지 뭐겠어?"

병신 아닌 사람이 병신 흉내 내는 티가 역력했다. 그가 목발을 내려놓으며 말을 이었다.

"생각해봤는데, 내가 이 나라 군대의 장교가 되는데 아무런 결격사유가 없는데도 부모 세대에게 찍은 낙인을 연좌하여 자식에게 대물림한다는 건 온당치 않다. 이것은 나나 우리 집안의 잘못이 아니라 이 나라가 잘못되었다는 얘기다. 내가 부적격자가 아니라 이 나라 군대가, 이 나라 정부가 부적격하다는 뜻이다."

맞는 말이었다. 내가 그릇되지 않고 잘못한 게 없다면 그것은 나를 그렇게 판단한 상대방이 잘못한 것이다. 남규가 동의한다는 뜻으로 엄지를 치켜들어 보이자 보림이 말을 이었다.

"좋아. 너도 그렇게 생각한다면 내가 왜 신원 부적격자가 되었는지 그 연유를 말해주지. 내가 전에도 말했었지? 우리 큰아버지가 한강 다리 끊어져서 피난을 못 갔다고?"

"그랬었지. 그런데 그게 너랑 무슨 상관이냐?"

"내가 신원 조회에서 걸린 게 큰아버지 때문이라면 너는 믿겠냐?"

"네 아버지 때문이 아니고?"

남규는 소령에게 들었던 아버지 얘기가 생각나 묻지 않을 수 없었다.

"아버지와는 아무 상관도 없는 얘기야."

"그렇담, 알기 쉽게 설명해봐라."

직계 존속이 아닌 일가친척의 일로 신원 부적격 판정을 받았다는 게 의아했다.

보림이 설명 대신 질문 한 가지를 던졌다.

"연좌제라는 말 들어봤냐?"

"연좌제?"

"그래. 연좌제 말이야."

"남이 저지른 잘못에 대해 내가 연대해서 처벌을 받는다. 대충 이런 뜻이겠지."

"그렇지."

"그럼, 네 큰아버지가 지은 죄를 조카에게 물어서 네가 신원 부적격자가 되었다는 거야?"

"그렇다니까."

"설마, 그럴 리가?"

"믿기지 않겠지만 사실이 그런 걸 어쩌겠냐? 그래서 내가 요즘 도서관에 처박혀 연좌제에 관한 공부를 좀 했지. 한번 들어봐.

연좌제란, 누가 어떤 죄를 짓게 되면 죄를 지은 당사자는 물론, 가족이나 친지에게 그 책임을 연대하여 묻는 제도였어. 뭐 제도라고 할 것까지 없지만, 아무튼 옛날엔 대역죄를 지었거나 반역 행위를 한 자, 왕에게 도전한 자는 그의 친족까지 연대하여 죄를 물었었지. 정적의 씨를 말려 다시는 반항 못 하게 할 목적으로 말이야."

"지금은 없어진 제도라는 뉘앙스로 들리는데?"

"그렇지. 하지만 그게 아니었어. 우리나라에서도 조선 말기까지 존속하다가 1894년 갑오경장 때 없어졌지. 그런데 그때 없어졌던 연좌제가 6·25가 터지면서 다시 살아난 거야. 물귀신처럼. 그것도 날이면 날마다 북진 통일하겠다며 큰소리 뻥뻥 치던 이승만 정부에서 말이지. 이놈들이 어떻게 했는진 너도 잘 알잖아? 한강철교를 제 손으로 끊어버리고 제일 먼저 도망친 놈들이야. 그런 놈들이 미군 덕에 간신히 수복해 돌아와서는 겨우 한다는 짓이 뭐였냐? 다리가 끊겨 피난도 못 가고 목숨 부지하기 바빴던 사람들을 부역죄로 몰아 잡아들이기 시작한 거야. 서울에 남겨졌더라면 앞장서서 먼저 부역했을 놈들이 적반하장격으로."

보림의 목소리에 빈정거리는 말투가 섞이기 시작했다.

이승만의 서울 탈출은 그의 패정(悖政)을 거론할 때마다 가장 먼저 올라오는 첫 메뉴다. 이승만은 서울 시민을 버리고 도망가서는 마치 수도를 사수하고 있는 것처럼 거짓 방송으로 시민을 속였다. 이런 사실은 한국 사람이면 누구나 다 알고 있는 공공연한 비밀이었다.

보림의 격한 감정은 더욱 도를 높여갔다.

"한강철교가 언제 끊어졌는지 너도 알지?"

"6월 28일로 알고 있는데."

"그래. 전쟁 발발 불과 3일 만이야. 그것도 아군의 손에 의해서.

이 기사 좀 읽어 볼래? 다리가 끊어진 6월 28일자 신문이야. 네가 국문과라 다행이다. 한자를 읽을 수 있어서."

보림이 내민 건 1950년 6월 28일 자 조선일보 영인본이었다. 국한문 혼용의 기사 내용은 이러했다. 연좌제에 관한 논문을 쓰겠다더니 자료 조사를 많이 한 모양이었다.

制空權(제공권) 完全(완전) 掌握(장악)

國軍(국군), 議政府(의정부)를 奪還(탈환)

壯(장)! 全面的(전면적)으로 一大(일대) 攻勢(공세)

國防部(국방부) 報道課(보도과) 二十七日(27일) 午前(오전) 十時(10시) 發表(발표)

1. 我國軍 議政府 部隊는 十時 三十分 議政府를 完全히 奪還하고 敗走하는 敵에 對하여 猛烈한 追擊전을 展開 또한 汶山 其他 地區에서도 全面的인 反擊으로 말미아마 敵의 前列은 極히 混亂되고 있으며 三八線을 向해서 續續 後退하고 있다.

2. 至今까지 國軍이 不利한 作전을 繼續하여 왔음은 敵의 전車 部대와 航空部대의 壓力이 있기 때문이였는데 我軍 航空대는 制空權을 完全히 掌握하고 있으므로 적의 航空部대는 行動 不能인 同時에 我軍의 강적이든 전車部隊는 空軍의 爆擊으로 全面的인 擊破 後退를 當하고 있다.

3. 맥아더 司令部隊에서 飛來한 空軍의 援助로 國軍은 作戰의

主動權을 完全히 掌握하고 熾烈한 敵愾心과 沖天하는 士氣로 敗走하는 敵을 猛追擊中에 있다.

4. 全國民은 政府 中央機關의 移動其他로 秋毫도 失望하지 말고 優勢한 我陸海空軍의 作戰을 信賴하며 首都 서울 及 全國土의 治安防衛와 最前線에서 血鬪하고 있는 國軍將兵에 對하여 滿腔의 協力을 바라는 바이다.

국한문이 뒤죽박죽 섞여 있어 읽기도 불편했고, 서두른 기색이 역력해 보이는 기사였다. 요지는 다음과 같았다. 6월 27일 10시 현재, 미국 공군과 국군의 반격으로 적의 전차부대를 공격해 의정부를 완전히 탈환했으며, 문산 등에서도 38선을 향해 북진 중이니 국민은 동요하지 말고 아군의 작전에 협조해달라는 내용이었다.

보림은 분노에 찬 목소리로 말했다.

"적 전차가 아군의 공격으로 후퇴하고 있다고 되어 있지? 그래서 의정부를 탈환했다고. 어때? 사실과 정반대지? 이런 기사를 읽고 누가 피난을 가겠어? 의정부도 탈환했고 문산으로 북진 중이라는데? 이래놓고 저희끼리만 줄행랑을 친 거야. 이런 쳐 죽일 놈들이 다 있나?"

이승만의 서울 도피는 새로울 것도 없는 사실이지만, 막상 거짓으로 도배된 기사를 보니 남규는 보림의 분노가 자신에게로 넘쳐오는 것 같았다. 다리가 끊긴 줄도 모르고 인파에 떠밀려 꽉

알처럼 떨어져 죽어간 사람들. 끊어진 철교 위에 다닥다닥 붙어 있는 피난민을 찍은 처절한 영상이 새삼 떠올랐다.

"이승만이 한강철교 끊고 도망친 얘기야 세상 사람 다 아는 건데 새삼스럽게 그 얘길 왜 꺼내는 거야?"

남규가 짐짓 퉁을 주며 묻자, 보림이 목소리를 다잡으며 대답했다.

"내겐 남다른 얘기지. 큰아버지가 철도 기관사였거든. 결론부터 말하자면 우리 큰아버지는 한강철교가 끊어지는 바람에 서울에 남겨졌다가 부역죄로 붙잡힌 거야. 그 일로 우리 집안은 연좌제에 휘말리게 되었고, 결국 나도 신원 부적격자로 지금 이 지경이 된 거고."

남규는 보림이 끊어진 한강철교에 집착하는 이유를 알 것만 같았다. 그의 이야기는 계속되었다.

"피난 갔다 돌아온 아버지 말에 의하면, 큰아버지는 서울에 숨어 있다가 식량이 떨어지는 바람에 밖으로 나올 수밖에 없었단다. 기관사가 갈 데가 어디 있겠냐? 전에 일하던 사무실에 나갔고, 먹고는 살아야겠기에 하는 수 없이 열차를 끌게 되었지. 그 후 서울이 수복되자 부역 혐의로 체포되어 서대문형무소에 수감되었단다. 그러다가 중공군의 개입으로 다시 전세가 역전되자 아군은 수감자들을 총살하고 도망쳐버렸지. 이때 큰아버지도 돌아가셨단다. 내가 신원 부적격자로 낙인찍힌 이유가 바로 이거야. 이게 말이 되냐? 조카가 이런 일로 신원 부적격자가 된다는 게?”

“설마? 기관사가 열차를 끈 게 무슨 대단한 부역이라고?”

남규는 열차를 끌었다는 사실만으로 부역 혐의를 받았다는 게 믿기지 않아 묻지 않을 수 없었다.

“운행이라도 제대로 했으면 다행이었게?”

“어찌 되었는데?”

“용산에서 문산까지 50km 경의선 화물열차를 두 번 끌었단다. 그나마 두 번째 운행 때는 미군 폭격으로 열차가 탈선하여 다리를 다치셨지. 그러고는 인민군에게 치료도 못 받고 버려졌어.”

“아군에게 다치고, 인민군에게 버려졌으니 양쪽 모두에게 피해를 당한 셈이군.”

“그렇다니까. 전쟁이라는 게 원래 군인보다 민간인이 더 죽어 나가는 판이긴 해도 기관사가 열차를 끈 걸 가지고 부역죄로 잡아 죽이고, 조카까지 연좌하여 빨갱이라고 잡도리하니 이게 어찌 제대로 된 나라라고 할 수 있겠냐?”

설마 그렇게까지 했을까 하는 의구심이 들었다.

“아무리 그래도 먹고 살기 위해 운행한 것만으로 부역죄를 씌웠겠어? 자진해서 인민군을 도왔다거나, 안 해도 될 일을 나서서 했다거나 그랬겠지?”

“그래서 나도 재판 기록을 백방으로 찾아봤지. 하지만 판결 결과만 나와 있을 뿐 아무것도 없었어. ‘국방경비법 위반으로 서대문형무소에서 수감 중 사망함.’ 이게 큰아버지에 대한 기록의 전부야."

남규는 보림의 가족사가 종태나 자신과 비슷하다는 걸 깨달았다.

보림이 서류를 가방에 넣으며 덧붙였다.

"물론, 자진해서 부역한 사람을 용서해서는 안 되겠지. 인민군이 처내려오자 당장이라도 공산주의 세상이 올 것처럼 날뛰는 사람을 묵과할 수는 없었을 거야. 하지만 형무소엔 별의별 사람이 다 있었을 것 아니냐? 개인적 원한으로 잘못 엮여 붙잡혀 온 사람, 자신의 죄를 감추기 위해 역으로 밀고한 자에게 당해 끌려 온 사람, 굶어 죽을 수 없어 협조한 사람, 무식하고 몰라서 붙잡힌 사람도 있었을 것 아냐? 이 사람들이 다 누구겠어? 모두 이 나라 백성들이야. 그런데 위정자라고 하는 작자들이 제 목숨 하나 살자고 꼬리 끊어 도망치면서 이 무고한 백성들을 수도 없이 쏴 죽였으니 이런 비극이 또 어디에 있겠냐? 그런데 문제는 아직도 연좌제라는 이름으로 그런 악행이 계속되고 있다는 거야. 나는 이게 가장 못마땅해. 연좌제가 여전히 살아 있다는 것이."

보림이 더 얘기했다가는 울화통이 터져 죽을 표정을 짓더니 가방을 뒤져 봉투 하나를 꺼냈다.

"지금까지 한 얘기는 우리 친가 쪽 얘기고, 외가 쪽에 관한 건 이 안에 들어 있다. 억울한 걸로 따지자면 친가 쪽 얘기는 이빨도 안 났어. 이 나라가 얼마나 엉망진창인지, 우리 집안이 그동안 얼마나 큰 고통을 겪었는지 이걸 보면 알 수 있을 거야. 이 자료는 15년 형을 선고받고 얼마 전에 만기 출소한 우리 외삼촌이 내게

준 거야. 가져가서 한번 읽어 봐. 남들에겐 보여주지 말고. 진짜 빨갱이로 몰려 잡혀갈 수도 있으니까."

보림이 서류 봉투 하나를 빼서 남규에게 주고는 먼 하늘로 시선을 옮겼다. 둘은 맞은편 능선의 보랏빛 일몰을 담배 연기에 덧칠해 바라보다가 일어섰다. 보림은 수집해야 할 자료가 더 남았다며 도서관으로 들어갔고, 남규는 목발을 짚으며 집으로 향했다.

귀린(鬼燐) 솟는 반계다리

집으로 돌아온 남규는 보림의 외가 쪽 얘기가 궁금해 봉투를 열었다. 신문 스크랩과 책이 한 권 들어 있었다. 우선 신문부터 훑어봤다. 영인본 자료라 글자가 뭉개진 곳이 많았다. 붉은 밑줄이 쳐진 걸로 보아 꼼꼼히 살핀 흔적이 남아 있었다. 또 하나의 자료는 『서해문학』이라는 연속간행물인데 「피의 다리」라는 제목의 단편소설에 연두색 포스트잇이 붙어 있었다.

먼저 신문부터 읽었다.

빨갱이 잡지 '서해문학' 압수

(1956년 6월 20일. ○○일보)

충남도 서산 경찰서는 지난 6월 15일 북괴의 정치와 토지정책을 찬양하는 출판물을 제작, 유포한 혐의로 서해문학 관련자 3명을 긴급 체포하고 엄중 수사에 돌입하였다 한다.

문학 계간지인 서해문학은 그동안 이적단체를 은익, 찬양, 고무한 혐의로 은밀히 내사를 받아 오든 차, 금번 제7집에 발표된 소설 '피의 다리'를 낫낫이 조사하야 본 결과 북한 괴뢰 집단을 찬양한 혐의점을 포착하고, 이 소설을 쓴 작가 박철하(朴哲夏)와 동인회 회장인 김모 씨, 잡지를 출간한 출판사 사장 이모 씨 등 모다 3인을 체포하야 목하 엄중 취조 중에 있다 한다.

전기 박 씨는 소설에서 북괴의 토지 소유 제도를 찬양한 남어지 작금의 토지 소작 제도를 전복시킬 목적으로 있지도 않은 사실을 조작하야 선량한 농민들을 흡슬리게 한 죄가 이번에 탄로된 것이라 한다.

'피의 다리'의 저자 A급 악질 부역자의 친동생으로 밝혀져

(1956년 7월 1일. ○○일보)

충남도 서산 경찰서 수사과는 지난달 피체 수감된 잡지 서해문학의 소설 기고자 박철하를 조사한즉, 그의 작품 '피의 다리'에 등장하는 박호달(朴鎬達)이 동란 때 빨갱이로 부역한 그의 친형인 박철현(朴哲鉉)임을 밝혀내고 부역 혐의 내용을 입증할 자료를 수집하기 위하야 수사력을 집중하고 있다 한다.

경찰 수사 결과 박철현은 일즉이 6·25전쟁 당시 괴뢰 치하에서 서산군 원북면 인민위원장으로 부역한 A급 악질 부역자로서 국군과 「유·엔」군에 의해 수복 후 마을 뒷산에 숨어 있다가 동네 주민의 신고로 경찰에 붙잡혔다가 사망했다.

수사 과정에서 박철하는 친형의 부역 사실에 전연 함구하고 있지만 동네 주민들을 조사한즉 명백한 연좌 사실이 있음을 확인했다고 밝혔다. 경찰은 작금도 나라 곳곳에 이런 빨갱이가 준동하고 있음에 각별한 주의와 신고가 반다시 필요하다며 중간 수사 결과를 이와 같이 발표하였다.

'피의 다리'의 저자에게 징역 15년 선고

(1957년 3월 8일. ○○일보)

공산 괴뢰군의 남침 때 서산군 원북면 인민위원장으로 부역한 형을 소설화하여 작품으로 발표한 박철하에게 징역 15년의 실형이 선고되었다. 서산지방법원 재판부는 지난해 6월 15일 구속 수감된 잡지 서해문학의 소설 기고자 박철하에 대한 선고공판에서 징역 15년형을 언도하고, 동인회 회장과 출판사 사장 등에 대해서는 징역 1년에 집행유예 2년, 잡지사에 대해서는 폐간 명령을 내렸다. 재판부는 판결문에서 잔적의 준동이 끄치지 않는 이지음, 적을 이롭게 할 렴려가 있는 어떤 형태의 출판물도 용납될 수 없다고 징역형 언도의 이유를 밝히고, 자유 민주주의의 근간을 흔드는 일체의 활동을 불허하는 사법부의 의지를 다시 한번 천명하였다.

남규는 기사를 읽으면서 이런 어처구니없는 일도 다 있었다는 사실이 마냥 신기하기만 했다. 기사에 의하면, 박철하라는 작가가 쓴 단편소설 「피의 다리」가 북한의 토지제도를 찬양하고 선량한 농민을 선동했으며, 박호달이라는 작중인물은 작가의 친형인 박철현으로, 그가 전쟁 당시 인민군에 부역했다고 쓰여 있었다. 허구적 창작물인 소설의 내용을 문제 삼아 작가에게 징역형을 선고했다는 것도 믿기지 않았지만, 형의 죄를 연좌해 물어 동생에게 중형을 선고했다는 것도 납득되지 않았다.

대체 어떤 내용의 작품이기에 소설 한 편 쓰고 중형을 선고받았는지 궁금했다. 1950년대의 문장 수준과 문체를 감안한다면 작품의 완성도는 상당히 높아 보였다.

「피의 다리」

충남도 서산군 원북면 반계리 마을. 80호 남짓한 동네는 개울을 가로질러 놓인 쇠 난간 반계다리를 사이에 두고 위, 아래 둘로 나뉘어 있었다. 마을은 멀리 개 짖는 소리만 들릴 뿐 어제 원북시장에서 일어났든 소동은 뒤로 한 채 먼동이 트기 직전의 적막감에 싸여 있었다. 해가 설핏 뜨자 골안개가 개울물을 자욱이 덮으며 짙어졌다. 어제 오후의 원북시장은 물건을 팔으려는 상인과 사려는 손님과의 질거운 흥정 싱갱이가 아니라, 장사하는 상인들

간의 싸움으로 난리법석이 나고 피가 튀는 홍역을 치렀다.

난리는 시장통을 따라 늘어선 적산 점포 불하를 둘러싸고 벌어진 경매 때문이었다. 한쪽에서는 '歸産 모리를 배제하라'라고 쓴 프랑카-트를 든 한 무리의 사람과, 다른 한쪽에서는 '現 居住者에게 査定 價格으로 拂下하라'라고 쓴 프랑카-트를 든 무리 쌍방 간의 고함 소리가 시장통을 그득 메웠다.

처음에는 경매 자체를 아예 하지 말자는 주장이 우세했다. 그러다가 점포를 소유한 상인들끼리만 하자고 말이 바뀌더니, 일반인도 입찰에 참여해야 당연하다는 반대편의 항의가 빗발치자, 서로 말이 안 통한다고 으르렁댔고, 급기야는 팔매질과 삿대질이 오가고, 싸움을 말리기 위해 새중간에 끌어다 둔 손구루마까지 뚜드려 바시는 지경까지 번졌다. 그러다가 그여코 점포 연고자가 비연고 입찰자를 구타하는 사건으로 번졌고, 마지막에는 칼로 찔르는 큰 난리가 났든 것이다.

적산 점포는 일정 때 일본 사람이 운영하든 상점이었는데 해방이 되어 그들이 황망하게 귀국하는 바람에 빈집으로 남았다. 헌데 여기에 무단으로 들어와 살든 소위 연고자와, 그렇지 않은 비연고자가 서로 점포를 불하받으려 하였든 바, 원북시장 내 적산 점포는 양양 라사점(洋洋羅紗店)을 비롯하야 모다 8개로, 그동안 점포를 점유하여 장사해 왔든 사람들은 반다시 자기들 이외에는 절대로 입찰할 수 없다고 버텼고, 그렇지 않은 사람들은 무슨 권리로 이들이 제3자의 입찰을 막느냐며 팽팽한 줄 댕기기가 있었든 것이다.

이에 충남도 서산군 관재국에서는 누구나 입찰에 응할 수 있는 경쟁 입찰제를 채택하고 이날 처음 경매에 들어갔는데, 연고 입찰자인 원북면 반계리 사는 가정로(賈晶魯) 씨와 그의 동생 가명로(賈明魯) 씨를 비롯한 사람들이 합세하야 경매 입찰을 방해하다가 종당에는 가명로 씨가 비연고 입찰을 주장하는 같은 마을 아랫녘 사는 박호달 씨의 배를 단도로 찔르는 불상사가 일어나고 말았든 것이다.

사고 소식을 접한 경찰이 급히 출동하야 쏟다지게 피 흘리는 박호달 씨를 병원으로 실어 보내고, 그때까지도 단도를 들고 누구 또 찔를 사람 없나 하며 눈을 희번덕거리는 가명로 씨를 수갑 채워 감옥에 가두고 나서야 겨우 난리가 정리되었다.

그 바람에 시장통은 배추밭에 말 달린 것처럼 쑥대밭이 되었고, 물건 파는 상인이나 찬거리 사러 나온 아낙네 할 것 없이 물건 흥정은 모다 뒷전이고, '적산 점포란 게 뭐셔?, 입찰이란 게 뭐셔?'하며 복덕방에서나 오갔을 질문을 쏟아냈다. 그리고는 한동네 사람끼리 칼부림 났으니 앞으로 더 큰 변고가 나겠다며 온갖 말에, 걱정에, 혀 차는 소리에 하루해가 허투루 저물고 하릴없이 장이 파하고 말았다.

가 씨네와 박 씨네는 원래 원북면 반계리 한동네 사람들로 가 씨네는 개울 건너 윗녘에 집성촌을 이루어 살았고, 박 씨네 역시 아랫녘에 집성촌을 이루어 누대를 살아왔었다. 그러나 이들이 살아온 내력을 살펴보면 과연 정반대다 할 정도로 사정이 매우 달랐다.

가 씨네 사람 중 칼부림을 한 측 가정로, 가명로 씨는 서로 형제지간으로 일정 때 주재소에 들락거리며 순사 앞잡이 노릇을 한 탓에 해방이 되자 적산 점포를 재주껏 양도받아 차지하고는 여태껏 장사를 해 오든 사람들이었다.

반면에 칼부림을 당한 박 씨네의 박호달 씨는 위 아래로 누이와 남동생을 둔 집안의 장자로서 아버지 없이 입에 풀칠하기도 어렵게 살다 해방이 되면서 좌익으로 드러난 사람이었다. 해방되든 해 토지개혁 시위 때는 북에서나 쓰는 무상몰수 무상분배라 쓴 프랑카-트를 들고나와 앞장을 스든 사람이기도 하였다.

두 집안이 언제부터 한마을에 살아왔는지는 알 길이 없으나 그렇다고 서로 매양 싸움 싸움하며 지내 온 것은 아니고, 일본이 조선을 병탄한 이후부터 조금씩 틈새기가 벌어지기 시작하야 급기야는 이렇게 칼부림까지 일어나게 되었다. 일본이 조선을 그리만 하지 않았던들 마냥 사이가 좋았을 이웃이었다. 일본이라는 나라가 새중간에 껴서 마을을 난도질했든 것이다.

싸움은 이게 끝이 아니었다. 칼부림이 난 그날 밤 축시 경, 칠흑 같은 야음을 타고 가정로 씨 집에 스며든 검은 그림자가 있었으니, 그가 술에 취해 자고 있든 가정로 씨를 목 졸라 죽이고 두 귀를 싹뚝 잘라 가져가 버렸든 것이다. 이를 본 사람은 아무도 없어 백화산 신령님이나 알까 범인이 누구인지 도무지 알 길이 없었다.

　전날 저녁, 가정로 씨는 경찰에 잡혀간 동생을 무죄 방면하라며 소주를 대두병째로 들이켜고는 고래고래 소리를 지르다가 제 집 문간방에서 곯아떨어졌었다. 그런데 한밤중 몰래 숨어든 자객의 손에 목이 졸려 숨 한번 꼴깍 쉬지도 못하고 죽고 말았고, 웃통은 벗겨진 채 양쪽 귀까지 도둑맞았다. 날이 밝지 않아 아무런 일도 안 일어난 줄 알지만 장차 날이 밝으면 벌어질 소동에 밤은 더디 새었든 것이다.

　아닌 게 아니라 다음 날 아침, 가정로 씨 안댁이 문간방에 잠들어 있든 제 남편을 깨우러 왔다가 그 지경 난 꼴을 보고 질러대는 비명에 동네 사람들 모다 혼이 나가 잠결에 고무신을 귀에 걸고 달려 나왔다. 가정로 씨의 안댁이 피떡이 져 꾸덕꾸덕해진 제 남편 귀 있든 자리와 목에 감긴 삐삐선을 보고 그 자리에서 혼절했다.

　경찰이 당도하야 현장 검증을 실시하고 떨어져 나간 귀를 찾았지만 허탕이었다. 경찰은 각방으로 수사망을 놓는 한편 피해자와 원한 관계에 있는 사람들을 낱낱이 조사하기 시작했다.

　맨 처음 용의자로 박호달 씨를 지목했지만, 어제 칼을 맞아 적십자 병원에 입원해 있든 것이 확인되어 제외되었고, 기타 적산 점포 경매 입찰에 참여하였든 비연고자를 차례로 불러 엄중 문초하였다. 그러나 이들은 한사코 가해 사실을 부인하는 형국이고, 이들에게서 마땅한 혐의점을 찾을 수 없어 수사는 미궁에 빠지고 말았다.

　결국 서산 경찰서 보안과장 최인환 경감을 반장으로 하는 수사반이 채려졌다. 최 반장은 사람이 목 졸려 죽은 것보다 두 귀를 도둑맞았다는 점에 주목하야 이 사건은 빨갱이 짓이 분명하다며 수사의 방향을 빨갱이 잡는 쪽으로 돌렸다.

　그는 비슷한 사건이 일어난 사례를 낫낫이 조사한 끝에 ‘요오씨(ょ~ㄴ) 그럼 그렇지.’ 하며 확신에 찬 목소리로 부하를 모다놓고 이렇게 말했다.

　“요오씨, 사칠년 칠월 칠석날, 방갈리 학암포 백사장에서 발견된 목 없는 시신 두 구, 사팔년 사월 스무아흐렛날, 이북면 포지리에서 발목이 절단된 채 발견된 변사체 한 구, 동년 시월십칠일, 역시 이북면 내리 꾸지나무골에서 발견된, 북에서 내려온 어선 한 척, 금년도 그러니께 오공년 삼월 십구일, 원북면 반계리 마을 입구 리끼다 소나무 군락지에서 발견된 목만 남은 시신 한 구. 그리고 이번에 귀 떼어간 살인 사건까장.

　여러분! 범인이 누구라고 생각혀? 잔인하기 짝이 없는 이 일련의 살인 사건들. 공통점이 뭐라고 생각혀? 나는 확신한다. 북한 괴뢰당 놈의 소행이 아니고는 이런 일을 벌일 사람이 없다는 것을. 사람을 죽여 토막친 것으로 보아 그놈들이 아니고는 누구도 저지를 수 없는 짓이여.

　한번 보라구! 어떤 시체는 목이 없구, 어떤 건 몸통이 없거나 발목이 댕강 잘려 나갔어. 이런 끔찍한 짓을 저지를 놈들이 당최 누구였어? 북에서 배 타고 몰래 숨어 들어온 공산당 놈들 짓이 분명혀. 사건이 모두 해안가에서 벌어진 것만 봐두 알 수 있자녀? 안 그런가? 요오씨."

형사 하나가 망설이다가 물었다.

"이번 사건이 일어난 원북면 반계리는 해안가가 아닌듀?"

"예외란 것두 있는 뱁여. 전부 똑같으면 쉽게 눈치채니께 여기저기서 쥑이구 시체를 내다 버리는 거지. 이번 사건에서 떼어간 귀때기두 해안가 어디쯤에 버렸을 겨. 우리가 냉큼 못 찾아서 그렇지."

또 다른 형사가 잡기장을 꺼내 적으며 물었다.

"이번 사건이 북한 공산당 놈들 짓이라고 단정짓는 증거에는 머머가 있쥬?"

"잔인하게 죽인 것만 봐도 알 수 있자녀? 그놈들이 보통 잔인한 놈이가디? 어떻게 사람의 목을 자를 수 있단 말여. 끔찍하게시리. 왜정 때도 보기 힘든 일이었어. 요오씨, 사지를 갈기갈기 찢어 갈아 마셔도 시원찮을 놈들."

형사는 최 반장이 되려 사람을 더 잔인하게 죽일지도 모른다는 눈치를 다른 형사들과 은근슬쩍 나누면서 다시 물었다.

"목을 자른 게 아닌듀? 조른 거지. 삐삐선으루다가."

"귀때기가 없어졌자녀? 자네는 무슨 말을 고로콤 듣는당가? 똑 뺄갱이맨치로. 암튼 이 사건은 모다 북한 공산당 놈들 소행이 분명혀. 알아들었어? 요오씨."

최 반장은 공산당에게 귀라도 떼인 사람처럼 제 귀를 양손으로 잡아당기며 이렇게 말했든 것이다.

최 반장의 확신에 찬 추리와 강변에도 불구하고 형사들은 그의 말에 전적으로 동의하지 않았다. 일즉이 그가 피해자의 인적사항을 조사하면서 알아낸 점을 말했다면 그의 주장은 설득력이 있었을 것이다. 피해자들은 하나같이 일정 때 일본인을 도와 일제에 부역한 공통점이 있었다.

그러나 그는 그 말을 하지 않았다. 최 반장 자신도 일정 때 조선인 순사보로 부역한 전력이 있어서였다. 죽은 피해자들의 인적사항을 조사하면서 가해자는 공산주의자가 틀림없다고 확신했다. 왜냐하면 해방 이후 공산주의자들이 가장 강조한 것이 바로 일제 잔재의 청산이었기 때문이다. 따라서 친일 부역자에 대한 린치가 공산주의자의 손에 이루어졌다고 말했다면 그의 주장은 설득력이 있었을 것이다.

최 반장은 제 말을 증명하기 위해 혈안이 되어 수사력을 총동원한 결과 마침내 원북면 신두리 사구에 버려진 가정로 씨의 떨어진 귀와 헤진 웃옷을 찾아냈다. 그 귀가 가정로 씨의 귀라는 건 그를 아는 사람이면 누구나 아는 사실이었다. 그의 귀는 아래로 붙은 귓불 하나 없이 위로만 치켜 올라붙은 칼귀였고, 그 집 식구 모다 칼귀였다.

그 밖에 더 찾아낸 증거로는 두웅 습지에 감추어 두었든 배의 흔적과 북한산 생필품 몇 점이었다. 그는 이런 증거를 토대로 일련의 살인 사건이 서해안을 타고 남하한 인민군 유격대가 한 짓이라는 심증을 굳히고 이들과 연고가 닿을 만한 사람을 잡아들여 문초하기 시작했다. 최 반장은 일본 순사로부터 전수받은 가즌 고문 기술을 총동원하야 이들을 족쳐댔다. 그 바람에 영문도 모르고 잡혀 온 사람의 비명이 경찰서 창살을 넘어 왼종일 행길 길바닥으로 하수 터진 물처럼 터져 나왔다. 그러나 범인은 쉬 잡히지 않았고 수사가 지지부진 헛걸음을 맴돌 지음 그만 삼팔선이 터지고 말았든 것이다.

인민군이 서산 방면으로 쳐들어오기 시작했다는 소문이 돌자 최 반장을 비롯한 경찰은 감옥 열쇠도 내팽개치고 줄행랑 도망쳤다. 그 바람에 옥에 갇혀 있든 사람들은 아무도 지키지 않는 철문을 발로 툭툭 걷어차고 걸어나왔든 것이다.

인민군대가 태안까지 밀고 들어왔다. 경찰이나 공무원은 모다 피난 가고 남은 사람이래야 시골 농투사니나 시장 장사꾼이 대부분이었다. 반계리에서 피난 간 사람은 가정로 씨 형제네 식솔들, 그와 가까운 윗마을 친척 몇이었고, 아랫마을 사는 박씨 집성촌 사람은 아무도 피난길에 나서지 않았다. 물론 박호달 씨 가족도 피난 가지 않았다.

박호달 씨의 가족에 대해 좀 더 자세히 말하자면, 그의 아버지는 일즉이 독립운동한다며 만주, 연해주를 떠돌다 붙잡혀 여러 해 옥살이 끝에 맞아서 돌아간 입 하나만 달고 귀향했다가 이태를 못 넘겨 죽고 말았다. 어머니 또한 청상이나 다름없이 살더니 남편 병구완으로 허리 한번 못 펴보고 해방 되든 해에 돌아가고 말았다.

그러자 맏아들인 박호달 씨가 서산농림중학교 농업과를 중퇴하고 집안을 도맡아 건사하기 시작했고, 그의 손위 누이는 서울면 타향의 강릉 함씨 집안으로 이바지 하나 없이 시집갔다. 손 아래 동생인 박호영 씨는 비록 다니다 말다 했지만 제 형 그늘에서 중학교 과정을 다니고 있었다. 그는 어려서부터 책 읽기와 글쓰기를 좋아해 책을 끼고 살았고, 그런 그를 형은 흐뭇하게 바라보며 자랑스러워했었다.

박호달 씨는 지주 마름에게 청을 넣어 좋이 스무 마지기 땅을 빌려 소작을 지었다. 소작료에 물세, 비료대, 농약, 씨앗, 쟁기 빌리는 비용까지 죄다 제가 물어야 하는 탓에 스무 마지기 농사로 추수하고 나면 남는 것 없는 쭉정이 농사였다. 그래도 박호달 씨는 어려운 내색 않고 웃는 낯으로 다녀서 동네 사람의 미쁨을 받았다.

그러나 아무도 그에게 달 없는 그믐밤이면 몰래 찾아오곤 하는 손님이 있다는 사실을 아는 사람은 없었다. 손님이 다녀간 후면 박호달 씨는 제 또래를 마실 오라 하야 갈무리해 둔 산밤을 구워 내놓고 그에게서 들었든 얘기를 들려주었다. 그가 한 말 중에 북한에서 지금 어떤 일이 벌어지고 있는가 하는 얘기가 매우 솔깃하였다.

처음에는 제 성씨받이 동갑내기들하고만 조고맣게 귓소리로 소곤대다 차츰 박씨 집안 전체로 이야기를 퍼트렸는데 그 말투가 제법 의젓도 하고, 내용이 사리에도 맞아 공감하는 축이 늘어났다. 박호달 씨를 잘 아는 사람은 제가 무슨 짬이 있어 제 스스로의 공부로 이런 이야기를 일구어냈다고는 생각지 않았지만, 북한에서는 이미 일본인이 경작하든 토지와 친일 반동 조선인 지주의 토지를 몰수하야 농민에게 분배했다고 말하는 박호달 씨의 이야기를 귀 기울여 들었다. 농사꾼의 것이어야 할 토지가 해방된 지금도 여전히 지주 소유인 썩어 빠진 남한은 애시당초 글러먹었다는 말에 그의 친우들은 모다 고개를 끄덕이었다.

　어느 한 날, 밤이 이슥할 지음, 박호달 씨는 성씨받이 친한 제 친우들만 따로 불러 반으로 접은 종이 한 장씩을 노나주었다. 그 것은 나흘 전 그믐밤에 찾아온 손님으로부터 전해 받은 삐라였다. 거기에는 이런 내용이 써 있었다.

　1. 일본 제국주의자의 소유였든 토지와 친일적이며 반동적인 조선인 지주의 토지를 일체 몰수하야 농민들에게 분여하며 그들의 노력에 의하야 경작하게 한다.

　2. 일본 제국주의자의 소유였든 산림, 하천, 소택은 일체 몰수하야 인민들의 소유로 하며 그 관리권을 지방 정권기관에 위임한다.

　3. 일본 제국주의자와 친일적 반동 지주가 차지하였든 수리시설은 일체 몰수하야 농민위원 혹은 인민위원회에서 공동으로 관리하며 농민들이 이용하도록 한다. 다만 조선인 지주가 경영하는

수리시설에 대한 수세는 인민위원회 또는 농민위원회의 합의에
의하야 결정한다.

4. 일본 제국주의자와 친일적 반동지주로부터 몰수한 토지에
서 생산된 농작물은 소작인이 소유하고 지방 정권기관에 조세를
납부하되 그 비율은 수확의 3할 정도로 한다.

5. 동양척식주식회사의 관할 하에 있든 토지에 대한 소작료는
각 지방의 특수한 사정과 전답의 차이 등을 참작하야 해당 지방
인민위원회와 농민위원회가 합의하야 3할 또는 그 이하로 저하
할 수 있다.

6. 조선인 지주의 토지를 경작하는 소작인은 소작료를 3할을
기준으로 하야 지주에게 주고 해당한 조세는 지주가 지방 정권기
관에 납부한다.

7. 조선인 지주의 토지소득세는 실정을 정확히 조사하야 지주
가 생활을 보장할 수 있을 정도로 제정하고 납부하게 한다.

박호달 씨는 이 문서가 1945년 10월 16일, 북조선공산당 중앙조
직위원회 제1차 확대집행위원회에서 채택한 토지문제 결정서라
면서 결정서에는 이 이외에도 더 있지만, 이것만 봐도 북한에서는
토지문제를 어떻게 해결해 나가는지 소상히 알 수 있다고 했다.
박호달 씨는 글귀를 못 알아들어 자세한 내용을 묻는 친우의 물
음에 손바닥에 정답을 쥐어주는 훈장처럼 문답식으로 말했다.

첫째, 일본 제국주의자나 친일 반동 지주의 토지, 집, 산림, 하

천은 어떻게 해야 하느냐? 정답은, 모다 몰수하야 농민이나 인민에게 노나준다.

둘째, 그럼 소작료는 얼마를 내야 하느냐? 정답은, 3할만 내면 된다. 지금처럼 5할을 내는 게 아니다.

셋째, 그렇다면 세금은 누가 내야 하느냐? 정답은, 두말할 것도 없이 모다 지주가 낸다.

박호달 씨의 친우들은 방금 자신이 들은 이야기가 남의 귀로 잘못 들은 남의 나라 이야기처럼 서로의 얼굴을 흔들리는 호롱불 너머로 아련히 바라보았다. 맨 구석에 앉아 있든 친우 하나가 방바닥에 두 손을 짚어 물었다.

"이런 얘기 어서, 뉘게서 들은 게야?"

"넌 눈도 읎고 귀도 읎능겨? 북에서는 지금 내가 보여준 문서의 내용과 꼭같이 이루어지고 있단 말여."

"정말 북에서는 그런단 말이지?"

"그렇다니께. 더 자세한 건 말해 줄 수 읎구. 우리두 해방이 되았는데 일정 때와 매일반 똑같이 살어서야 쓰겄냐? 내 말이?"

"나라에서두 안 서두르는데 우리가 나서서 뭘 어쩌겄어?"

"건 모르는 말씀. 이번에 원북시장 적산점포 경매 건만 봐두 그려. 일정 때 순사 앞잽이 노릇하든 가 씨네 형제를 비롯한 부역자 놈들이 시장 점포를 날로 먹으려 하는 걸 너두 봤자녀? 가만둬서는 남 좋은 일만 시킨다. 지덜이 무슨 권리루다 적산점포를 혼자 다 먹어?"

"그건 맞는 말이여."

친우들이 비로소 고개를 끄덕이며 박호달 씨의 의견에 동조했다.

이렇게 해서 박호달 씨는 친우들과 함께 프랑카-트를 써 들고 원북시장에 간 것이고, 연고자와 비연고자와의 싸움이 격해져 급기야는 가씨 형제가 휘두른 칼에 박호달 씨가 피투성이가 되고 만 것이다. 여하간 그런 그였든 만큼 인민군이 내려온다는데 피난을 떠날 하등의 이유가 없었든 것이다.

마을 사람들은 박호달 씨가 어떻게 북한의 사정을 그리도 소상히 잘 알고 있는가를 인민군을 따라 드러온 박호달 씨의 지인, 즉 한상필(韓相弼) 씨를 만나는 장면을 목격하면서 이해하게 되었다. 둘은 먼발치에서도 서로를 알아보고 한뜀에 달려와 동복 형제 되살아난 듯 얼싸안고 펄쩍펄쩍 뛰었다.

박호달 씨가 마을 사람에게 한상필 씨를 소개했다.

그는 오래전부터 태안반도 일대에서 활동하든 인민유격대원으로 서산 지역 공산당 지하 조직을 이끈 빨치산이라고 했다. 그러나 그가 그믐밤마다 찾아와 북한의 사정을 알려준 장본인이란 사실은 말하지 않았다. 그렇긴 해도 마을 사람은 한상필 씨와 인사를 나누면서 그의 입가에 묻은 숨은 미소를 보았고, 그가 가정로 씨의 귀를 베어간 인물, 즉 최 반장이 찾든 인물에 틀림없다고 생각했다. 그렇긴 해도 그에게 그 일의 사실 여부를 묻는 사람은 아무도 없었다. 물론 한상필 씨도 그 얘기는 일절 하지 않았다.

한상필 씨는 박호달 씨를 앞세워 그가 사는 마을은 물론, 인근 동네와 시장 사람을 두루 만나러 다녔고, 더위가 기승을 부리든 어느 날, 원북시장 한가운데 너른 장마당에 사람을 불러 놓고 이 렇게 말했다.

"노동자, 농민 여러분! 그동안 얼마나 고생이 많으셨습네까?

조선민주주의인민공화국 군대가 쏟아내는 가열찬 승전보가 연일 울려 퍼지는 작금, 이제 조국 통일의 날도 멀지 않았다는 기 쁜 소식을 우선 전하는 바입네다. 날도 더우니 단도직입적으루 말하겠수다. 오늘 여러분을 한자리에 모이라고 한 것은 다름이 아니라, 농촌의 해방 투쟁을 하루라도 빨리 앞당기기 위해서란 말입네다.

노동자, 농민 여러분! 특히 소작인 여러분! 여러분이 일 년 농 사지어 추수를 하면 제 몫으로 얼마가 떨어집네까? 쉽게 말해 벼 로 열 섬 소출을 봤다면 몇 섬이 여러분 몫이냐 이 말입네다."

무리 중 맨 앞줄에 선 중늙은이가 썼든 밀짚모자를 들었다 놓 으며 대답했다.

"5대 5루 반 반씩 나누닝께 닷 섬이쥬."

맞는 말이다. 소작인은 지주와 5대 5로 소출을 가르기로 하고 땅을 빌려 농사를 짓는다. 일정 때도 그랬고 해방 후에도 불문율 이다시피 한 지주와의 계약 사항이었다.

"기렇습네다. 다섯 섬이 맞습네다. 기럼 농약이나 비료대는 누 가 냅네까? 물세는 또 누가 냅네까? 이런 거 모다 지주가 내남요?"

"무신 그런 모르시는 말씀을 한당가요? 모도다 우리가 내지요."

"기럼 내 몫으로 남는 게 다섯 섬에서 모자라지 않갔소?"

"부대 비용 제하는 걸로 치면 석 섬에 말가웃이나 될까?"

중간에 서 있든 늙은 농투사니 하나가 때 낀 손가락을 꼽았다 잦혀가며 묻는 말인지 혼자 말인지 중얼거렸다.

"맞습네다. 그 정도 소출은 볼 겁네다. 기럼 그걸로 먹고 살 만합네까?"

"무신 또 그런 말씀을? 먹고 살 만하기는커녕 먹고 죽을 만하쥬."

모여 선 사람의 입에서 왁자하게 쏟아지는 웃음소리와 함께 '옳소'가 뒤섞여 터져 나왔다.

"기렇다면 열에 셋은 지주에게 주고 일곱은 내 몫으로 하며, 농약대나 비료대, 물세는 지주가 내는 것으로 하면 어떻갔습네까?"

웅성웅성 소란이 일었다. 그중 맨 뒤에 선 젊은 농부 하나가 손을 번쩍 치켜들어 종주먹을 흔들며 큰 소리로 말했다.

"아니, 어떤 지주가 그 조건으로 땅을 빌려준답디까? 나래두 안 빌려주겠네."

여기저기서 '맞소 맞소' 하는 소리가 바로 나왔다.

"기래요? 기럼 지주가 제 땅을 남에게 안 빌려주면 그 땅 농사는 누가 짓습네까?"

"지주가 알아서 짓겠쥬 머."

헤픈 대답이 코 푼 종이처럼 줄줄 샜다.

"지주가 제 손으로 농사를 짓습네까?"

"지주가 농사지으면 그게 어디 지준감유? 소작인이쥬."

여기저기서 코맹맹이 웃음이 터져 나왔다. 그러나 한상필 씨는 얼굴색 하나 변하지 않고 정색하며 말했다.

"기렇다면 지주가 어떤 조건으로 땅을 빌려주든지 간에 결국 농사짓는 사람은 소작인 여러분 아닙네까?"

"그렇쥬."

"자! 기럼 한번 정리해 봅시다. 지주는 제 혼자서 농사 못 지으니 남에게 땅을 빌려줄 수밖에 없고, 소작인은 자기 땅이 없으니 지주 땅을 빌릴 수밖에 없다는 결론이 나옵네다. 기렇담 소작인이 지주가 제시한 5대5 조건으로는 땅을 빌리지 않겠다, 이렇게 나온다면 어찌 되갔습네까?"

"그건 또 모르시는 말씀. 땅 빌리려는 소작인은 쨰구두 쎘쥬."

"소작인 개개인이 아니라 소작인 전체가 합심해서 지주가 제시한 조건을 거부한다면 어찌 되갔습네까?"

"그렇담 지주는 암캐두 소작인들 말을 들을 수밖엔 없겠쥬 머."

"바로 기겁네다. 이제부터는 여러분이 단결하야 지주에게 3:7 제로 하자 하고, 필요 경비도 지주가 내도록 하자, 이리 해야 합네다."

"에이, 지주가 그 말을 들을 리 읎쥬."

다시 여기저기서 소란이 일었다. 한상필 씨가 소란이 가라앉길 기다렸다가 낮지만 단호하게 말했다.

"여기 땅 많이 가진 지주 양반 누구 없습네까?"

사람들이 주저없이 외따로 떨어져 서 있든 최상인 씨를 지목했다. 그는 40대 초반의 중년배로 천석꾼 부친이 작고한 뒤 그 땅 모두를 물려받아 해마다 도지로 받는 쌀이 500석이 넘었다.

한상필 씨가 그를 앞으로 나오도록 했다. 최상인 씨가 길 터주는 사람이 야속타는 눈빛을 휘휘 뿌리며 앞으로 떠밀려 나왔다.

한상필 씨가 그를 돌려세워 군중을 향하게 한 후 그의 어깨에 팔을 둘러 이름을 묻고는 말했다.

"최상인 씨! 여기 모인 소작인들이 3:7제로 하자문 어찌 하갔습네까?"

대답을 망설이자 한상필 씨가 남들 눈치 못 채게 그의 등골에 손톱 날을 각지게 세워 파면서 재우쳐 물었다.

"두 번 다시 묻지 않갔습네다. 3:7제로 하자문 어찌하갔습네까?"

최상인 씨가 고개를 푹 떨구며, "하자문 해야쥬 머."라고 대답했다.

"부대 비용을 전부 부담하는 것에도 동의하십네까? 최 동무?"

최상인 씨가 '최 동무'라는 말에 놀라 혼비백산 넋 빠진 눈으로 좌중을 둘러보았다. 그러나 사람들의 눈빛이 벌써 예사롭지 않게 돌아가고 있다는 걸 직감하고는 고개를 끄덕이지 않을 수 없었다.

"여러분도 보았다시피 최상인 동무가 3:7제에 동의했고, 부대 비용도 모두 본인이 부담하갔다고 약속했습네다. 이 자리에 있는 지주 양반 중 여기에 반대하는 사람 있습네까?"

나설 사람이 누가 있겠는가?

한상필 씨가 소출은 3:7제로 하고 부대 비용도 지주가 부담하는 것으로 최종 결정된 내용을 정리해서 말했다. 그러나 지주도 지주지만 소작인들도 이 결정이 곧이곧대로 받아들여질 거라고는 아무도 생각하지 않았다.

한상필 씨가 이미 이런 반응을 예상한 듯 다시 말을 이었다.

"소작인 여러분!

농사짓는 땅은 누구의 소유여야 한다고 생각합네까? 지주 한 사람이 혼자서 넓은 땅을 다 가져야 합네까? 아니면 농사짓는 농부들이 노나 가져야 합네까?"

천지가 개벽할 말이었다. 이 말속에는 지주의 땅을 몰수하야 소작인에게 나누어줘야 한다는 뜻이 담겨 있었다. 그러나 모인 사람들은 그 말의 속뜻을 곰곰이 살필 경황이 없었다. 우선 소작료를 덜 물게 된다는 사실만으로도 기뻐서 시원시원하게 대답했다.

"그거야 물어 뭐혀. 당연히 농사짓는 사람의 땅이어야 옳지."

무릎을 개고 앞쪽에 앉아 있던 나이 든 축들이 가래를 돋우며 맞장구를 쳤다.

한상필 씨가 대답의 여세를 몰아 말을 이어갔다.

"맞습네다. 경자유전(耕者有田). 농지는 경자유전 해야디요. 박호달 동무. 이 말이 무슨 뜻인지 잘 알디요?"

박호달 씨가 큰 소리로 답했다.

"땅은 실제루 경작하는 사람이 가져야 한다. 이런 뜻이쥬."

"맞습네다. 땅은 직접 농사짓는 사람이 소유해야 한다 이 뜻입네다. 이 문제에 대해서는 앞으로 얘기할 기회가 더 있을 게요. 우선 그 얘기는 여기까지만 진행하기로 하고. 흐흠.

기럼 지금부터는 이런 문제를 앞장서 해결할 일꾼을 새로 뽑는 게 좋갔는데 내가 한번 이런 일을 소신껏 해보갔다 하는 사람 있으문 나서보시라요. 또 적당한 사람 있으문 추천도 해주기 바랍네다."

앞줄에 선 어떤 축들이 옆 사람 얼굴을 돌아보며 어디 한번 나서 볼까 하는 기미를 보였지만 선뜻 나서는 사람은 없었다. 한참을 기다려도 대답이 없자 한상필 씨가 의견을 냈다.

"다들 어려워하는 것 같은데 기렇담 내가 한 사람 추천하리다. 괜찮갔소?"

사람들의 눈이 일제히 한상필 씨가 가리키는 쪽으로 쏠렸다.

"여기 계신 박호달 동무를 추천합네다. 여러분 어떻습네까?"

좋다는 동의가 나왔다.

"반대하는 사람 없습네까?"

이의를 제기하는 사람은 아무도 없었다.

한상필 씨가 박호달 씨의 손을 잡아 번쩍 치켜올리며 말했다.

"기럼 여러분의 뜻에 따라 오늘부로 박호달 동무가 원북면 인민위원장으로 선출되었음을 선포합네다. 환영하는 의미로 큰 박수들 치시라요."

모인 사람 절반은 힘차게 박수쳤지만, 나머지 절반은 건성건성

쳤다.

이렇게 해서 박호달 씨는 하루아침에 원북면 면장, 아니 원북면 인민위원장이 된 것이다.

뙤약볕이 가시고 햇살이 그림자를 드리우기 시작할 지음 회의는 끝났다. 모인 사람들이 흩어지면서 자작농과 소작인 서넛이 박호달 씨를 찾아와 악수를 청하기도 했으나 어떤 이는 눈을 흘기며 돌아갔다.

그날 밤, 늦은 시간까지 박호달 씨와 한상필 씨는 앞으로의 할 일에 대해 머리를 맞대고 이야기를 나누었고, 이튿날부터 박호달 씨는 농가를 찾아다니며 3:7제로 바뀐 소작제도를 설명하고 협조를 당부했다. 몇몇 지주들이 빨갱이 앞잡이 노릇 그만두라며 펄펄 뛰었지만, 지주 대부분은 벌써 피난을 떠나고 없어 오래 걸릴 일도 아니었다.

반응은 반반으로 엇갈렸다. 이제야 살 만한 세상이 왔다며 반기는 축과, 3:7제로 한다는 게 믿기지 않아 흰자위가 돌아가는 축으로 나뉘었다. 하지만 속으로야 어찌 생각하는지 몰라도 겉으로는 모다 찬동하였다.

농가 방문을 끝내고 박호달 씨는 시장 상인을 만나러 다니기 시작했다. 적산 점포를 불하받은 연고자에게 박호달 씨는 무서운 호랑이가 되어 나타난 것이다. 하지만 막상 만나보니 양순한 염소였다. 그는 적산 점포를 회수하기 위해 악다구니를 쓰는 대신, 장터 마당 빈터에 새로 짓는 점포의 신축 비용을 부담하면 부담

액에 해당하는 만큼의 지분을 주겠다고 언약했다. 상인들이 마다 할 이유가 없었다. 군말 없이 제안을 받아들여 착수금을 쾌척하고 착공식도 서둘러 진행했다.

착공식이 있든 날, 박호달 씨는 피난 갔다가 서둘러 돌아온 가명로 씨의 양양 라사점으로 찾아가 그의 형이 그리 된 것에 위로했고, 가명로 씨 역시 박호달 씨의 배를 칼로 찔른 것에 사과했다. 화해주를 노나 마신 두 사람이 어깨동무하고 마을로 돌아간 것은 추석을 한 주일 앞둔 날이었다.

모든 일이 일사천리로 풀려나갔다. 박호달 씨는 꼭두새벽에 일어나 마을과 시장을 돌며 인민위원회에서 결정한 일이 제대로 돌아가는지 살폈고, 주민을 위해 꼭 필요한 사업이 무언지 알려고 애썼으며, 벌여놓은 일의 완급을 따져가며 하나씩 매조지해 나갔다.

들판의 곡식이 하루가 다르게 익어 알곡이 고개를 숙이기 시작할 지음, 상황이 급작스럽게 요동치기 시작했다. 「유·엔」군이 인천에 상륙해서 삽시간에 전세가 역전되었다는 소문이 돌았다. 소문은 소문으로 끝나지 않았다. 원북국민학교에 주둔해 있든 인민군 포부대가 밤 사이 흔적도 없이 이동해 가더니 그 많든 인민군이 어느 한 날 모다 사라지고 말았다.

박호달 씨는 급히 한상필 씨를 찾았으나 어디서도 그를 만날 수 없었다. 그를 만나서 얘길 들어봐야 피난을 가든지 남든지 할 텐데 도시 종잡을 수 없었다. 피난을 갈까도 생각했지만, 그간 한 일이래야 주민들 보살피고 건사한 일뿐이라 도망칠 이유가 없었다. 그렇긴 해도 지금은 전쟁 통이라 일단은 피하기로 하고 자신을 도왔든 성씨받이 친우 셋과 함께 동네 뒷산 대밭에 굴을 파고 숨었다.

피난을 가지 않은 것은 큰 잘못이었다. 인민군이 오기도 전에 다투어 도망쳤든 최 경감이 다시 나타나 박호달 씨가 인공 치하에서 원북면 인민위원장 노릇을 했다는 얘기를 듣자 즉각 체포에 나섰고, 누군가의 밀고로 박호달 씨는 그의 친우들과 함께 대밭에서 머리채를 붙잡혀 개처럼 끌려 나왔다.

더 처참한 일은 최 경감이 윗선의 허락도 없이 대뜸 박호달 씨와 친우 셋을 마을 입구 반계다리 밑에다 빨갱이라고 쓴 말뚝을 세워 놓고 총질해 쏴 죽이고는 시체를 그 자리에서 삼 일간 썩쿤 뒤 구덩이를 파고 발로 차서 묻어 버렸든 것이다.

다리 밑에는 가으내 쉬파리가 들끓었고, 동네사람들은 송장 썩는 냄새가 하 진동해 코를 틀어막고 멀리 돌아가거나 손바닥을 휘휘 저으며 지나다녔다. 냄새는 그렇다고 해도 아낙네 울음소리는 다시 못 들을 참상이었다. 소리는 하루아침에 남편을 잃은 박호달 씨 안식구와, 함께 죽은 세 친우의 안사람이 땅을 치며 울어대는 호곡성이었다. 젊은 아낙네의 울음은 계절이 깊어갈수록 더욱 깊어졌고, 눈이 나리면서부터는 저주의 장탄식으로 바뀌어 눈밭을 떼굴떼굴 뒹굴어대며 해를 넘겼다.

한상필 씨가 다시 마을에 나타난 것은 이듬해 정월, 눈보라가

매서운 어느 날이었다. 중공군이 밀려 내려오면서 마을은 다시금 인공 치하로 변했고, 박호달 씨를 총살한 최 경감은 또다시 종적을 감추고 말았다.

한상필 씨가 마을에 당도하는 즉시 찾아간 곳은 박호달 씨가 묻혀 있는 반계다리였다. 쇠 난간에 양팔을 짚고 엎드려 반나절을 울다가 돌아섰다. 그리고 그날 밤 가 씨네 성씨받이 집성촌에 총성이 울렸고, 가마니에 둘둘 말린 시신 여러 구가 소 없는 달구지에 실려 와 다리 밑에 내동댕이쳐졌다.

박호달 씨를 밀고한 사람이 가 씨네 성씨받이라는 소문은 진즉부터 나돌았지만 확인되지도 않은 일로 줄초상이 날 줄은 몰랐다. 더 몰랐든 것은 죽인 사람은 최 경감이나 한상필 씨 같은 외지사람이지만, 죽어 나자빠진 사람은 모다 반계리 사람이라는 사실이었다. 동네사람 아닌 것들이 동네에 들어와 온 동네를 원수지간으로 휘저어 놓았든 것이다.

그 일이 있은 후 반계리 윗마을과 아랫마을은 왕래를 끊고 살았고, 전쟁이 끝난 지 여러 해가 지난 다음에도 반계다리 지나길 꺼렸다. 비라도 부슬부슬 내리는 날이면 당시를 겪었든 어른들은 반계다리 밑에서 귀린(鬼燐)이 올라와 다리 난간에 피 바르는 소리가 들린다며 이빨을 떨어댔고, 머리에 기계독 덜 가신 어린 애들은 사흘돌이로 물똥을 지렸다.

남규는 억장이 무너지는 심정으로 책을 덮었다.

작품은 6·25 전쟁 당시 보림의 외가인 서산군 원북면 마을이 겪은 비극을 그리고 있었다. 소설과 신문기사에 의한다면, 최 경감에게 피살당한 소설 속 박호달 씨는 보림의 큰외삼촌 박철현이고, 소설을 써서 15년 징역형을 받은 사람은 박철현의 동생이자 보림의 작은외삼촌인 박철하, 서울의 강릉 함씨 집안으로 시집간 손위 누이는 보림의 어머니임을 알 수 있었다.

서산경찰서는 소설의 내용과 형의 부역죄를 뒤집어씌워 저자인 박철하를 법정에 세웠으며, 재판부는 천연덕스럽게도 15년의 징역형을 선고했다. 징역형을 선고한 이유는 다음의 세 가지일 것이다.

첫째는 무상몰수 무상분배 방식의 북한식 토지정책을 옹호했다는 점, 둘째는 박호달 씨를 친일 경찰의 손에 총살당하는 인물로 설정해 친일파가 득세하는 난맥상을 부각시켰다는 점, 셋째는 남한 경찰이 인민군 부역자를 개처럼 사냥해 죽였다고 써서 독자를 현혹케 했다는 점이다.

소설은 가족의 비극사에만 초점을 맞추고 있지 않다는 점이 인상적이었다. 객관적 상관물인 반계다리를 통해 동족 간의 상잔을 극복하려 노력하였고, 반계리 마을의 비극을 형상화해 남북이 화합하고 공존하는 방안을 찾으려 고심한 흔적이 역력했다. 그리고 그 근저에는 친일 잔재를 처단하지 못한 한국 근현대사의 난맥상이 뱀처럼 똬리를 틀고 도사려 앉아 있다는 사실을 적시하고 있었다. 하지만 재판부는 이런 사실을 왜곡한 것도 모자라 무고한 사람을 핍박하고 중형에 처해 감옥에 가두는 만행을 천연덕스럽게 저지르고 있었다.

남규는 자료를 덮으면서 보림이 아직도 연좌의 고통에서 헤어나오지 못하는 현실에 절망하지 않을 수 없었다.

무명 위패無名位牌와 백비白碑

  크리스마스를 이틀 앞둔 1972년 12월 23일, 제8대 대통령 선거가 있었다. 남규는 작년 4월 27일에 치른 제7대 대통령 선거에서 처음으로 투표권을 행사했었다. 박정희와 김대중이 각축전을 벌여 근소한 표차로 박정희가 이겼다. 그리고 1년 반이 지난 지금 다시 대통령 선거가 있는 것이다. 후보는 단 한 명. 이번에는 선택이 아니라 찬반을 묻는 선거였다. 그러나 국민에게 투표권은 없었다. 선거는 있으나 투표권은 없고, 찬반은 있으나 선택은 없는 기이한 투표였다.

  통일주체국민회의 대의원이 장충체육관에 모여 간접선거로 투표했다. 대의원 총수 2,359명에 찬성 2,357표(무효 2표)를 얻어 박정희가 제8대 대통령에 당선되었다. 시끌벅적한 장충체육관과 교회에서 울리는 캐럴송만 요란했지, 세상은 쥐 죽은 듯 고요했다.

  남규는 보림에게 자료를 돌려주기 위해 여러 번 도서관에 갔으나 만나지 못했다. 생각다 못해 사학과 과사무실로 찾아갔다. 거기서 뜻밖의 소식을 들었다. 보림이 자퇴원을 내고 학교를 그만두었다는 것이다. 무슨 이유로 자퇴했는지 확인할 길은 없지만, 연좌제 탓에 학군단에 지원하지 못한 것이 계기가 되었던 게 분명했다. 그러고 보니 철학과 종태를 만난 지도 오래되었다. 학군단에서 만난 것을 마지막으로 다시는 그를 보지 못했다. 내친김에 철학과 과사무실에도 가보았다. 종태 역시 학기가 끝나지도 않았는데 자퇴원을 내고 종적을 감추었다. 아직 학교에 남아 있는 남규가 이상하달 정도로 셋 중에 둘이 학교를 그만두고 말았다.

남규는 철학과 과사무실을 나오며 자신도 이번 학기를 끝으로 휴학하기로 마음먹었다. 어차피 군대는 가야 하기에 지금 휴학계를 내면 내년 봄에는 입대할 수 있을 것이다. 생각이 여기까지 미치자 마음이 바빠졌다. 마침 기말고사도 끝나 망설일 이유도 없었다. 집으로 향하던 발길을 돌려 본부 행정동으로 향했다. 접수창구는 휴학계를 내러 온 학생들로 붐볐다. 지금이 휴학계를 내는 적기인 모양이었다. 휴학계를 내고 나니 밀린 숙제를 마친 듯 마음이 홀가분해졌다.

남규는 해를 넘기고서야 깁스한 다리를 풀 수 있었다. 추운 날씨 속에 돌아다닌 탓으로 회복하는데 시간이 오래 걸렸다. 달력을 보니 고향에서 치르는 합동 기제사(忌祭祀) 날짜가 얼마 남지 않았다. 서울로 이사 온 후 자주 참석하지 못한 터라 입대하기 전에 겸사겸사 다녀와야겠다고 생각했다.

남규의 고향인 충북 보은군 학림리에서는 해마다 섣달 열엿새가 되면 동네사람 모두가 참여하는 합동 기제사가 열린다. 80여 년 전, 동학혁명이 일어났던 1894년 갑오년 음력 섣달 열이레. 학림리 마을에 줄초상이 났다. 이날 죽은 사람만 스물일곱 명. 남규의 증조부인 김교무 옹과 증조모도 이때 돌아가셨다.

이 기제사가 특별한 이유는, 이날 돌아가신 종친과 동네사람의 숫자가 하도 많아서 각자 지내지 않고 합동으로 모시기 때문이었다. 남규는 중학교를 졸업하고 서울로 이사 가는 바람에 자주 참석하진 못했어도 기제사는 잊지 않고 있었다.

"숙모님, 저예요. 남규."

"하이고메, 이게 누구랴? 전활 다 하구? 엄니는 잘 기시지?"

남규는 기제사를 며칠 앞두고 당숙모에게 전화를 걸었다.

어머니와 동갑인 당숙모는 남규네가 서울로 이사하기 전 한동네에 살면서 친자매인 양 자별하게 지냈고, 재종들 간에도 나이 터울이 비슷해 친형제처럼 가까운 사이였다. 이사한 후 자주는 못 만났어도 어머니는 당숙모와 늘 통화하곤 했다. 당숙모의 충청도 사투리가 귀에 담기자, 남규는 저도 모르게 묵은 사투리가 입안에서 버무려졌다.

"해도 바뀌고 혀서 전화드리능규. 그새 평안허셨지유?"

"전화루 하는 새해 인사가 당키나 허남?"

"글안혀두 기제사 메칠 앞댕겨 고향에 내려갈라는디 갠찮컸지유? 당숙 어른께 여쭤볼 말씀도 있구 혀서."

남규는 이참에 오촌 당숙인 기웅 아저씨에게 6·25 전쟁 당시 아버지 형제가 겪었던 얘기를 청해 듣고자 마음먹고 있었다. 어머니에게는 당신이 시집온 후의 규방 얘기가 대부분이라 전쟁과 관련된 것은 당숙에게 듣는 게 맞을 듯싶었다. 기웅 아저씨는 아버지보다 한 살 아래 사촌지간으로 어려서부터 아버지와 한동네에 살았고, 평생을 지관(地官)으로 살며 근동의 대소사에 밝은지라 아저씨라면 아버지 형제의 사정을 누구보다 잘 알 것 같았다.

"야가 먼 소리랴 시방? 백 날이고 천 날이고 상관없응게 싸게 싸게 내려오기나 햐. 엄니도 같이 오능겨?"

"아뉴. 지 혼자 내려갈뀨."

"그려? 서운타야. 암튼 알았고, 읍에 당도하문 전화햐."

당숙모는 두드려 만든 방짜 놋그릇처럼 집안 살림을 실팍하고 야무지게 건사했고, 아무리 심신이 고달파도 불평 한마디 입 밖에 낸 적 없는 속 깊은 아주머니였다. 모처럼 걸려온 집안 조카의 전화에 당숙모는 어머니와 함께 내려오지 못하는 것에 서운함을 감추지 못했다.

서울역에서 기차로 출발해 대전에 도착, 시외버스로 갈아타고 보은으로 향했다. 세천과 증약 고개를 넘어 옥천을 지나고 원남까지는 벚나무 가로수길이다. 봄이면 벚꽃 터널이 장관일 텐데 한겨울의 왕벚나무는 이파리 한 장 남김없이 지운 검은 몸뚱이로 시린 계절을 보내고 있었다.

보은 초입, 어머니의 친정인 후평리를 지났다. 동네 복판에 서 있는 느티나무는 수령이 오래되어 잎으로 소담스럽진 않아도 미려하고 훤칠했다. 마을을 가로질러 난 실개천 아래로 얼음장 녹아 흐르는 물소리가 차창 너머로 들리는 듯했다.

보은읍에 당도했다. 아침 일찍 나선 귀향길이 아직도 끝나지 않고 있었다. 고향인 학림리까지는 여기서 다시 완행버스를 타야 한다.

읍사무소에 들러 호적등본을 한 통 떼었다. 소령이 말한 그대로였다. 삼촌의 이름 밑에는 부산형무소에서 죽었다는 기록이 선명했고, 사망하여 제적 처리된 아버지, 출생 기록만 남아 있는 고모의 인적사항이 고스란히 적혀 있었다.

대합실 벽에 붙은 시간표대로면 1시간은 더 기다려야 한다. 비낀 햇살이 먼지 낀 창문 사이로 비쳐 들어와 변두리 영화관에 앉아 있는 느낌이었다. 문이 열릴 때마다 빛살에 드러난 먼지구름이 누에 실타래처럼 날아다녔다.

마을 입구에서 내려 동네 어귀로 접어들었다. 마을 뒤편, 현무(玄武)가 감싸 안은 화산(華山) 능선에 보랏빛 땅거미가 깔리고 있었다. 화산은 경주김씨 누대의 선산으로 조상의 봉분이 산 전체에 즐비하다. 남규 아버지의 묘도 이곳에 있다. 산 능선에서 내리뻗은 골짜기 한 가닥이 왼쪽으로 휘어져 절골을 지나 종곡리 북실로 이어지고, 오른쪽으로 휘어진 가닥은 펑펴짐한 평지 끝에서 다시 꺾여 미원과 괴산, 청주 쪽으로 휘돌고 있었다.

당숙의 집에 도착했다. 솟을대문 안쪽 외양간에서 여물을 씹던 어미 소가 낯선 사람이 나타나자 넓적한 혓바닥을 콧구멍 안으로 숨기기 바빴고, 어미 발치에 엎드려 있던 송아지가 퉁방울 눈알을 굴리며 일어서느라 부산을 떨었다. 구유에서 뜨뜻한 김이 올라오는 걸로 보아 방금 여물을 부어준 모양이었다.

마당에 들어서는 기척을 내기도 전에 부엌문이 열리며 당숙모가 뛰어나왔다.

"점드락 기다렸다. 어여 들어가자. 날씨가 춘디 입성이 그기 머여?"

당숙모는 반가움 반 핀잔 반의 어수선함을 뒤섞어 푸근한 고향의 품으로 남규를 끌어들였다. 방에는 당숙과 청주에서 대학을 다니는 동갑내기 재종형제인 중규가 앉아 있었다. 방학이라 집에 와 있다고 했다.

당숙께 인사를 올리고 자리에 앉기도 전에 당숙모가 밥상을 들여왔다. 술을 좋아하는 당숙을 생각해 읍에서 산 정종을 꺼내 잔을 채워 드렸다.

"발쎄 계축년일세. 인자 멫 학년 되는 겨?"

"3학년입니다."

"우리 중규보다 한 학년 위구면."

"나이는 같아도 지가 생일이 빨라 한 해 먼저 들어갔지유."

남규는 고향을 떠난 지 10년이 다 되었어도 당숙의 사투리에 저절로 맞장구가 쳐졌다. 어려서 입에 붙은 말은 잊히지 않는가 싶었다. 서울과 충청도 말이 뒤섞여 나왔다.

"그려? 그렸었지. 천상 군대두 갔다와야 쓰겄구먼?"

"글 안혀두 휴학계 냈습니다."

"잘 혔다. 중규, 니는 언제 간다구 혔지?"

중규가 밥상 앞으로 당겨 앉으며 대답했다.

"지는 내년에나 갈라구유. 다들 2학년 마치고 간다구 그러네
유."

당숙이 석 잔을 거푸 마신 뒤 수저를 들었다. 잔이 두 개 더 차
려졌다. 남규가 중규의 잔에도 술을 따라주었다.

"그려. 기왕지사 갈 늠으거 싸게싸게 댕겨오는 것두 좋을 겨.
듣자 허니 나한테 무슨 할 얘기가 있담서?"

"지금 말씀드려두 될까 모르겠네유?"

"메칠 있다 간담서? 찬찬히 얘기허자. 오늘 낮에 신성리 마을
산소 이장허는 델 갔다가 청일 시달려 시방 몹시 대간타."

"아직도 지관 일 보시남유?"

"지금은 아니고 멫 년 전에 지관 봐준 산손디, 오늘 이장헌다
혀서 가보지 않았겠냐? 근디 파묘를 해보닝께 말여, 광중(壙中)
에 화렴(火廉)이 들어 송장이 반내끼 이상 타버린 겨. 시꺼멓게
말이지. 그걸 본 자석놈덜이 눈에 불을 키가 내게 달려들지 않었
겄냐? 청맹과니가 지관 본 거냐며 삿대질에, 대거리질에 갤갤 함
서 말여. 하마터면 없는 상투 생으루 뽑힐 뻔했다야."

당숙이 거푸 들어간 술기운 탓인지, 아니면 낮에 당한 치도곤

이 생각나서인지 한번에 말을 잇지 못하고 토막말로 더듬었다.

"송장이 탄 게 아니라 성토 중에 산화철이 섞여 들어갔던 게지유."

중규가 아비의 봉변당한 얘기는 뒷전에 두고 공대생다운 해석을 내렸다.

"그럴 수도 있었지. 그 자리가 사변 때 숱하게 포탄 떨군 자리라 성토 흙의 태반이 쇳가루인 기라."

남규가 부자의 대화를 듣다 말고 당숙의 말이 새삼스러워 화렴의 뜻을 물었다.

"충렴(蟲廉)은 들어봤어도 화렴이란 말은 처음 듣는디유?"

"벌레 들어 송장 파먹는 충렴이야 눈에 안 비면 육탈(肉脫)이지만, 화렴은 그기 아닌 겨. 땅속에 유황불 지핀 것도 아닌디 맥없이 탈 리는 없는 노릇이지."

당숙이 낮에 보았던 장면이 되살아난 듯 어지럽게 눈을 굴리며 진저리를 쳤다.

"그 산소 자리가 어딘디유?"

잠자코 듣던 중규가 아비의 황망함이 유별스러웠던지 근동에 모르는 곳 없다는 투로 물었다.

"왜 안 있냐? 우리 마을 뒷산 절골 너머 종곡리. 북실마을."

중규가 그러면 그렇지 하는 표정으로 이미 이유를 알고 있는 듯 말했다.

"거긴 동학 전쟁 때 동학군 수천 명 죽은 디 아뉴?"

"니가 그걸 어찌 아냐?"

"지가 졸업한 보은 중·고등학교 동창이 죄다 그 동네 아덜인디 지가 왜 그걸 몰러유? 아버지가 지관 보실 때 동학군 불타 죽은 우에다 묘를 쓰라고 허싰는개비쥬? 그러니 송장에 화렴이 들 수밖에."

중규가 늙은 제 아버지 지관 보러 다니다 봉변당한 얘기가 듣기 싫었던지 핀잔을 섞었다.

"그건 니가 모르고 하는 소리다. 지관이 명당을 고를 때는 산세나 물의 방향, 방위를 보고 정하는 것이지 그 자리에 사람 죽었다고 명당이 흉지(凶地)가 되지는 않는 법."

"흉지가 따로 있남유? 세상없는 명당이라두 화렴이 들어 송장이 타불면 그기 곧 흉지인 기지유."

평생을 지관 본다며 아니 간 곳 없이 돌아다녔지만, 막상 아들의 말을 듣고 보니 틀리지 않은 말인지라 당숙은 입맛을 쩝 다시며 수저를 내려놓았다.

"허기사 우리 마을 합동 기제사 치르는 것두 다 동학 전쟁 당시 떼죽음한 조상님 뫼시는 제사니께 종곡리나 여기나 매한가지로 화렴 든 땅 아니겠냐?"

"종곡리 동창들 말로 우리 마을에서 사람 죽은 숫자는 조족지혈이라 하던데유?"

"꼭 그렇지두 않어. 거긴 외지에서 들어온 동학군이 많이 죽었지만, 우리 마을은 우리 동네사람이 많이 죽었어. 모신 위패만 혀

두 스물일곱 아니냐?"

"수천 명 죽었다는 종곡리에 비하면 스물일곱은 암것도 아니지유."

"야가 몰라도 한참을 모르네. 제실에 모신 무명 위패(無名位牌) 두 안 봤냐?"

"무명 위패라니유?"

남규가 무슨 소린가 싶어 되묻자 당숙이 혀를 끌끌 차며 답했다.

"스물일곱 위패 다음에 따로 모셔진 이름 없는 위패."

"위패에 이름이 없다구유?"

"그려. 이름은 없고 숫자만 있지. '八十九'라구 써 있을 겨."

"89명이 죽었다구유? 그 사람들이 다 누군디유?"

"누구긴 누구겠어? 동학 전쟁 때 우리 마을에서 죽은 이름 모를 동학군이지. 경기도 어느 지방에서 봉기한 동학군이라 했다."

"그럼 그 무명 위패가 여기서 죽은 경기도 동학군·89명을 하나로 모은 위패란 말인가유?"

중규는 물론 남규도 무명 위패가 모셔져 있다는 얘기를 처음 들었지만, 경기도에서 봉기한 동학군 얘기는 더더욱 처음이었다.

"그렇다니께. 그 숫자가 무려 팔십구 명이여."

"마을사람과 합치면 백 명이 훨씬 넘는다는 얘기네유?"

"숱하게 죽은 거지. 이 작은 마을에서."

남규는 경기도 동학군의 위패가 제실에 모셔져 있다는 사실에 새삼 놀랐다. 더욱 경이로운 건 동네사람 시신 수습하기도 벅찼을 와중에 외지에서 들어온 동학군 시신까지 수습해 위패를 모셨다는 사실이었다.

남규는 어렸을 적 합동 기제사에 참석한 어른들 틈에 끼어서 들었던 옛날이야기가 떠올랐다. 동학 전쟁 당시 이웃마을 종곡리에 큰 전투가 벌어졌었다고 했다. 그런데 후퇴하던 동학군 일부가 절골을 넘어 학림리로 들어왔고, 학림리 사람들이 이들을 도와 일본군과 싸우다가 스물일곱 명이나 죽었다는 얘기였다. 그런데 오늘 들으니 이에 더해 경기도 동학군 89명의 위패를 따로 모셔 영가(靈駕)의 천도까지 기렸다는 사실에 숙연함이 절로 솟았다. 그러나 그 숙연함이 더욱 진하게 느껴진 건 당숙의 다음 말 때문이었다.

"마을 뒷산 절골 고개 못 미쳐 오른쪽을 보면 봉분 큰 무덤이 하나 있을 겨. 거기가 그때 죽은 동학군 합장해서 묻은 디여. 묘 앞에 암것도 안 써진 백비(白碑)가 하나 있지. 시간 내서 한번씩 들 가보더라구."

지관을 오래 봐온 당숙인지라 묫자리에 대해 아는 것이 많았다. 절골 고개에 백비 묘가 있다는 사실도 처음 듣는 얘기였다.

당숙이 더 앉아 있기 피곤한지 목침을 베고 돌아누우며 혼잣말처럼 중얼거렸다.

"따지고 보면 보은 땅이 온통 흉지인 기라. 동학 전쟁 때는 동학군 숱하게 죽었지, 6·25 사변 때는 보도연맹 사람들 무수히 죽은 디가 바로 여기여."

남규는 당숙의 입에서 툭 튀어나온 '보도연맹'이라는 말에 그새 까무룩 잔코를 골기 시작하는 당숙을 졸라 묻지 않을 수 없었다.

"방금 보도연맹이라 허셨는데 그게 뭐지유?"

"하이고매, 보도연맹 얘기 하자문 날 샌다. 오늘은 대간혀서 더는 못 전디겠다. 그 얘긴 내일 하자."

당숙이 목침을 세워 돌려 베고는 이내 코를 골았다.

저녁상을 물리고 중규와 같은 잠자리에 들면서 중규에게도 물어봤으나 그 역시 보도연맹에 대해서는 들은 바가 없는지 자세한 얘기를 나눌 수 없었다.

다음 날 당숙에게 듣고자 했던 대답은 차일피일 미뤄지고 말았다. 제사 준비로 분주해졌기 때문이었다. 제사가 사흘 앞이긴 해도 다음 날이 보은장이라 이날을 놓치면 제수용품 마련할 시간이 없었다. 제수용품 운반을 자청해 남규와 중규, 동네 청년 하나랑 셋이서 아침 일찍 경운기를 끌고 보은 장터로 향했고, 흥정을 맡은 당숙모와 또래 아주머니 둘이 완행버스를 타고 뒤따라왔다.

해거름이 되어 제실(祭室) 바깥마당에 쌓아둔 장작더미에 화톳불이 돋자 이른 저녁을 마친 노인네와 동네 조무래기들이 몰려나와 복닥거리는 와중에, 성미 급한 아주머니 너 댓이 제실 광에 쟁여둔 놋그릇을 잿물 내려 닦기 시작했다. 제기(祭器) 닦기는 기제사 준비의 첫 단계이자 가장 손이 많이 가는 일감이었다.

이튿날도 바쁘긴 마찬가지였다. 아낙들은 제실 안마당과 부엌에 모여 애벌 손질한 재료를 절이고, 두드리고, 철질하랴, 전 부스러기 얻으러 들락거리는 애들 지청구하랴, 종일 정신이 나가 있었다. 여자들만 바쁜 게 아니었다. 제실 위채에는 경향 각지로 떠났던 출향 인사들이 모여앉아 예리하게 벼린 단조 칼로 향을 깎고, 밤을 치거나 명태포를 두드려 제수 음식 장만에 손을 보탰다.

동네가 시끌벅적하기는 해도 마음만 먹으면 시간을 낼 수 있을 텐데 무슨 일인지 당숙은 남규의 눈길을 애써 피하는 듯했다. 고향 사람 누구한테서든 보도연맹 얘기를 듣고 싶었지만, 남규가 머무는 총각들의 잠자리는 재실 아래채에 따로 마련되었기에 옛 사정을 모르는 젊은 사람들에게 도사려 물어 봤자 돌아올 답은 없었다.

트럭에 타면 죽는다

사흘날도 사정은 나아지지 않았다. 오히려 다음날 있을 기제사의 막바지 준비로 더욱 분주해졌다. 이대로 끝나는가 싶었는데 멀리 포항에 사는 오촌 당숙 기주 아저씨가 뒤늦게 당도했다. 아저씨는 아버지보다 세 살 아래로, 당시에는 드물게 상대를 졸업하고 시중은행에서 근무하다가 지금은 은퇴하여 포항 바닷가에서 만년을 보내고 계셨다. 포항에서 보은까지는 먼 거리였으나 그는 항상 기제사에 빠지지 않고 참석했었다. 젊었을 적 큰돈을 만져봐서인지 인심이 후하고 손이 커 빈손으로 오는 법이 없었다. 이번에도 포항에서 직접 구매한 과메기를 한 아름이나 꾸려왔다. 꾸러미를 펼치자 동해 물이 퍼렇게 든 다시마와 꽁치 비린내가 온 동네로 번졌다.

재실 방에 모여 있던 사람들의 눈이 번해져 술 패와 안주 패로 나뉘어 앉았다.

"엄니는 안 오셨는가보네? 편찮으신 데는 없지?"

기주 아저씨는 남규가 따라주는 잔을 비우며 물었다. 아저씨는 평소에도 혼자 사는 어머니의 안부를 먼저 묻곤 했다. 그도 오래전에 고향을 떠나서인지 충청도 억양이 많이 가셔 있었다. 그 바람에 남규의 말도 서울 말씨로 바뀌었다. 고향의 정서는 그대로여도 말씨는 사는 곳에 따라 달라지게 마련인 모양이었다.

"장 그렇죠 머. 포항서 예까지 오시자면 한참일 텐데 고생하셨겠네요?"

"아침 일찍 나서도 해 떨어지기 전엔 못 대기 십상이다."

아저씨가 자주 해본 솜씨인 듯 과메기를 세로로 길게 찢었다. 기름진 바다 안주 탓에 술잔이 바삐 돌았다. 남규가 술잔 나간 틈을 타서 물었다.

"아저씨, 한 가지 여쭤볼 게 있는데요? 혹시 보도연맹이라구, 아시는 게 있습니까?"

아저씨가 잘못 들었나 싶었는지 되물었다.

"지금 뭐라 했냐?"

"보도연맹을 아시나 해서요."

일순 아저씨의 표정이 바뀌며 주위를 두리번거렸다. 둘의 얘기에 주목하는 사람은 없었다. 아저씨가 서둘러 잔을 비우고 일어나면서 남규에게 밖으로 나오라는 눈짓을 보냈다.

둘은 화톳불이 타고 있는 마당을 피해 재실 아래채 툇마루로 나왔다. 서까래에 매달린 백열등이 조촐하게 비추고 있어 얘기 나누기엔 더없이 좋은 장소였다. 움푹 들어간 곳이라 바람기도 없고, 나무 바닥이어서 찬 기운은 금방 가셨다.

"그 얘기 누구한테 들었냐?"

"엊그제 기웅 아저씨가 언뜻 말씀하시던 걸요."

"아저씨가 뭐라던?"

"담에 얘기하자더니 아직 못 들었습니다."

"듣는 귀가 무서웠던 게지."

아저씨가 주변을 살피며 목소리를 낮추어 물었다.

"조카 나이가 올해 몇이지?"

"스물둘입니다."

"그렇지. 전쟁 터지고 이듬해에 태어났으니까."

"제가 태어난 해를 아세요?"

"알다마다. 그때 내가 자네 아버지 심부름도 다니고 그랬어."

"그럼 보도연맹에 대해서도 잘 아시겠네요?"

"알지. 어머니가 말씀 안 하시던가?"

"자세한 얘긴 못 들었습니다."

"아직은 때가 아니라고 생각하신 게야."

아저씨의 눈이 어두운 하늘 먼 곳에서 한참을 머물다가 돌아왔다.

남규는 웃옷 주머니에 넣어두었던 서류를 꺼내 마룻바닥에 펴보였다. 소령이 주었던 공무원임시등록법 서류와 보은읍사무소에서 뗀 호적등본이었다.

"이게 다 뭐냐?"

"실은 제가 ROTC로 군대 가려 했는데 퇴짜를 맞았습니다."

"ROTC라면?"

"학군단이라고 아시죠?"

"대학 다니면서 군사훈련 받고 소위로 임관하는 거 아니냐?"

"맞습니다. 그런데 원서를 냈더니 전 신원 부적격자라서 입단할 수 없다는 겁니다."

아저씨가 백열등 불빛에 서류를 비춰가며 꼼꼼히 읽고 나서 다시 물었다.

"호적등본은 알겠는데 이 공무원임시등록법이란 건 뭐냐?"

"아버지가 교원이었던 건 아시죠?"

"알다마다. 워낙에 수재라 우리 집안의 자랑이었지. 사범학교는 아무나 가는 게 아니야. 보은군 전체에서 한 해에 한두 명 들어갔으려나?"

"그런데 아버지가 전쟁이 터지고 나서 교단에서 밀려났다는 겁니다. 인민군에 부역했다는 이유로 공무원에 등록하지 못했다면서."

"에이. 그건 잘못 알고 하는 소리다. 부역을 한 건 아니었지."

"그럼 왜 교단에서 밀려났지요?"

"보도연맹 때문이었지."

비로소 아저씨의 입에서 보도연맹이라는 말이 나왔다. 실마리를 찾은 느낌이었다.

"보도연맹이 뭔지 궁금합니다. 그 얘기 좀 해주세요."

아저씨는 다시금 주위를 살피며 목소리를 낮추었다.

"좋아. 그 얘긴 차차 하기로 하고. 먼저 한 가지 묻자. 호적등본에 네 삼촌인 김수한이 부산형무소에서 사망했다고 적혀 있는데 이게 사실이냐?"

"저도 몰랐죠. 서류를 떼어보고 알았으니까요."

"그럼, 이런 게 있다는 걸 어떻게 알았어?"

"학군단 교관이 말해주었습니다. 이것 때문에 제가 신원 부적격이라고."

아저씨는 그제야 모든 의문이 풀린다는 듯 고개를 앞뒤로 흔들었다.

밤이 깊어지자 화톳불 가에 모여 있던 사람들이 듬성듬성 빠져나갔다. 아저씨가 한참을 말없이 있다가 생각을 정리한 듯 오래전 기억 속에 묻어두었던 이야기를 꺼냈다.

"네 삼촌이 부산형무소에서 죽었다는 얘기는 나도 처음 듣는다. 불쌍한 양반. 나랑 동갑이었는데. 돌이켜보니 네 아버지가 일찍 돌아가신 것도 다 그 동생 때문이라는 생각이 드는구나. 형제간에 정말 우애가 좋았었지. 늘 같이 붙어 다녔거든."

남규는 바짝 긴장하여 아저씨가 더듬어내는 아버지의 이야기에 집중했다.

"삼촌 때문에 아버지가 일찍 돌아가셨다고요?"

"그랬을 거야. 내 몸같이 여기던 동생이 먼저 죽었으니까. 그것도 한날한시에 붙잡혀 끌려갔는데 동생은 죽고 자기만 살아남았으니....... 자네 아버지가 겪었을 심적 고통이 얼마나 컸었겠냐?"

"끌려가다니요? 누구한테요?"

"누구긴 누구냐? 경찰이지."

"무슨 잘못이라도 했나요? 아버지 형제가?"

"잘못은 무슨? 보도연맹원이라면서 끌고 가 죽였지."

"보도연맹이 뭐길래 사람을 죽이는 거죠?"

"자유당 정권 당시 좌익 활동하던 사람들을 한데 모아 조직한 정부의 관변단체였단다. 정식 명칭은 국민보도연맹. 네 아버지와 삼촌도 그 모임의 회원이었지."

"아버지가 좌익 활동을 했다고요? 좌익이라면 빨갱이 아닌가요?"

남규는 아버지가 좌익 활동을 했다는 말에 귀가 번쩍 뜨였다. 소령의 말이 맞았다. 아저씨의 말대로라면 남규네는 영락없는 빨갱이 집안이었다.

남규의 반응에 아저씨가 픽 웃으며 계속 말을 이어갔다.

"내 그럴 줄 알았다. 당시에 좌익은 공산주의자를 지칭하는 말이 아니었어. 미군정이나 이승만 정권에 반대하는 세력을 통칭해 좌익이라 부르던 시대였거든."

"민주주의 국가라면 당연히 집권 반대 세력이 있는 거 아닌가요?"

"그러게 말이다. 그러나 그때는 현 정권에 반대만 해도 좌익이나 빨갱이로 몰아 죽이던 시대였거든."

"정권에 반대한다고 사람을 죽여요?"

"그래야 자기들이 살아남을 수 있으니까."

"좌익 사람들이 많았나요?"

"많았지. 똑똑하고 공부좀 했다는 사람들 대부분이 좌익이었어."

"왜 그렇게 반대 세력이 많았던 거지요?"

"나는 미군정과 이승만 정권이 일제 잔재를 청산하지 않고 친일파를 재기용한 게 가장 큰 실책이라고 생각한다. 일제 때 순사 나부랭이가 도로 경찰이 되고, 독립군 잡으러 다니던 일본군이 해방된 나라의 군인이 되고, 독립운동가 체포해 재판에 넘긴 사람이 도로 판검사가 되는 친일파 세상이었거든. 그러니 이런 정책에 반대하는 사람이 많을 수밖에."

"국회에서 반민특위를 구성해 친일파를 처단한 것으로 아는데요?"

"특위를 구성하긴 했지만 제대로 활동하진 못했어. 미군정과 이승만의 방해로 와해되고 말았지. 그래서 많은 사람이 미군정에 대항하고 이승만의 반대편에 선 거야."

아저씨의 얘기는 남규가 경험하지 못한 시간 속으로 점점 더 거슬러 올라갔다.

밤도 깊고 날씨가 추워진 탓에 화톳불 주위에 남은 사람은 아무도 없었다. 둘은 화톳불 쪽으로 자리를 옮겨 장작을 채워 넣고 마주앉았다. 마른 장작에 불길이 닿자 불땀이 일면서 활활 타오르기 시작했다. 얼굴은 뜨거워도 등은 차가운 겨울밤의 한복판이었다.

아저씨의 얘기는 계속되었다.

"그런데 말이다. 의식이 있는 국민 중 상당수가 이승만 정권에 등을 돌린 결정적 계기가 있었는데 너는 그게 뭐라고 생각하냐?"

아저씨가 이야기의 실마리를 잇기 위해 남규에게 물었다. 쉽게 대답할 수 있는 질문이 아니었기에 궁리를 거듭한 끝에 대답했다.

"남한만의 단독 정부 수립이 아니었을까요? 남북이 갈라져 둘로 갈라지게 생겼는데 이승만이 그걸 주장하고 나섰으니까요. 김구 선생도 단정 수립에 반대해 김일성을 만나러 북한에 갔던 걸로 아는데요?"

"그랬었지. 그래서 단독 정부 수립에 반대하는 좌익이 들고일어난 거야. 그게 바로 제주 4·3 사건이고, 여순사건도 그 뒤를 이어 일어난 거지. 이렇게 이승만 반대 세력이 늘어나고 정권이 전복될 위기에 처하자 이승만은 국가보안법을 제정해서 이들을 제거하기 시작했어. 그 연장선상에서 보도연맹도 만들어졌던 거고."

"가입 대상자가 따로 정해져 있었나요?"

"그건 아니었어. 보도연맹이 처음 만들어진 건 전쟁 나기 일 년 전인 1949년. 가입 대상자는 주로 과거에 남로당 활동을 하던 사람, 노동운동가, 농민동맹, 학생동맹, 부녀동맹, 교원노조원들이었지."

"가입을 안 할 수도 있었나요?"

"그럴 수는 없었지. 가입하지 않으면 공민증도 안 주고, 식량 배급에서 제외했으니까 버틸 수는 없었어. 그래서 교원노조 활동을 했던 네 아버지와 농민동맹원이었던 네 삼촌도 강제로 가입할 수밖에 없었던 거야."

"연맹원 숫자가 얼마나 되었나요?"

"대략 30만 명 이상. 하지만 이 사람들 모두를 좌익이라고 볼 수는 없어. 지역마다 할당을 정해 인원수를 채우게 했으니까. 월북했거나 남로당원이었던 사람의 가족, 고무신이나 비료, 쌀을 준다고 해서 가입한 사람, 무지몽매해서 모르고 도장 찍어준 사람. 별별 사람 다 있었지. 아무튼 연맹원 모두가 좌익이라고 볼 수는 없었어."

남규는 아버지가 교원노조 활동을 했다는 게 신기했다. 그 당시에 교원노조가 있었다는 것도 놀라웠다. 더욱 경악한 건 교원노조 활동이 반정부 활동으로 인식되어 강제로 보도연맹에 가입시켰다는 사실이었다.

아저씨의 얘기는 계속되었다.

"그런데 전쟁이 발발하면서 본색이 드러난 거야. 보도연맹이 원래는 좌익 사람들을 계몽하고 사상을 전향시켜서 충량한 대한민국 국민이 되게 할 목적으로 정부가 나서서 만든 관변단체인데, 전쟁이 터지다 이들을 잠재적인 적으로 간주해 닥치는 대로 죽여버렸지. 아군과 경찰, 지금은 보안사령부라고 부르는 특무대에 의해 학살당한 숫자가 대략 10만 명 이상. 대전의 골령골, 청주의 분터골, 경북 경산의 코발트 광산, 대구와 부산형무소 등 전국 모든 지역에서 동시다발적으로 학살이 일어났지. 인민군에 맞서 싸워야 할 군대와 경찰이 전쟁이 터지니까 제일 먼저 한다는 짓이 제 백성 죽이기였다니, 정말이지 하늘을 원망하고 땅을 칠 일이야. 그런 와중에 네 아버지와 삼촌도 그렇게 된 거고."

실로 하늘을 원망하고 땅을 치지 않을 수 없었다. 정부의 주도로 조직한 단체의 조직원을 그 정부가 도로 나서서 10만 명이나 학살했다는 사실에 혀가 내둘러질 따름이었다. 그러나 정작 남규가 놀란 건 이런 학살이 일어났던 과거사를 자신은 지금껏 모르고 살아왔다는 사실이었다. 게다가 그렇게 학살당한 사람의 후손이 여전히 빨갱이라는 이름으로 핍박받고 있는 오늘의 현실이었다. 정부에 의해 전국이 피로 물든 집단 학살 사건이었음에도 그 오랜 세월 실체가 감춰지고, 심지어 왜곡되기까지 했다니 소름이 돋았다. 눈뜬장님으로 살아온 세월이었고, 눈 가린 채 끌려온 밤길이었다.

아저씨의 말이 사실이라면 삼촌은 보도연맹원이라는 이유로 부산형무소에 끌려가 사망한 게 분명했다. 그렇다면 아버지는 어떻게 해서 살아남게 되었을까? 똑같이 붙잡혔다고 했는데 왜 삼촌만 죽었을까?

"그렇다면 아버지는 어떻게 해서 살아난 거죠?"

"아까도 말했지만, 아버지는 워낙에 수재여서 재주를 아까워하는 사람이 많았지. 트럭에 타기 직전 누군가 슬쩍 귀띔했다는 거야. 타지 말라고. 타면 죽는다고."

"귀띔해주었다고요?"

"그래. 경찰이 연맹원들을 안전한 곳으로 데려다주겠다며 감쪽같이 속인 거지. 인민군이 들이닥치면 좌익에서 전향한 보도연맹원은 살아남지 못할 거라면서. 그렇게 해서 트럭에 태운 거야. 저승행 트럭인 줄도 모르고."

"그래서 아버지와 삼촌이 헤어지게 된 거군요?"

"그렇지. 아버지는 그렇게 해서 살아났지만, 동생은 그 길로 끌려가 죽었지. 동생을 구하지 못한 형의 심정이 오죽했겠어? 그래서 자네 아버지도 그 일로 상심해 얼마 못 사신 거고."

아저씨는 아버지 형제의 죽음 이야기로 보도연맹에 관한 얘기를 마무리지었다. 남규는 자신이 태어나기도 전에 죽은 삼촌, 너무 어려서 기억나지 않는 아버지에 관한 숨겨진 일화를 아저씨를 통해 들을 수 있었다.

화톳불도 어느덧 재로 변해 불티만 날고 있었다. 남규는 주위에 흩어진 나뭇가지를 그러모아 불 속에 던졌다. 마른 가지들이 종잇장처럼 호르르 타오르다 잦아들었다. 불이 꺼지자 등 뒤에서 서성이던 차가운 기운이 바람과 함께 몰려들었다.

"불을 더 지필까요?"

"바람에 흙냄새가 묻어나는 걸 보니 더 추워지려나 보다. 장작개비 몇 개로는 어림도 없겠는걸."

들을 건넌 바람이 눈보라보다 강파르게 불어왔다. 서까래에 매달린 백열등이 흔들리며 어둠과 밝음이 뒤섞인 밤그림자를 휘저어댔다. 구름에 얼비친 달빛 사이로 동네 안길에 고여 있던 흙

먼지가 뿔뿔이 흩어지는 게 보였다. 바다에서 건져 올린 싱싱한 안주로 거나해진 재실 방 술 패들의 흐트러진 객기가 허허롭게 담을 넘고 있었다.

박쥐 중대 상황실 작전 서기병

처음 쏘는 실탄 사격이라 긴장한 탓일까? 남규는 풀썩이는 먼지 구덩이에 엎드려 안경알에 쌓인 먼지를 손가락으로 밀어내고 총구를 들어 올렸다. 시키는 대로 했다. 교관의 명령에 따라 개머리판을 어깨 깊이 묻으라 해서 묻었고, 눈은 가늠자에 바짝 붙이라 해서 붙였으며, 호흡은 멈추라 해서 멈췄고, 방아쇠는 유두를 만지듯 살살 당기라 해서 당겼는데, 그만 안경알이 와장창 깨지고 말았다. 그놈의 M1은 반동이 세도 너무 셌다.

'타앙!'

총알이 튕겨 나가면서 뒤로 밀린 가늠자 뭉치가 관자놀이를 타격했고, 그 충격에 안경알이 깨지면서 유리 파편이 튀었다. 광대뼈가 얼얼하고 둔중했다. 총에 맞아본 적은 없지만, 총 맞은 기분이었다. 남규는 그 와중에도 두 번째 총을 쏘기 위해 가늠자에 눈을 들이밀다가 이를 제지하는 조교의 군홧발에 엉덩이를 채여 나가떨어졌다.

"눈 깜빡거리지 마, 이 새꺄!"

이게 무슨 소린가 생각할 겨를도 없이 남규는 뒷덜미를 붙잡혀 일으켜 세워졌고, 물이 가득 든 철모에 머리통이 쑤셔 박혔다. 조교가 귀 한쪽씩을 나누어 쥐고 머리를 좌우로 흔들어 철모 물에 눈알을 헹구어 주었다. 이런 사고가 종종 일어나는지 야전에서 철모는 순식간에 대야로 변신해 생리식염수통 역할을 충실히 해냈다.

조교는 깨진 유리에 긁혀 각막이 손상될까를 걱정하는 건지, 물이나 실컷 처먹이자는 속셈인지, 아무튼 익사 직전까지 남규의 머리를 철모에 처박고 귀때기를 흔들어댔다. 나중에 나타난 의무병이 때 낀 손가락으로 눈꺼풀을 까뒤집어보더니 즉석에서 이상 없다는 판정을 내렸다. 관자놀이가 가늠자에 맞아 찢어지긴 했어도 눈알에는 아무 이상이 없다는 것이다.

그러나 남규는 주관적으로 시력을 잃었다. 그날 이후 눈 표면에 이무기가 날아다니는 비문현상이 나타났고, 이를 씻어내기 위해 눈을 깜빡일 때마다 사격장 교관이 알 철모로 남규의 머리를 강타했을 때 느꼈던 둔중하고도 띵한 기억이 떠올라 시야가 아득해지곤 했다.

깨진 안경을 손에 쥐고 먼지 구덩이에 앉아 있던 남규에게 다가온 중위가 제 철모를 벗어 남규의 대가리를 세차게 한 방 간 후 이렇게 말했다.

"너 때문에 제대 한 달 남겨놓고 좆뺑이 칠 뻔했다."

중위 계급으로 제대한다는 것으로 보아 ROTC 출신인 모양이었다. 그가 철모에 얻어맞아 얼얼하고 떨떨한 남규의 눈앞에 프랑크 소시지 같은 검지를 세워 들고 똥개 어르듯 흔들며 물었다.

"어이, 안경, 이게 몇 개로 보이냐?"

옆에 총이 있었다면 집어들었을 것이다. 입대한 지 며칠이나 됐다고 그런 생각을 했다. 그래서 참았다. 그리고 이렇게 말했다.

"시력이 나쁘다는 건 한 개가 두 개로 보이는 게 아니라, 다만 그 한 개가 흐리게 보일 뿐입니다."

그가 픽 웃으며 말했다.

"짜아식. 말하는 걸 보니 앞으로 군대생활 애로사항 많겠어?"

중위의 예언은 신탁처럼 정확하게 적중했다.

두 달여 전.

남규는 장교가 되려는 희망이 사라진 후 신학기 등록을 포기하고 일반사병 징집에 응해 논산훈련소에 입소했다. 가능하면 보림이나 종태와 함께 입대하려 했으나 연락이 닿지 않아 홀로 내린 결정이었다. 그리고 오늘, 신병교육의 마지막 단계인 실탄 사격훈련 도중 안경이 깨지는 바람에 실탄을 딱 한 발 쏘아보고 모든 훈련을 마쳤다. 며칠 후면 이등병 계급장을 달고 훈련소를 떠나게 될 것이다.

남규는 배치받은 자대로 가기 위해 논산훈련소를 출발해 야간 열차를 타고 청량리역에서 내려, 거기서 군용버스로 갈아타고 춘천 103보충대를 거쳐, 강원도 양구로 갔다. 양구에서는 다시

소양강을 거슬러 올라가는 군용선을 탔고, 그 어딘가에 내려서는 덮개가 쳐진 트럭에 실려 한참을 달린 후, 강원도 인제군 원통면 육군 제12보병사단, 지명도 하필이면 '인제 가면 언제 오나 원통해서 못 살겠네'하는 바로 그 인제 원통에서 내렸다.

그러나 여기가 최종 목적지는 아니었다.

원통에서 다시 인솔자를 따라 시외버스를 타고 20여 분을 거슬러 올라가서 37연대가 주둔해 있는 월악리에 도착했다. 이곳 역시 배치받은 최종 자대는 아니었다. 북쪽으로 30분을 더 걸어 올라가 최종 목적지인 2대대에 도착했다. 이곳이 남규가 배치받은 자대였다. 지금까지 살면서 정해진 목적지를 향해 떠나본 가장 길고도 먼 길의 끝이었다.

그의 보직은 육군 제12사단 37연대 2대대 6중대 1소대 3분대 2번 소총수. 드디어 남규는 대한민국 육군 보병사단 최말단 소총수가 된 것이다. 여기까지 전입해오면서 줄곧 그와 함께한 훈련소 동기생이 한 명 있다는 것 빼고는 모든 것이 최악의 연속이었다. 그의 이름은 한영주. 경기도 이천이 고향인 그도 남규처럼 대학 2학년을 마치고 입대했다. 보통의 키와 체격에 피부색이 뽀얗고 눈자위가 그윽한 동갑내기 이등병이었다. 그와는 전입 마지막 단계에서 헤어져 화기 중대인 8중대에 배치되었다.

대대장에게 전입 신고를 마치고 대대본부 인사과로 가기 전 둘은 화장실에 들렀다. 담 모양이 특이했다. 늙은 호박만 한 큼지막한 돌을 듬성듬성 쌓아 올려 안이 훤히 들여다보이는 구조였다. 둘은 함께 소변을 보면서 후방보다는 차라리 최전방에서 근무하는 게 낫다, 중대는 다르지만 앞으로 자주 만나자, 휴가도 같이 가자, 대충 이런 이야기를 나누고 있었는데, 담벼락 틈을 뚫고 들려오는 낯선 강원도 목소리에 놀라 화장실에서 튀어나왔다.

"아주 거기서 산다니? 달리조이대."

소리의 주인공은 대대본부 인사과 선임하사였다. 그를 따라 인사과 사무실로 향했다.

군대에서 뭘 잘한다는 건 재앙이다. 이를 미리 알지 못한 건 더 큰 불찰이었다. 둘이 책상에 엎드려 인사기록 카드를 작성하고 있었는데, 마침 뒤에 지나가던 장교 하나가 힐끗 남규의 필적을 보는 순간 재앙은 시작되었다.

'필적이 좋다는 게 뭘 잘하는 범주에 들어가기나 하는 것일까?'

소령 계급장을 단 그가 남규의 글씨를 보더니 다짜고짜 대대 본부 작전과 상황실로 데려와 근무자에게 오늘 새로 들어온 신병이라고 소개하고는 휑하니 퇴근해버렸다. 작전 장교 강삼재 소령이었다. 그가 6중대로 자대 배치받은 남규를 중간에 가로채 작전과 상황실로 데려온 것이다. 군대에서의 계급 끗발은 정해진 규정이나 병사의 의지와 상관없이 하급자를 전횡할 수 있다는 사실을 깨닫기엔 너무나 짧은 시간이었다. 그러나 이에서 비롯된 결과는 혹독한 재앙으로 증폭되어 오랜 시간 남규를 고통 속에서 헤어나지 못하게 만들었다.

'필적도 부모를 닮는 걸까?'

남규 아버지의 필적은 참 좋았다. 남규가 어려서 어깃장 놓느라고 일부러 휘갈겨 쓴 글씨를 보고도 어머니는 아버지가 갈겨 쓰면 꼭 이렇다며 눈시울을 적시곤 했었다. 글씨를 잘 써서 나쁠 것 없지 하는 심정으로 정성을 들였더니 점점 달필이 되어갔다.

남규의 임지 지정과 관련해 작전 장교 강삼재 소령은 자기보다 한 계급 아래인 6중대장 이일승 대위의 승인 따위는 고려의 대상이 아니었다. 6중대장은 배치받은 신병이 전입해올 때가 됐는데 아무리 기다려도 감감무소식이라 사정을 알아본 모양이었다. 그런데 그의 말에 의하면 '새까만 이등병 노무 새끼'가 배치받은 6중대에는 오지 않고 상급 부대인 대대본부 작전과 상황실에 떡하니 앉아 있다는 사실을 알게 되었다.

당장 끌고 오라고 생난리가 났다. 6중대 선임하사가 남규를 잡으러 상황실에 나타났다. 작전 장교가 그 자리에 있었다면 어떻게든 설명이 되었겠는데 아무도 남규의 존재에 대해 들은 바가 없으니 속수무책일 수밖에 없었다. 남규는 선임하사에게 뒷덜미를 잡혀 오리걸음으로 6중대로 향했다. 연병장을 가로지르는 내내 남규는 선임하사로부터 '나는 좆됐다'라는 단문의 복창을 강요받았고, 복창의 리듬에 맞춰 정수리에 얹히는 꿀밤을 맞아가며 6중대로 끌려갔다.

화가 머리끝까지 치밀어 있던 키 작은 6중대장은 남규를 보자 탈영병 되잡아 온 헌병대장처럼 끝이 뾰족한 지휘봉으로 아랫배를 찔러대며, '신고합니다. 이병 김남규는'으로 시작하는 전입 신고 연습을 한 시간 넘게 반복하게 한 후에, 그래도 분이 안 풀렸는지 날 선 군홧발로 양쪽 정강이를 연달아 까고 나서야 전입 신고를 받았다.

이 정도로 상황이 끝났으면 좋았을 것이다. 이튿날 아침 일찍 출근한 작전 장교에게 남규는 '찍소리도 못하고 끌려간 병신새끼' 소리를 들으며 다시 상황실로 끌려왔다.

정말이지 이렇게라도 상황이 끝났으면 좋았을 뻔했다. 그러나 이게 끝이 아니었다. 이 상황은 또 6중대장이 출근하기 전에 벌어진 일이었는데, 출근한 중대장이 남규가 없어진 걸 알고 데려오라고 노발대발했고, 작전 장교는 못 보낸다며 더 노발대발했다.

나중에야 알았지만, 군대에는 계급 끗발보다 더 무서운 '곤조'라는 몽니가 있었다. 과거 일본군에 복무했던 군인이 쓰던 말 같은데, 이 곤조가 도대체 남규와 무슨 상관이란 말인가? 6중대장의 곤조는 작전 장교의 계급 끗발과 맞먹었고, 그 여파는 고스란히 남규에게로 떨어졌다. 남규는 상황실과 6중대를 여러 차례 끌려갔다 끌려오기를 반복한 끝에 대대본부 작전과 상황실에 근무하는 것으로 최종 확정되었다. 작전 장교의 계급 끗발이 6중대장의 곤조를 이긴 것이다.

그러나 이렇게 해서 상황이 완전히 끝난 것은 또 아니었다. 작전 장교는 남규를 말년 병장의 후임으로 상황실에 끌어다 놓기는 했지만, 소속을 6중대에서 본부중대로 옮겨놓지는 못했다. 규정상 한 부대 내에서의 보직 변경은 불가하다는 것이 이유였다.

이게 또 다른 재앙의 근원이 될 줄은 몰랐다. 아무튼 남규는 6중대 소속도 아니고, 본부중대 소속도 아닌, 새도 아니고 쥐도 아닌 엉거주춤한 박쥐 중대 소속으로 군대생활을 시작하게 된 것이다. 그의 의사는 어디에도 반영되지 않은 결과였다. 남규의 최종 보직은 6중대 1소대 3분대 2번 소총수이지만 현 소속은 대대본부 작전과 상황실 작전서기병이었다.

남규는 상황실 근무와 함께 작전과에서 생산되는 모든 문서를 필경하는 필경사가 되었고, 작전 상황판을 작성하는 챠트병이 되었다. 이것 외에도 야외 훈련 상황이 발생하면 대대장의 지프에 동승해 무전도 받았고, 작전 루트를 투명지에 그려 예하 부대에 하달하는, 그야말로 대대 작전을 총괄 지휘하는 어마어마한 임무를 부여받게 되었다.

어마어마하다고는 하지만 남규가 하는 일이래야 고작 작전 장교가 손으로 대충 써준 것을 보기 좋게 정리해 문서나 상황판으로 구현해내는 일이라 크게 골치 썩일 일은 없었다. 서양 말로 하자면, 손 글씨 원고를 철필 글씨로 옮겨 쓰는 타이피스트이자, 작전 상황판을 그리는 챠트이스트가 된 것이다. 업무는 수월했어도 작업량만큼은 언제나 상상을 초월했다. 작전 장교의 업무 스타일은 '까라면 까라주의'였다. 가령 '작계 5027' 같은 단행본 한 권 분량의 작전계획서를 저녁에 던져주면서 이튿날 아침까지 정서를 끝내라고 지시하고 퇴근했다. 그런 일은 비일비재로 일어났다.

철필 글씨는 하루에 원지 10장도 쓰기 힘든 글씨체다. 한 자 한 자 꼼꼼히 눌러 써야 잉크가 배어나는 인쇄체 글씨다. 남규처럼 휘갈겨 쓰는 달필 글씨는 원지에 깊은 구멍을 뚫지 못한다. 오랜 연습이 필요했다. 중지 끝마디에 굳은살이 박여 바늘로 찔러도 아프지 않게 되고서야 비로소 철필 글씨에 익숙해졌다. 그러는 동안 달필이었던 글씨체는 온데간데없이 사라지고 말았다.

상황실 근무도 문제가 많았다. 문제는 언제나 사람이다. 상황병은 대대장이나 작전 장교의 지시를 예하 부대에 전달하거나 예하 부대원을 상황실로 소환하는 경우가 종종 있었다. 이는 전적으로 대대장이나 작전 장교의 지시에 따른 것인데 호출을 받고 나타난 그들은 마치 졸병인 남규가 자신을 소환한 것처럼 화를 내곤 했다.

예를 들어, 대대 ATT 훈련이 있는 날, OP에서 부대가 행군하는 모습을 망원경으로 내려다보던 대대장이 점잖게,

"누가 행군 도중에 담배를 피우지?"

이렇게 말하면 옆에서 듣고 있던 작전 장교가 벽력같이 소리를 지르며,

"야! 김 이병. 저 새끼 몇 중대 누군지 얼른 무전 때려서 알아봐. 그리구 그 새끼 총알같이 OP로 튀어오라고 해."라고 닦달했다.

대대장은 성미 급한 작전 장교에게 번번이 그러지 말라고 말렸으나 그의 저돌적 충성심은 항상 도를 넘었다. 결국 남규는 무전을 쳐서 신원을 알아내야만 했고, "작전관님께서 총알같이 튀

어오라고 하시는데요."라며 지시받은 사항을 그대로 전달할 수밖에 없었다.

　말할 나위도 없이 행군 중에 담배를 피울 수 있는 사람은 졸병이 아니라 장교나 하사관 같은 간부이거나 제대 말년의 고참병이 대부분이다. 작전 장교는 숨이 턱에 차서 뛰어 올라온 사람에게 "훈련이 무슨 먹고 대학생 소풍이냐?"라는 자성적 질문으로 기선을 제압한 후, 장교나 하사관에게는 차마 그러지 못해도 사병의 경우 군홧발로 조인트를 까고, 제기 차듯 엉덩이를 여러 차례 올려 차 기분을 엿같이 뭉갠 후에야 방면해주었다. 그러면 그들은 "앞으로 시정하겠습니다"라는 마음에도 없는 구호와 함께 경례를 붙이고 돌아갔다.

　그런데, 그들이 왜 작전 장교의 지시사항을 있는 그대로 전달한 이병 김남규를 패 잡아 죽일 듯이 쩨려보고 나가는 이유는 무얼까? 그들에겐 작전 장교로부터 받은 수모를 되갚아줄 누군가가 필요했었다. 작전 장교에겐 을이지만 남규에게는 갑이었다. 그들은 얻어맞은 정강이 부기가 빠지기도 전에 남규를 불러내 작전 장교에게 얻어맞은 것의 배 이상으로 개떡을 만들곤 했다. 그들의 자의적 판단에 의한다면 남규를 작전 장교와 한통속이라 생각하는 모양이었다.

　물론 이와는 정반대의 상황도 있긴 하다. 남규가 비록 졸병이긴 해도 대대장과 작전 장교의 최측근이다 보니 몇몇 간부는 담배나 군납 양주를 슬쩍 놓고 가기도 한다. 그러나 이런 상황을 마냥 즐길 수만도 없는 것이 졸병의 애환이었다. 받은 것 대부분을 선임병 몫으로 내놓지만, 양주 선물은 워낙 드문 편이라 공평하게 나누어줄 수는 없다. 그러면 누군 주고 누군 안 주냐며 도끼눈을 뜨고 닦달하는 고참병이 있었다.

이 말은 곧바로 남규의 위 기수 선임병의 심기를 불편하게 만들었다. 이 불편한 심기는 곧바로 '내 밑으로 전부 집합'이라는 중괄호 형태로 구현되어, 똥내 나는 화장실 뒤에서 야전삽 줄빠따의 푸닥거리가 있은 다음에야 진정되곤 했다. 남규는 이처럼 어처구니없는 일이 도무지 싫었지만, 마땅히 헤어날 길도 없어 속절없는 세월을 죽이고 있었다.

부대에서 제대로 된 사람을 꼽으라면 대대장 한 명 정도였고, 나머지는 모두 제정신이 아니었다. 그중에도 압권은 부대대장 조제민 소령이다. 속칭 족제비로 통하는 그는 정말이지 족제비만이 할 수 있는 온갖 나쁜 짓을 골라서 하고 다녔다. 자칭 대령인 그는 제 동기가 대령 계급장을 다는 동안 소령까지밖에 진급하지 못했고, 곧 계급 정년에 걸려 제대할 예정이었다.

대대장보다 고참인 그를 말릴 사람은 아무도 없었다. 취사장에 들어오는 고기의 절반은 자기 것이고, 2~4종 창고 열쇠를 복제해 차고 다니며 필요한 물건은 언제든 꺼내 갔다. 휘발유도 대대장 차에 채울 정도만 남기고 드럼통째 싣고 나가 빈 통으로 돌아오곤 했다. 간부들이 부대 앞 경자옥에서 술이라도 한잔하려면 사전에 그의 허락을 받아야 했고, 새로 아가씨가 와도 그의 심층 면접이 끝나지 않으면 손님을 받을 수 없다는 불문율이 통했다.

부하들 등쳐먹는 수법도 상상을 초월했다. 야외 훈련이 있을 때면 훈련 준비로 어수선한 틈을 타 총 한 자루를 슬쩍 BOQ 자기 방에 감추고 시치미를 뗐다. 부대 전체가 총을 찾느라 난리가 난 뒤 간부들이 십시일반 돈을 걷어 바치면 그제야 슬그머니 총을 내놓았다.

"총도 하나 간수 못 하는 것들이 무슨 군인이야? 당나라 군대도 아니고."

당신의 지적은 구구절절이 옳은 말이긴 하다.

남규에게 소속 중대의 불명확함에서 오는 수난은 의외로 빨리 찾아왔다.

전입한 지 3개월쯤 지났을 무렵, 37연대 전체가 참여하는 연대 RCT 훈련이 시작되었다. RCT 훈련은 산하 대대와 직할 중대의 전투 능력을 측정하는 중요한 연대급 전술훈련이다. 훈련이 한창 진행 중이던 어느 날, 상황실로 6중대 1소대장이 찾아왔다. 그는 남규의 원 소속 중대 소대장이다. 그가 남규를 찾아온 이유는 1소대가 야간 사격 측정 소대로 지명되었기 때문이었다.

작전 장교가 이웃 소대에서 적당히 한 명 빌려 채우면 될 일을 애를 데리러 여기까지 왔냐며 핀잔했다. 그러자 소대장이 말했다.

"이미 명단을 제출해서 그건 안 됩니다."

"얼굴 사진을 찍어 보낸 건 아니잖아?"

"만일 속였다가 잘못되면 누가 책임집니까?"

소대장은 ROTC 출신이었다. 평생직장도 아닌 그가 작전 장교의 계급 끗발을 고스란히 받을 이유는 없었고, 적당히 물러설 사안도 아니었다.

"잘못될 일이 뭐가 있겠나?"

"그렇다면 측정관님께 그대로 말씀드리겠습니다. 작전관님이 병력을 내주지 않아서 A/S를 채울 수 없었다고."

작전 장교는 절대 그러라고 할 사람이 아니다. 야간 사격은 측정 점수가 높아 훈련 성과에 큰 영향을 미칠 수 있는 종목이었다. 측정을 잘 받아야 승진에 유리한 그가 그런 모험을 감수할 리 없었다. 마지못해 얼른 총만 쏘고 오라며 남규를 내주었다.

도대체 야간 사격이란 어떻게 쏘는 것일까?

주간 사격도 제대로 못 해 딱 한 방 쏘고 안경을 깨부순 처지인데다가, 자대 배치 후 한 번도 실탄 사격 훈련을 해본 적 없는 신병에게 야간 사격이란 가당치도 않은 일이었다. 소대장도 막막하기는 마찬가지였다. 막상 데려오긴 했으나 당장 연습을 시킬 수도 없고, 다른 사람으로 대체할 수도 없으니 죽을 맛이었다. 그러기에 소속을 명확히 해주었으면 이런 일이 생기지 않았을 텐데 이미 때는 늦었다.

8명씩 한 조가 되어 사격 측정이 진행되었다. 남규는 M16 실탄 20발이 든 탄창을 받아 쥐고 사대(射臺)에 올랐다. 사대에 서서 맞은편 언덕에 설치된 표적지를 바라보았다. 방향만 그쪽일 뿐 어두워서 아무것도 보이지 않았다. 심지어 자기 표적지가 어디에 붙어 있는지조차 분간할 수 없었다.

그래도 쏴야 한다. 사격 방식은 '엎드려 쏴' 자세였다. 사대에 서서 과녁판을 향해 가상선을 긋자 가물가물한 저 끝에 희끄무레한 표적지가 보였다. 옳다구나 싶어 그 자세 그대로를 유지한 채 한 손을 바닥에 짚으며 엎드렸다. 최대한 천천히 움직였으나 가늠자에 표적지가 담기는 순간 형체가 사라지고 말았다. 가늠자 구멍이 너무 작아서 표적지의 윤곽이 흩어진 것이다.

다른 병사들은 야간 사격을 자주 해봤는지 스스럼없이 총을 쏘기 시작했다. 시간은 자꾸 가는데 가늠자 안을 아무리 뒤져도 표적지는 보이지 않고, 논산훈련소에서 교관에게 알 철모로 얻어맞은 띵한 기억만 새록새록 떠오를 뿐이었다. 사격 종료 시각이 다가오고 있었지만, 남규는 한 방도 못 쏘고 마냥 엎드려 있었다.

옆을 보니 발을 드는 병사도 있었다. 사격을 마쳤다는 신호다. 다시 가늠자 안으로 표적지를 담아 보았다. 여전히 윤곽만 뽀얄 뿐 아무것도 보이지 않았다. M1에 비하면 M16은 반동이 적다고 하나 섣불리 방아쇠를 당겼다가 또다시 안경알이 깨지는 불상사가 벌어질 것만 같았다. 절박한 시간이 속절없이 흘렀고, 격발의 반동에 와장창 안경알 깨져 나갔던 참담했던 기억만이 하염없이 떠올랐다.

궁하면 통한다고 했던가? 가늠자에 표적지를 담는 대신, 표적지를 보면서 총신을 들어 올려 어림잡아 쏘는 방식을 생각해냈다. 드디어 첫발이 발사되었다. 정말이지 M16은 반동이 거의 없었다. 남규는 총알이 나갈 때마다 살짝살짝 들리는 총구를 가볍게 찍어 누르며 희미하게 보이는 표적지를 향해 연속하여 방아쇠를 당겼다. 총알이 기분 좋게 총구에서 빠져나갔다. 그렇게 20발을 쏘고 나서 왼발을 들었다.

남규의 사격을 끝으로 모든 사격은 끝났고, 측정관에 의해 표적지 검사가 시작되었다. 결과는 뜻밖에도 스무 발 모두를 명중시킨 사람은 남규와 제대 말년 고참병 하나뿐이었다. 표적지를 보면서 가늠자를 겨누는 방식이 이런 결과를 가져올 줄 몰랐다.

남규를 보기만 하면 지휘봉으로 아랫배를 찔러대던 중대장이 제일 먼저 달려와 얼싸안았고, 측정관도 사격 솜씨가 좋다며 저격병으로 차출해 훈련하면 어떻겠냐는 의견을 냈다. 작전 장교에게 보고하고 자시고 할 것도 없이, 남규는 당장 다음날부터 저격병으로 차출되어 사격 연습을 하러 다녔다. 하지만, 며칠 못 가 흐지부지 끝나고 말았다. 당연한 일이다. 실수가 실력이 되지는 않는 법.

RCT 훈련이 끝난 후, 2대대는 다른 분야의 측정에서도 우수한 성적을 거두어 연대장이 직접 방문해 표창장을 전수했고, 남규를 포함한 측정 유공자 23명이 작전 장교를 인솔 대장으로 하여 선진지 산업 시찰을 떠나게 되었다.

행운은 거기까지였다. 장병을 태운 군용버스가 강원도 인제의 군축령을 넘다 브레이크가 파열되면서 계곡 아래로 굴러 작전 장교는 전치 6개월, 남규는 3개월을 병원에서 지내야 했다. 이 사고로 맨 앞 좌석에 탔던 사병 셋이 죽고, 작전 장교는 치료를 포기할 정도로 심각한 중상을 입어 의병 전역을 걱정할 처지에 놓였다. 남규 역시 대퇴골이 복합 골절되어 퇴원 후에도 왼쪽 다리를 살짝 절게 되었다.

8부 능선 웃자란 나무들

　3개월 후 남규는 상황실로 복귀했다. 그동안 부대에 많은 변화가 있었다. 장기간의 치료를 요하는 작전 장교를 대신하여 새로운 작전 장교가 부임해왔고, 족제비 부대대장은 전역했다. 고참병 몇이 제대해 나갔으며, 그 빈자리는 신병들로 채워졌다.

　전임 작전 장교의 흔적 지우기는 여러 곳에서 감지되었다. 사고이긴 했어도 완치를 장담할 수 없는 큰 부상을 입었기에 후임자가 감당할 트라우마는 컸을 것이다. 전임자의 책걸상은 물론이고, 그가 쓰던 사무용 집기도 전부 교체되었고, 심지어 사용하던 책상의 위치까지 바뀌었다. 상황실은 그렇게 떠난 이의 흔적을 지우며 긴 가을을 보냈고, 겨울의 한복판에 와 있었다.

　강원도의 눈은 정말이지 엄청나게 내린다. 밤낮없이 내리는 눈에 속절없이 갇혀버렸다. 모든 훈련이 중단되고 제설작업에 총동원되었다. 전시 상황을 대비해 24시간 최상의 도로 상태를 유지하는 것은 강원도 주둔군의 중요한 임무 중 하나였다. 2대대

관할구역은 연대본부가 있는 월악리에서 북방으로 뻗은 453번 지방도로 4km 구간이었다. 비포장인데다 굴곡이 많고 비탈이 심해 적은 양의 눈에도 곧잘 두절되곤 했었다.

눈 무게를 이기지 못해 굴러떨어진 바위가 도로를 가로막는 일도 허다했다. 페이로더로 밀어낼 수 없는 것은 폭파병이 출동해 깨뜨린다. 바위가 주저앉은 도로 밑을 파서 다이너마이트와 뇌관을 박아 넣고 발파 스위치를 누른다. 큰 바윗덩이가 공깃돌처럼 붕 떴다가 잘게 부서져 쏟아져 내리면 엄폐물 뒤에 숨어 있던 작업병이 장수말벌처럼 달려들어 부서진 돌을 길 아래로 굴린다. 광산 막장과 다름없는 풍경이었다.

야간에 눈이 오면 페이로더가 밤새 돌아다녔고, 한밤중이라도 제설작업에 나서야 한다. 대대 상황실도 바쁘긴 마찬가지였다. 매시간 도로의 소통 상태를 확인해 연대 상황실에 보고하는 일로 밤을 새우기 일쑤였다. 그래도 야외에서 작업하는 병사에 비하면 상황병의 고생은 아무것도 아니었다. 혹한의 날씨 속에 삽자루를 메고 출동하는 병사들을 볼 때마다 남규는 미안한 생각이 들었다. 때로는 자신을 상황병으로 차출해준 전임 작전 장교가 고맙게 느껴지기도 했다.

한 가지 문제가 생겼다.

남규는 귀대 후에도 상황실에 근무하게 되었으나 신원 조회 문제가 불거졌다. 새로 부임한 작전 장교가 상황병 전체를 대상으로 신원 조회를 신청한 것이다. 원래 작전과 상황실에 근무하려면 Ⅱ급 비밀문서 취급 인가증을 받아야 한다. 그동안 남규는 이런 절차를 거치지 않고 근무해 왔었다. 전임 작전 장교의 방관이거나 불찰이었다.

어느 날 작전 장교가 남규를 불렀다. 남규의 신원이 부적격으로 회신되어 왔다며 세상 큰 비밀이라도 알게 된 사람처럼 목소리를 낮췄다.

"그게 말이다. 신원 부적격자는 상황실에 근무할 수 없도록 되어 있다."

처음엔 설마 했었다. 장교가 아닌 사병인데 무슨 상관이랴 싶었다. 그런데 그게 아닌 모양이었다. 기분은 엿 같았으나 덤덤하게 말했다.

"제 원래 소속이 6중댑니다. 가면 그만이죠, 뭐?"

"뭔가 착오가 있을 거다. 다시 알아볼 테니 좀 기다려봐."

그는 전임 작전 장교와 달리 신중한 사람이었다. 상황병 중 남규의 선임자는 두 명밖에 없었고, 그나마 한 명도 이미 예비군복을 지급받은 말년 병장이었다. 작전 장교는 상황실 업무에 익숙한 남규를 붙잡아두어야 할지, 아니면 원 소속 중대로 돌려보내야 할지 가늠이 안 되는 모양이었다. 남규는 자신이 원해서 상황실에 근무한 것도 아니라 될 대로 되라는 심정이었다.

작전 장교가 한참을 뜸 들이고 나서 물었다. 예상했던 질문이었다.

"자네 혹시 군대 오기 전에 무슨 일 있었나?"

"제 일이 아니고, 아버지 대의 일입니다."

"아버지 대?"

"네. 6·25 때 삼촌이 형무소에서 사망했고, 아버지는 부역 혐의로, 고모는 행방불명되었다고 들었습니다."

"6·25 때라면 벌써 20년도 더 지난 일 아닌가?"

"그렇습니다."

"부친은 생존해 계신가?"

"제가 국민학생 때 병으로 돌아가셨습니다."

"어머니가 고생이 많으셨겠군? 그런데 이상하다. 20년도 더 지난 일로 당사자도 아닌 자네가 신원 부적격자라는 게 이해가 되지 않는다."

"제게 연좌의 죄를 묻는 거겠지요."

"그렇진 않을 거야. 지금이 어느 땐데? 뭔가 착오가 있을 거다. 난 네가 사회에 있을 때 무슨 일을 저질렀나 했다. 아무튼 네게 문제가 없다니 다행이다. 신원 조회 문제는 다시 알아볼 테니 좀 기다려라."

남규는 작전 장교와의 대화를 끝내고 밖으로 나왔다. 된바람이 연병장에 쌓인 눈을 헤집어 눈보라를 일으키고, 페이로더가 돌아다니면서 시커먼 매연을 내뿜고 있었다. 어울리지 않는 흑백의 대비였다. 점퍼 안에 라이터를 묻어 담뱃불을 붙였다. 연기가 눈 속으로 파고들어 눈알이 쓰라렸다. 바람 속이라 담배는 금방 타들어 갔다. 한 대 더 피우고 싶었으나 더욱 거세진 바람 탓에 불이 붙지 않아 빈 담배를 질겅질겅 씹었다.

시간은 더디 흘렀다. 눈은 연일 쏟아졌고, 눈과의 전쟁에서 부대원 모두가 지쳐가던 어느 날, 이번에는 부대 밖에서가 아니라 부대 안에서 사람이 비명횡사하는 불상사가 발생했다. 사고는 정말이지 말도 안 되게 벌어졌다. 사병 하나가 트럭에 치여 허리가 끊어졌고, 또 하나는 바퀴에 깔려 다리가 뭉개졌다.

사고가 일어나기 직전, 유류 운반용 트럭이 연료가 가득 든 드럼통을 싣고 대대 유류고 앞에 도착했다. 마침 점심시간이라 운전병이 식당에 밥 먹으러 간 사이 하역병이 하차 작업을 서둘렀다. 트럭이 유류고 입구에서 약간 떨어진 곳에 정차한 게 불상사의 시작이었다. 운전병이 식사를 마치고 올 때까지 기다렸으면 아무 문제가 없었을 텐데, 하역병 중 하나가 드럼통을 내리기 좋게 하려고 차의 시동을 걸었다. 군용차는 키가 차에 고정되어 있어서 누구나 시동을 걸 수 있는 구조였다.

시동이 걸리는 순간, 갑자기 차가 후진하면서 뒤에서 작업하던 하역병을 덮쳤다. 한 명이 트럭 적재함과 담벼락 사이에 끼었고, 또 한 명은 바퀴에 깔렸다. 운전병이 기어를 후진 상태에 놓고 시동을 끈 모양인데 하역병이 이를 확인하지 않고 시동을 걸어서 생긴 사고였다. 사고 소식을 듣고 달려온 운전병이 트럭을 전진시키자 가슴이 깨진 병사는 상체를 반으로 접으며 고꾸라져 현장에서 즉사했고, 바퀴에 깔린 병사의 다리는 짓뭉개져 피 걸레처럼 너덜거렸다.

사단 헌병대와 보안대가 출동해 운전병과 시동을 건 하역병을 체포했고, 하역작업을 지휘한 분대장부터 취사반장, 군수 장교, 대대장까지 불려 다녔다. 하필이면 사망자가 외아들이라 비통함이 더했다. 사망자 부모의 피눈물 속에 사단장까지 참석해 장례식을 치렀다.

장례가 끝나고 나서도 죽은 병사의 혼령이 부대 안에 떠돈다고 말하는 사람도 있었고, 연속해서 두 번이나 상사(喪事)가 난 탓에 부대는 죽음의 악령 속으로 빠져들고 있었다. 사고의 여파는 크고도 심각했다. 사망 사고의 책임을 물어 현임 대대장이 한직으로 쫓겨났고, 신임 대대장이 부임해 와 지휘관이 바뀌었다. 그러는 와중에도 폭설은 제설작업을 위해 출동하는 병사들의 뒤를 따라다니며 백상여(白喪輿) 장례 행렬처럼 겨우내 퍼부었다.

겨울 끝에 봄이 오고, 부대에 새로운 작전명령이 떨어졌다. 최전방 철책선 OP에 지하 벙커와 산병호를 구축하라는 공사 명령이었다. 신임 대대장이 바닥까지 떨어진 사기를 진작시키기 위해 자청하여 지원한 사업이었다. 유류고 사건은 단순 사고사였던 만큼 부대원의 경각심을 높이는 차원에서 진지 구축 공사 명령이 떨어진 것이다.

진지 구축 공사는 철책선 경계근무 이상으로 중요하게 여기는 사업이었다. 이번에 하달된 명령은 민통선 안쪽 해발 1,296m의 향로봉 인근 OP에 지하 벙커 104개와 벙커를 잇는 산병호를 개척하는 일이었다. 공기(工期)는 5월부터 10월까지 6개월. 첫눈이 오는 11월 전까지 공사를 마쳐야 하는 빠듯한 작업 물량이었으며, 현장은 차량의 하차 지점으로부터 1km 이상을 걸어서 올라가야 하는 난공사 지역이었다. 공사가 어렵다고 불만을 제기하는 사람은 아무도 없었다. 멀쩡하던 사람이 속절없이 죽어 나가는 판에 이렇게라도 심기일전할 기회를 찾지 않는다면 또 어떤 불상사가 닥칠지 모르기 때문이었다. 꾸물거릴 시간이 없었다. 숙영지를 개척하고 부대 이동을 시작하기 전에 현지 지형부터 확인해야 했다.

대대장은 지프에 작전 장교와 작업상황의 실무를 담당할 남규를 태우고 현장으로 출발했다. 지프는 설악산 쪽으로 방향을 잡고 원통 읍내에서 좌회전해 십이선녀탕과 백담사 입구를 거쳐 진부령을 향해 올라갔다. 태백산맥을 넘는 차량 대부분은 한계령이나 미시령을 이용하기 때문에 진부령은 버려진 고개나 다름없었다. 비포장인 건 말할 것도 없고, 군데군데 움푹 팬 웅덩이가 악어처럼 아가리를 벌리고 있었으며, 응달진 곳은 4월인데도 살얼음이 얼어 번들거렸다.

진부령에 올라서자 문제는 더욱 심각했다. 진부령 정상인 흘리에서 시작되는 향로봉 길은 도로라기보다는 임도에 가까웠다. 민간인 출입이 통제된 민통선 지역이라 수십 년 사람의 발길이 끊긴 곳이다.

차로 올라갈 수 있는 마지막 장소에 도착했다. 여기서부터 공사 현장까지는 걸어서 올라가야 한다. 사단 공병대가 나무에 칠

해둔 빨간 페인트 표시를 따라 산을 타기 시작했다. 오래전 사람 발길이 끊어진 숲은 열대우림처럼 울창했고, 낙엽이 허리 깊이로 켜켜이 쌓여 있었다.

1시간을 걸어서 현장에 도착했다. 벙커 설치 지점은 잡목을 제거하는 데만도 한 달은 걸릴 만큼 우거져 있었다. 이처럼 험준한 곳에 철근 콘크리트 벙커 104개와 산병호를 지어야 한다니 엄두가 나지 않았다. 땅은 어떻게 팔 것이며, 시멘트나 철근, 모래 같은 자재는 또 어떻게 운반할지 감이 잡히지 않았다. 헬기를 이용하지 않고는 공사용 자재를 실어 나를 방법이 없어 보였다. 왜 이렇게 외진 곳에 벙커를 설치해야 하는지도 몰랐다. 누가 이처럼 무모하기 짝이 없는 공사를 기획했는지, 왜 부대가 이런 식으로 고통을 받아야 하는지 이해되지 않았다. 공사를 기획한 사람이 한 번이라도 현장에 와봤는지 의문스러웠다. 대대장도 현장 상황에 질린 듯 입을 다물었고, 작전 장교 역시 할 말을 잃기는 마찬가지였다. 벙커를 지을 104곳의 절반도 둘러보기 전에 날이 저물었다.

그래도 공사는 시작되어야 한다. 지형 정찰을 마치고 돌아온 1주일 뒤, 선발대인 5중대 병력에 의해 산 중턱에 대대장실과 상황실이 꾸며졌고, 나머지 중대도 차례로 이동해 와 산밑에 숙영지를 개척했다. 숙영지가 확보되자 중대별로 작업 임무가 할당되었다. 6중대가 자재 운반용 도로를 개설했고, 7, 8중대는 벙커 예정지로 향하는 샛길을 뚫었다. 사람의 힘은 정말 대단했다. 작업을 시작한 지 불과 열흘 만에 산속 길이 뚫렸고, 104개 벙커로 통하는 샛길도 열렸다.

이제부터 해야 할 일은 자재를 나르고 땅을 파는 작업이다. 6 중대와 8중대에 시멘트와 철근, 모래, 자갈 등 공사용 자재를 운반하는 임무가 부여되었고, 5중대와 7중대는 야전삽과 곡괭이로 벙커를 팠다. 대대 상황실에서는 매일 운반되어 오는 자재의 양을 기록하고, 각 벙커를 돌아다니며 그날 판 벙커의 깊이와 거푸집 설치 결과를 수치화해서 상황판에 옮겨 적었다.

자재 나르는 방식은 일개미와 똑같았다. 오전과 오후로 나누어 하루에 두 번, 20kg 시멘트 포대를 지고 올라갔다 내려오면 일과가 끝났다. 모래나 자갈 등의 골재를 나르는 방식도 마찬가지였다. 마대나 질통에 담아 메고 올라간다.

작업환경이 워낙 열악한 곳이라 사병들의 몰골이 말이 아니었다. 한 걸음 걷고 한 걸음 쉬면서 헐떡거렸고, 시멘트 가루와 모래에 쓸린 어깻죽지가 밀가루 반죽처럼 짓이겨져 허물이 벗겨지고 아물기를 반복했다. 비 오는 날의 시멘트 운반 작업은 고역 중의 고역이다. 종이 포대가 찢어지는 걸 방지하기 위해 비닐을 덮는데, 그걸 어깨에 메면 비누알처럼 미끄러지기 일쑤였다. 가뜩이나 땀에 젖어 미끄러운데다가 비에 젖으면 상황은 최악으로 변한다. 비닐에 싸인 시멘트 포대가 툭툭 불거졌다. 머리에 얹으면 만만치 않은 무게로 고개가 돌아갔고, 비탈에서 넘어지기라도 하면 터져 나온 시멘트 가루가 온몸을 뒤덮어 김장김치 속젓처럼 찰지게 버무려졌다.

철근을 나르는 일이 가장 큰 고역이다. 철근을 새끼줄로 묶어 2인 1조로 앞뒤에서 메고 출렁거리며 올라온다. 자칫 놓치기라도 하면 창날로 돌변해 가슴을 뚫거나 발목을 부러뜨릴 수도 있다. 해발 고도가 높아 공사 현장은 언제나 구름 위였고, 병사들의 몸은 철근의 녹물과 시멘트 가루가 뒤섞여 좀비처럼 무채색으로 번들거렸다.

벙커 터파기 작업 또한 사람의 진을 송두리째 빼놓는다. 3인 1조로 한 사람이 구덩이에 들어가 곡괭이로 땅을 찍고 옆으로 비키면, 다른 사람이 야전삽으로 마대에 담고, 자루가 차면 위에서 줄을 내려 밖으로 끌어올렸다. 옹벽을 설치하지 않고 하는 굴착 공사라 흙벽이 무너져 묻히는 경우도 다반사로 일어났다. 이러다 보니 작업 속도는 한없이 더디고 공기는 마냥 늘어났지만 뾰족한 방법이 없었다. 장마철로 접어들면서부터의 고생은 필설로 형언할 수 없을 정도였다.

언제 끝날지 모르는 지루하고도 고된 작업이 끝도 없이 이어졌다. 이건 사람이 할 수 있는 일이 아니었다. 그런데도 그 일을 대대원 전체가 매달려 하루도 쉬지 않고 계속하고 있었다.

상황병의 임무는 그날그날 날라져 오는 자재의 양을 파악하고 벙커를 돌아다니며 공사 진척 상황을 살핀 후, 밤이 되면 작업 결과를 상황판에 정리해 브리핑 자료로 만드는 일이다. 남규가 이 일을 전담하고 있었다. 이 일은 등짐을 지거나 터파기 작업하는 병사에 비하면 신선놀음이나 다름없었다. 그들의 눈에 남규는 시원한 그늘에 앉아 도토리나 우물거리는 여치나 베짱이로 보였을 것이다.

남규는 전입 동기인 8중대의 한영주가 자재를 메고 올라오는 모습이 보이면 몸을 숨겼다. 흙물 한 방울 튀지 않은 말쑥한 옷차림이 그에게 어떻게 보일까 싶어 큰 죄를 짓는 것 같았다. 보직이 달라 어쩔 수 없다 해도 그가 느낄 모멸감을 생각지 않을 수 없었다. 물론 영주가 그런 감정을 말한 적도 없고, 그런 눈길을 보낸 적도 없지만, 남규는 자격지심에 몸이 오그라들었다.

원 소속 중대인 6중대원의 시선도 부담스러웠지만, 영주가 철근을 메고 휘청거리며 올라오는 모습을 보는 건 고통이었다. 아무리 선량한 눈빛으로 그의 수고로움에 경의를 표한다 해도 모자랐다. 영주 또한 상황실이 가까워지면 일부러 등짐을 돌려 메고 얼굴을 감추며 지나가는 듯 보이기도 했다. 한편으로는 신원조회 부적격자로 상황실에 근무하는 것보다 영주처럼 등짐을 지는 게 낫겠다 싶으면서도, 힘들게 군대 생활할 필요가 뭐 있겠냐는 이율배반적인 생각도 들었다.

벙커 공사 현장은 향로봉 바로 옆 무명고지 8부 능선으로, 6·25 당시 격전지로 유명했던 곳이다. 생긴 게 갓난아기 머리통같이 예쁘고 둥글게 생겨 애기봉이라 불렸지만, 이름과 달리 험준한 산악지대였다. 휴전 회담 직전, 봉우리를 점령하면 내려다보이는 골짜기 전부가 점령지로 인정되었기에 고지전이 치열했던 곳이었다. 터파기 작업병이 개머리판 없는 총이나 철모, 탄피, 포탄 같은 무기류, 군화나 식기 같은 생활용품, 육탈된 해골, 풀뿌리가 엉겨 붙은 엉치뼈를 발견해 전리품이라도 되는 양 상황실로 가져오기도 했다.

애기봉 밑으로 그어진 DMZ 철책선이 동해안까지 뻗어 있었고, 그 맞은편은 북한 땅이다. 애기봉 OP에서 북측 OP까지는 직선거리로 4km. 낮에는 육안으로도 북한군이 제초작업이나 족구하는 모습이 보였고, 바람 부는 날에는 말소리도 들릴 정도로 가까웠다. 밤이면 골짜기를 따라 길게 늘어선 철책선 조명등이 동해안까지 이어져 있어 소실점 찍힌 풍경으로만 놓고 본다면 이보다 더한 비경은 없었다.

골바람이 습기를 몰고 산을 넘던 어느 날 저녁, 남규는 석식을 마친 후 신참 상황병 하나를 데리고 애기봉 OP에 올랐다. 이날 오후에 부상병이 발생해 터파기 작업상황을 체크하지 못한 벙커가 몇 군데 남아 있었기 때문이다. 산속의 밤은 금방 어두워지기에 군용 플래시를 들고 길을 나섰다.

작업 병력이 모두 하산한 뒤라 산속은 적막하기 그지없었다. 인공 불빛이 없는 민통선 안쪽이어서 어둠은 금방 찾아왔다. 플래시와 이른 달빛에 의지해 올라갔다. 능선에 가까워지자 푸른 기운이 확 끼쳤다. 8부 능선은 다른 지역에 비해 유난히 나무가 울창했다. 6·25 전쟁 당시 능선을 따라 파놓은 산병호에서 전사한 병사의 시체를 먹고 웃자란 나무들 때문이었다. 플래시를 끄자 바닥이 야광 조명판처럼 파란색으로 변했고, 얕은 바람에도 푸른빛이 일렁였다. 인(燐)이었다. 귀린(鬼燐)이었다.

등골이 오싹했다. 인은 동물의 뼈나 나무의 나이테에서 나오는데, 이 부근이 유독 밝은 것으로 보아 군인이 많이 죽은 격전지였음을 짐작할 수 있었다. 바짓가랑이에 나뭇가지가 걸리는 바람에 죽은 병사가 다리를 붙잡은 것처럼 오금이 저렸으나, 신병이 겁먹을까봐 일부러 발소리를 크게 해 앞으로 나아갔다.

애기봉 OP에 도착해 아래를 내려다보았다. 풀벌레 소리도 들리지 않는 적막함 속에 골바람이 골짜기를 타고 올라와 흩어졌고, 맞은편 북한 땅 능선이 손에 잡힐 듯 가까이 보였다. 밤에 와 보니 전혀 색다른 풍광이었다. 산 정상을 따라 점점이 찍힌 불빛이 보였다. DMZ 너머 북한군 OP 초소에서 새어 나오는 불빛이었다. 저쪽에서도 누군가가 이쪽을 보고 있겠거니 생각하며 북녘땅을 바라보았다.

그것도 잠시, 신병이 무섭다며 내려가자고 재촉하는 통에 벙커 몇 군데만 둘러보고 골바람에 나부끼는 푸른 귀린의 숲을 헤치며 되짚어 내려왔다.

공사 초기의 부산함이 가신 7월 초입의 어느 날. 작업병이 등짐을 지고 올라오기도 전인 이른 시간, 향로봉 입구 검문소에서 전화가 걸려왔다. 사단 보안부대 차량이 방금 검문소를 통과해 향로봉 쪽으로 올라갔다는 전화였다. 전방 지역 차량 검문소나 부대 상황실끼리는 VIP가 뜬다거나 불시에 보안검열단이 들이

닥치는 경우를 대비해 비공식적인 유선망을 확보해놓는 경우가 많았다. 부대 지휘관들 역시 이런 사실을 알면서도 묵인하는 형편이었다. 특히 전방부대는 불시에 들이닥치는 검열이 잦아 어느 지역에 검열단이 떴다 하면 상황병은 인근 부대 상황실에 이들의 동선을 알려주는 것이 통례였다. 넋 놓고 앉아 있다가 검열에 걸려 좋을 것 없다는 경험의 결과가 만들어낸 관행이었다. 이번의 전화도 마찬가지였다.

얼마 전, 동해안 철책선 경계를 맡고 있는 동경사(東警司)에서 무장 탈영병 월북 사건이 발생한 터라 보안부대 차량 소식은 신속하게 이루어졌다. 전화를 받은 상황병은 즉시 이 사실을 작전 장교에게 보고했고, 작전 장교가 대대장실로 뛰어갔다. 상황병들이 재빨리 몸을 움직여 텐트를 정돈하고 비밀문서는 빠짐없이 문서함에 챙겨 넣었다.

멀리 산 아래쪽에서 낯선 인원 두 명이 올라오는 게 보였다. 군복은 입었어도 모자는 쓰지 않았고, 머리도 길어 군인인지 민간인인지 구별되지 않았다. 사단 보안대 소속 군인이었다. 보안부대원은 신분을 감추기 위해 민간인처럼 머리를 기르고, 명찰 없는 군복을 입고 다니는 경우가 많았다.

작전 장교가 그들을 안내해 대대장실 텐트로 들어갔다. 의례적인 방문이겠거니 했다. 남규는 그때까지만 해도 그들의 출현이 자신의 나머지 군대 생활을 송두리째 바꿔놓을 줄은 꿈에도 모르고 있었다. 그들이 대대장실에 들어가 있는 동안 당번병이 남규를 찾았다. 작전 장교가 남규에게 상황실에 있지 말고 다른 곳에 가 있으라고 한다는 말을 전했다. 보안부대원이 왔는데 비밀 취급 인가증이 없는 병력이 상황실에 있으면 안 된다고 생각한 모양이었다.

남규는 막사 뒤쪽 후미진 곳에 몸을 숨겼다. 윗주머니를 뒤져 담뱃갑을 꺼냈다. 여럿이 둘러앉아 먹는 밥상에서 숟가락을 뺏기고 쫓겨난 기분이었다. 이번이 두 번째다. 보안부대원이 대대장실에서 나와 상황실로 들어가는 모습이 먼발치로 보였다.

남규는 필터까지 타들어간 불씨에 손가락을 데어 꽁초를 떨어뜨렸다. 발밑에서 열기가 올라왔다. 남은 불씨가 연기를 피우며 잡초에 옮겨붙고 있었다. 불씨를 밟았다. 채 꺼지지 않은 불티 하나가 통일화 위에 얹혀 불꽃을 피우다 사그라들었다.

상황실에서 사람들이 나오는 기척이 들렸다.

"참! 상황병 중에 신원 부적격자는 없지요? 지난번에 한 명 있는 것으로 조사됐었는데?"

작전 장교가 다시 조회하는 중이라고 얼버무리는 것 같았다.

"작전의 실패는 용서해도 경계의 실패는 용서할 수 없다. 잘 알죠?"

보안부대원이 작전 장교에게 반말 비슷한 훈계를 늘어놓으며 산 아래로 내려갔다.

남규는 그들이 안 보일 때까지 막사 뒤에 숨어 있었고, 시야에서 완전히 사라졌는데도 여전히 숨어 있었다. 누군가가 나타나 그들이 떠났으니 그만 나오라고 말해주기를 바랐지만 아무도 나타나지 않았다.

남규는 이제 상황실을 떠나야 할 때가 되었다 생각했다.

당번병이 막사 뒤로 찾아와 작전 장교가 부른다는 말을 전했다. 남규는 통일화를 과장되게 찍어 잔불을 정리하고 막사 뒤에서 빠져나왔다. 오전 일과를 위해 공사용 자재를 진 병사들이 일개미처럼 꼬리를 물고 올라왔다. 무심코 길 위로 올라선 남규와 시멘트 포대를 추스르기 위해 멈춰 섰던 영주의 발걸음이 엉키면서 서로의 눈이 마주쳤다. 예정에 없던 보안부대원의 방문 탓에 그간 피해왔던 일이 벌어지고 만 것이다. 남규도 흠칫했지만 영주 역시 느닷없는 남규와의 조우에 놀라 시멘트가 범벅된 손으로 얼굴을 닦았다. 그 바람에 잿빛 횟가루가 눈 주위로 번지면서 부토 댄스 배우처럼 허옇게 떡칠한 모습으로 변해버렸다. 영주는 시멘트 무게에 눌려 허리를 숙인 채 땀을 쏟고 있었고, 남규는 그의 얼굴에 맺힌 땀방울이 잿빛 눈물로 변해 바닥으로 떨어지는 것을 보았다.

작전 장교가 말했다. 보안부대원의 방문은 동경사 탈영 사건과 관련한 의례적인 것이며, 아무 걱정하지 말고 상황실 근무를 계속하라고 했다. 남규는 지금이야말로 원 소속 부대로 돌아가겠다는 의사를 밝힐 최적의 기회로 직감했지만, 영주의 얼굴에 덮인 잿빛 시멘트 가루와 눈물 같은 땀방울이 떠올라 망설였다. 만일, 원 소속 부대인 6중대로 돌아간다면 내일부터 당장 시멘트 포대를 지고 이 산길을 올라야 한다. 남규는 피할 수만 있다면 피해야겠다는 내면의 소리에 굴복하고 말았다.

오후부터 장맛비가 쏟아지기 시작했다. 비가 내리자 부상자가 속출했다. 일기예보를 무시하고 공사를 강행한 대가는 컸다. 철근을 메고 산길을 오르던 병사 하나가 빗길에 미끄러지면서 창날처럼 변한 철근에 찔려 정강이뼈가 허옇게 드러났다. 이를 본 작업병들이 질통과 마대를 팽개치고 우르르 산 아래로 몰려 내려갔다. 일개미들의 소리 없는 반항이었다.

남규는 빗속을 뚫고 쏟아져 내려오는 병사를 바라보면서 6중대로 복귀하겠다는 말을 하지 않은 건 잘한 일이라고 자위했다.

아득히 멀어져 가다

장마가 그치고 작업하기 좋은 날씨가 계속되었다.

남규는 벙커 작업 점검차 현장에 올라갔다가 작전 장교가 찾는다는 연락을 받고 서둘러 내려왔다. 상황실 텐트 안으로 들어서자 작전 장교가 누군가와 이야기를 나누고 있었다. 얼마 전에 보았던 보안부대원이다. 이번에는 중사 계급장이 달린 군복을 입고 있었다.

작전 장교가 남규를 가리키며 말했다.

"이 친굽니다."

그가 고개를 돌려 물었다.

"김남규 상병?"

"그렇습니다."

"점심은 먹었나?"

"아뇨. 아직."

"그럼 식사하고 다시 오게."

"괜찮습니다. 무슨 하실 말씀이라도?"

"지금은 좀 그렇고. 긴히 할 얘기가 있거든."

중사는 감추어 둔 얘기가 있다는 걸 숨기지 않았다.

작전 장교가 갔다 오라고 눈짓해 점심을 먹고 다시 갔더니 중사가 일어섰다. 상황실에서 이야기를 나누는 줄 알았는데 그게 아닌 모양이었다.

남규는 중사와 함께 산 아래 자동차 길로 걸어 내려갔다. 지프한 대가 서 있었다. 남규는 지프 뒷좌석에 실려 진부령 고개를 내려와 용대리를 거쳐 원통으로 향하는 국도를 지났다. 차가 원통 읍에서 좌회전해 인제 쪽으로 방향을 틀었다. 사단본부대가 있는 쪽이었다. 원통 읍내 네거리에서 중사가 운전병과 함께 내리며 남규에겐 차에서 기다리라고 했다.

한낮의 뜨거운 햇살이 차 안을 달구었다. 보닛 위로 아지랑이가 자글자글 피어올랐다. 차창을 통해 밖을 보니 둘이 식당에서 밥을 먹고 있었다. 그들이 이따금 차 있는 쪽을 바라보았다. 차량의 정차 위치상 식사하면서도 남규의 동태를 감시하는 것 같았다.

지프는 사단본부 위병소를 통과해 대공 상담소라는 간판이 붙은 건물 앞에 멈추어 섰다. 한눈에 보안대라는 걸 알 수 있었다. 주변의 울창한 잡목 숲이 인상적이었다. 대낮인데도 건물은 숲에 가려 컴컴했고 음산한 분위기가 감돌았다.

남규가 간 곳은 1층 복도 끝의 작은 방이었다. 방안에는 철제 책상과 의자 몇 개, 욕조가 딸린 문 없는 화장실이 전부였다. 남규는 그곳에 홀로 남겨졌다.

가늠할 수 없는 시간이 흘렀다. 일이 잘못되어가고 있다는 생각만이 꼬리를 물었다. 두 번째 소변을 보고 나서야 누군가가 들어왔다. 짙은 눈썹에 머리숱이 적고 뚱뚱한 30대 후반의 남자였다.

그가 처음부터 하대하며 물었다.

"너 여기가 어딘 줄 알아?"

"보안댑니다."

"맞아. 보안대야. 그럼 보안대가 뭐 하는 곳이야?"

"정확히는 잘 모릅니다."

모른다고 말할 수밖에 없었다. 그것은 네가 왜 이곳에 끌려왔는지 스스로 알지 않느냐고 묻는 듯한 질문에 대한 최선의 답이었다.

"잘 모르신다아? 그럼 알려주지. 빨갱이 때려잡는 데야."

싸늘한 느낌이 등골을 타고 빠르게 흘러내렸다. 섬망 증세처럼 환청이 들리고 손가락 끝이 파르르 떨렸다.

"너, 오남태라고 알지?"

"모르는 이름입니다."

전혀 모르는 이름이었다. 기억을 떠올리고 자시고 할 것도 없이 모르는 이름이어서 모른다고 답했다. 강하게 부인하는 게 오히려 시인하는 꼴이 되지 않았나 싶을 정도로 정말 모르는 이름이었다.

"잘 기억해 봐. 알고 있을 텐데."

"처음 듣는 이름입니다."

그가 되물었다.

"몰라?"

"모릅니다."

"정말 몰라?"

"정말 처음 듣는 이름입니다."

"이 새끼가 진짜."

그가 귀신보다 빠른 동작으로 남규의 따귀를 갈기더니, 방금 뭐가 지나갔지? 하는 표정으로 다시 팔짱을 꼈다. 창졸간에 벌어진 일이라 어안이 벙벙했다. 얼굴을 만져보았다. 분명 맞은 아픔은 있는데 때리는 동작은 보지 못했다. 이 상황을 어떻게 받아들여야 할지 몰랐다. 그의 손이 뻗는 거리에 얼굴이 닿지 않도록 물러나 앉는 것으로 사태를 수습했다.

그러자 그가 손가락을 까딱거리며 얼굴을 가까이 대라고 손짓했다. 몹시 기분이 상했으나 지금은 기분을 고려할 때가 아닌 듯했다. 남규는 손가락의 까딱거림이 멈출 때까지 앞으로 얼굴을 내밀 수밖에 없었고, 얼굴이 사정권 안에 들어오자 다시 귀신같은 솜씨로 뺨을 후려갈기고는 아무 일도 없었다는 표정을 지었다.

더 멀찍이 물러났다. 그러자 다시 손가락을 까딱거렸다. 이번에는 그의 요구에 응하지 않고 노려보았다. 그러자 그가 의자를 박차고 일어나 책상 위로 날아올랐다. 주춤주춤 뒤로 물러나며 사정권에서 벗어나려 했으나 등이 벽에 닿았다.

손 대신 발이 공격해 들어왔다. 무의식중에 양손으로 얼굴을 가렸다. 그러자 그의 발이 명치로 파고들었다. 맞는 순간 숨이 턱 멈추었다. 얼굴을 방어하는 데 골몰했기에 명치로 파고드는 발길질을 예상치 못했다. 남규는 그 한 방으로 허리가 접혀 앞으로 고꾸라지고 말았다. 그의 타격은 정말이지 뜻밖이고 치명적이었다.

맞을 이유를 생각해봤으나 산비(酸鼻)하고 처참한 기운만이 머릿속에 퍼지며 의식이 하얗게 비워졌다. 남규는 콘크리트 바닥에 엎어진 채 짓밟힌 사슴벌레처럼 숨을 깔딱깔딱 몰아쉬며 정신이 돌아오기만을 기다리는 딱한 신세가 되고 말았다. 그러는 동안에도 그는 남규를 군홧발로 톡톡 차고 있었다.

숨이 돌아왔다. 그의 팔에 일으켜 세워져 다시 의자에 앉혀졌다. 그가 서류에 고개를 묻은 채 물었다.

"그럼, 이것부터 대답해 봐라. 네가 신원 부적격자라는 사실은 언제 처음 알았냐?"

질문을 듣는 순간 남규는 자신이 보안사에 끌려온 이유가 바로 이거라는 감이 왔다. 신원 부적격자가 상황실에 근무하고 있었다는 것에 초점을 맞추어 여기서부터 무슨 퍼즐을 짜내기 시작했다는 짐작이었다. 사실대로 말하지 않을 수 없었다.

"대학 다닐 때 ROTC에 지원서를 냈다가 처음 알았습니다."

"그렇다면, 신원 부적격자가 상황실에 근무할 수 없다는 건 언제 알았냐?"

'그게 언제였더라?'

정확한 시기를 짚어낼 수 없었다. 전임 작전 장교 때인지, 아니면 신임 작전 장교가 알려준 후인지, 또 아니면 애초부터 알고 있었는지 명확하지 않았다.

"잘 모르겠습니다."

"언젠지는 몰라도 알고는 있었잖아?"

대답이 궁해졌다. 시기와 상관없이 작전 장교가 시켜서 근무했던 것뿐이라 그때가 언제인지는 도무지 중요치가 않았다.

"알긴 알았지만, 그게 좀 애매해서......"

"이 새끼, 그러니까 너는 부적격 사실을 이미 알고 있었으면서도 계속 상황실에 근무했잖아? 주변 사람들을 속이면서."

남규는 복받쳐 올라오는 억울한 감정에 넋이 나가 제대로 된 대답을 찾아낼 수 없었다.

"남을 속인 건 아니고, 시켜서 한 것뿐이라......"

"그걸 누가 믿어? 알았으면 제 발로 걸어 나갔어야지. 그래서 네 말을 믿을 수 없다는 거야."

그의 질문이 원점으로 돌아왔다.

"다시 묻는다. 오남태 알지?"

아무리 생각해도 모르는 이름이었다.

"정말 모릅니다."

이번에는 들고 있던 알루미늄 서류철의 모서리로 머리를 강타했다. 미처 피하지 못한 남규의 머리통에서 작달비 같은 핏물이 이마를 덮고 콧잔등을 타고 흘러내렸다. 남규는 책상 위로 뚝뚝 떨어지는 핏방울을 내려다보며 정녕 이 자가 자기를 죽이려 한다고 생각했다.

"정말 몰라?"

"정말 처음 듣는 이름입니다."

"이 새끼, 처음부터 오리발이네. 너는 안 되겠다. 개 씹창이 나 봐야 정신 차리지."

그가 문을 박차고 나갔다. 두려움이 엄습해왔다. 달궈진 인두라도 가져와 지져댈 것 같은 공포가 밀려왔다. 그런데 무슨 영문인지 사흘이 지나도록 그는 돌아오지 않았다. 그가 돌아오지 않자 그의 부재는 존재 이상의 두려움으로 증폭되어갔다. 검정 커튼이 내려진 창문 틈 사이로 세 번의 어둠이 밀려오고 밀려갔다.

이상한 일이었다. 살기 등등했던 기세로 보아 당장 쳐 죽일 것처럼 설쳐대더니 정작 한번 나가고는 함흥차사다. 정말이지 사흘 동안 아무도 나타나는 사람이 없었다. 남규는 식구 통으로 전달되는 식은 짬밥을 먹으며, 깔고 덮을 것 하나 없는 시멘트 바닥에 누워서 시간을 보냈다. 낮에는 더위에, 밤에는 추위에 치를 떨었다.

정작 참을 수 없는 건 출입문 위 스피커에서 나오는 소리였다.

'찌이이이이익'

손톱으로 칠판 긁는 소리. 극단적으로 높은 파찰음의 찢어지는 소리. 이 소리를 참을 수 없었다. 귀를 막으면 이명으로 파고들고, 귀를 열면 소리의 해일이 밀려왔다. 하루 스물네 시간 그

소리가 들려왔다. 도저히 배길 수 없었다. 욕조 물에 머리를 담가도 보고, 책상에 머리를 찧어도 보고, 침을 발라 귀를 틀어막은 채 불면의 밤을 보냈다.

나흘 만에 그가 다시 돌아왔다. 그가 방에 들어서기 무섭게 남규를 홀랑 벗긴 후 야전침대 마구리로 때리기 시작했다. 남규는 무차별적으로 날아드는 매질을 피해 머리를 감싸 쥐고 바닥을 굴렀다. 몸이 둥글게 말리자 돌출된 경추로 날아든 타격에 그만 혼절하고 말았다. 시간이 얼마나 흘렀는지 몰랐다. 바닥에서 올라오는 냉기에 정신은 돌아왔으나 방안에는 아무도 없었고, 그렇게 다시 만 하루를 차가운 바닥에 누워 있었다.

이번에는 칠판 긁는 소리 대신 환청이 들리기 시작했다. 개 짖는 소리 같기도 하고, 파도치는 소리 같은 물소리가 밀려왔다 밀려가기를 반복했다. 바닷가에 던져진 게 아닌가 하는 느낌도 들었다. 등에 퍼지는 냉기를 피해 옆으로 굴러보고 엎드려도 보았으나 소리의 해일은 끊임없이 밀려오고 밀려갔다. 감각을 잃었다.

하루가 온전히 지난 후 그가 다시 돌아와 심문이 이어졌다. 비로소 오남태라는 이름의 의문이 풀렸다. 그 실마리를 잡는 데 꼬박 닷새가 걸렸다.

"네가 오남태랑 통화한 기록도 있어. 그래도 모른다고 잡아떼?"

그가 제시한 자료를 보고서야 비로소 이해가 갔다. 그러고 보니 그와 여러 차례 통화한 적이 있었다. 오남태라는 이름이 아닌 오 일병이라는 이름으로.

상황병들은 상급 부대에서 검열이 나오거나 VIP가 뜨면 서로 정보를 알려주기 위해 인근 부대 상황병과 통신망을 유지하는 경우가 많았다. 오남태는 동해안경비사령부 상황실에 근무하는 상황병이었다. 동경사 상황실은 애기봉 벙커작업을 위해 임시로 설치한 남규의 2대대 상황실과 가까운 거리에 있었기에 그쪽 상황병과 의례적인 통화를 하곤 했었다. 그가 오 일병이었다.

"오남태란 이름은 모르겠고, 동경사 상황실 오 일병과 통화한 적은 몇 번 있습니다. 오 일병의 이름이 오남태였군요? 그런데 그가 나랑 무슨 상관이죠?"

"이 새끼가 아직도 쌩 까고 있네? 너 지금 오남태가 한 짓을 몰라서 하는 소리야?"

"모릅니다. 그가 무슨 짓을 했는지 내가 어떻게 압니까?"

"이 새끼가 정말 얼마나 맞아야 정신 차리겠어?"

당장 쳐 죽이겠다는 표정으로 눈을 부라렸다. 속을 까뒤집어 보여줄 수도 없는 노릇이라 오히려 답답해 죽을 지경이었다.

"네 입으로 불란 말이야, 이 새끼야."

그가 다시 오남태가 무슨 짓을 했는지 실토하라며 수도 없이 양 싸대기를 갈겨댔다. 통화는 몇 번 했어도 변변한 대화를 나눈 바가 없었기에 남규는 할 말이 없었다. 아무리 생각해도 떠오르는 내용이 없었다. 한 번도 본 적 없는 그가 한 일을 내 입으로 불라니, 이런 낭패가 있나? 이보다 더한 것이라도 알기만 하면 얼마든지 말할 수 있겠지만 전혀 모르는 사실을 어찌 말할 수 있단 말인가?

하도 맞아서 얼굴이 두 배로 커졌을 즈음 손찌검이 멈추었고, 오남태가 한 짓이 무엇인지는 결국 그의 입을 통해서 나왔다. 오남태가 월북했다는 것이다. 동경사 상황병 오남태 일병이 휴전선 철책을 뚫고 북으로 넘어갔다는 것이다.

기가 막혔다. 그래서 묻지 않을 수 없었다.

"그가 월북한 게 나랑 무슨 상관이 있다는 겁니까?"

"몰라서 물어? 너도 함께 월북하려고 했잖아?"

"내가 월북하려 했다고요?"

"그럼 아냐?"

"오남태가 누군지도 모르는데 함께 월북하려 했다고요? 생사람 잡지 마세요."

"이 새끼 정말 완전 빨갱이네. 그럼 좋아. 너 지난 7월 18일 밤에 어디서 뭐 했어?"

"7월 18일 밤?"

"그래, 이 새꺄."

날짜로 따지면 한 달쯤 전이라 기억이 날 만도 한데 특별한 기억이 없었다. 잠을 자지 못해 그럴 수도 있겠다는 생각이 들었다.

하소연하는 심정으로 물었다.

"솔직히 뭘 숨기겠다는 게 아니라 특별히 기억나는 게 없습니다. 기왕 이렇게 된 이상 알고 있는 걸 말해주세요. 하나도 숨김없이 다 말할 테니까. 정말입니다."

"이거 완전 독종이네? 좋아. 그럼 말해주지. 너 그날 밤 졸병 하나를 데리고 애기봉 OP에 간 적 있지? 그때 월북하려고 갔던 것 아냐?"

신병을 데리고 OP에 간 기억이 났다. 그런데 그 일이 월북 기도였다니 기가 막힐 노릇이었다. 보안사의 첩보 해석 방식에 소름이 돋았다. 그 일이 월북 기도로 읽혔다면 정말이지 큰일이 아닐 수 없었다. 여기서 물러섰다가는 살아남지 못하리라 여겨졌다.

"생각납니다. 그때 신병 하나와 OP에 간 적이 있습니다. 거기에 간 이유는 그날 밀린 공사 현황을 파악하러 간 것이지 월북하려고 갔던 게 아닙니다. 믿어주십시오."

"그걸 누가 믿어?"

"거기는 공사 현황을 파악하기 위해 수시로 들락거리던 곳이고, 그날 역시 낮에 파악하지 못한 상황이 있어서 간 것입니다."

"거길 수시로 들락거렸다고?"

그가 무슨 특종 첩보라도 잡은 양 서류철에 남규가 한 말을 그대로 옮겨 적었다.

'수시로 들락거림.'

앞뒤로 따옴표까지 꾹꾹 눌러 찍었다. 이걸 보자 아무리 말조심해도 소용없겠다는 생각이 들었다.

"당연히 갔었죠. 제 일이니까요. 작업 공정을 매일매일 체크해서 브리핑 자료를 만들어야 하니까요."

"매일 들락거리며 월북 루트를 체크한 게 아니고?"

그가 다시 '매일매일 체크'라는 단어를 적고 있었다.

더 깊은 수렁으로 빠져드는 느낌이었다.

"그런 식으로 해석한다면 더는 아무 말도 하지 않겠습니다."

"이제는 묵비권을 행사하시겠다?"

"내 말을 믿어 달라 이 말입니다."

"네 말을 어떻게 믿어? 수시로 들락거리며 지형 정찰을 했다는데?"

"말했잖습니까? 브리핑 자료를 준비하러 갔었다고."

"그건 됐고. 오남태와는 몇 번이나 연락했어?"

"두어 번 했던 것으로 기억합니다."

"두어 번? 무슨 얘기를 했지?"

"잘 기억나지 않습니다. 별스럽지 않은 얘기라서."

"같이 월북하자는 얘기가 별스럽지 않다는 거야?"

이 자는 아예 남규를 죽이려고 작정한 모양이었다. 그는 지금 당연하게도 남규를 오남태의 월북 동반자로 몰아가고 있었다.

"월북이라뇨? 당치도 않습니다."

"이 새끼가 정말 얼마나 혼이 나야 실토할까?"

속칭 딸딸이인 군용 전화기가 책상 위로 올려졌다. 남규를 의자에 묶고 양쪽 엄지손가락에 전화선을 연결한 후 손잡이를 돌렸다. 손잡이를 돌릴 때마다 전기가 발생해 몸으로 흘러들었다. 손잡이의 회전 속도에 따라 전기량이 달라졌다. 남규는 정신을 잃지 않기 위해 전기와 맞서 싸웠다. 그가 올무에 걸린 고라니를 농락하듯 회전 속도를 조절해가며 조금씩 남규를 무너뜨렸다. 남규는 자신이 지르는 비명이 내 안의 또 다른 누군가가 질러대는 환청으로 들렸고, 회전이 멈출 때마다 발끝에서 올라오는 찌르르함이 뼈에 쌓이기 시작했다.

심문은 집요하게 이어졌다. ROTC 지원 당시 학군단 소령이 했던 말도 다시 도마 위로 올라왔다.

"우리는 너에 대한 모든 것을 알고 있다. 인민군 부역자였던 아버지, 부산형무소에서 총살당한 삼촌, 지금 북한에서 살고 있을지도 모르는 행방불명자 고모. 온 집안 식구가 다 빨갱이인데 네가 무슨 짓인들 못 하겠냐?"

이 말을 듣는 순간, 남규는 이 모든 사태의 근원이 아버지 대에서 규정된 허물에서 비롯되었음을 알고 절망했다. 끊을 수 없는 연좌의 쇠사슬이었다.

오남태와의 공모 여부를 묻고 또 물었다. 그러나 남규는 일면식도 없는 그에 대해 말해줄 아무런 정보도 갖고 있지 않았다. 그럼에도 그는 끊임없이 고문하며 묻고 또 물었고, 남규는 끝없이 오남태를 알지 못한다고 말했다.

그가 전기고문으로는 자백을 받아낼 수 없다고 판단했는지 사람 하나를 더 데려왔다. 그들이 남규의 다리를 묶어 대들보에 거꾸로 매달고는 발바닥을 때리기 시작했다. 전기의 찌르르함 대신 피가 머리로 쏠려 눈알이 터져나갈 듯한 고통이 엄습해왔다. 그래도 대답하지 않자 이번에는 팔다리를 등 뒤로 묶어 공중에 매달았다. 허리가 끊기는 통증이 몸을 반으로 나누는 것 같았다.

버틸 수 없는 한계에 도달했다. 더 버텼다가는 죽을 것 같았다. 생각을 바꾸었다. 이들 손에 죽기보다 스스로 죽기로 작정했다. 내가 나를 죽이기로 한 것이다. 죽기로 작정하니 오히려 마음이 편해졌다.

남규는 존댓말을 버리고 반말로 말했다.

"이 개새끼들아, 나를 월북 기도자로 모는 이유가 도대체 뭐냐?"

남규가 이렇게 나오자 둘의 눈이 휘둥그레지며 독기를 뿜어냈다.

"이 새끼 완전 맛이 갔구만? 이유? 그래 좋아. 말해주지. 네가 애기봉 OP에 올라간 날이 동경사 오남태가 월북한 날짜와 똑같아. 7월 18일. 바로 그날 네가 신병을 데리고 월북하려 했잖아? 아니야? 사실이잖아? 그 얘길 네 입으로 불란 말이야. 네 입으로."

헛웃음이 나왔다. 도대체 말이나 되는 소린가? 내가 신병을 데리고 월북하려 했다고? 그리고 그 사실을 내 입으로 직접 말하라고? 이놈들이 미쳐도 보통 미치지 않았구나 했다.

그러다가 생각해보니 보안사가 오남태와 같은 상황병인 남규를 하나로 엮어 월북 기도자로 모는 공작을 벌인다는 확신이 들었다. 그런 놈들을 상대로 이런 수모를 당한다 생각하니 악이 바쳤다. 상황이 이 지경이라면 답은 뻔하다. 더 생각할 것도 없었다. 보안사가 미리 짜놓은 각본에 자신을 엮어 넣으려는 것이 분명했다. 월북 탈영병이 생기자 고문을 해서라도 공모 가담자를 만들어내 검거 실적도 올리고, 철책선 주둔 병사들의 월북 기도를 사전에 차단하는 홍보 효과도 올리려는 수작이었다.

그렇다면 결론은 뻔하다. 내가 아무리 사실이 아니라고 강변해도 그들은 나를 월북 기도자로 엮을 것이고, 아무리 버텨도 결국은 그들이 이기고 말 것이다. 지금 상황에서 벗어날 수 있는 길은 그들의 의도대로 진술하는 것뿐이다. 그러나 억울하다. 고문에 못 이겨 허위로라도 자백하면 월북 기도 죄를 가족에게도 연좌하여 물을 것이고, 주변 사람들까지 연좌의 굴레를 씌워 괴롭힐 게 뻔했다. 그래서는 안 된다. 고문으로 나를 죽이기 전에 내가 먼저 나를 죽이자. 그게 곧 내가 진정으로 사는 길이다. 고문에 못 견뎌 거짓으로 자백하면 그것으로 끝나는 게 아니라 새로운 시작일 뿐이다. 거짓 자백은 결국 나를 죽이고, 가족을 죽이고, 내가 아는 모든 사람을 죽일 것이다. 지금 내가 할 수 있는 건 내가 나를 죽이는 일. 그들의 의도대로 일을 키우기보단 나를 끝으로 연좌의 문을 걸어 잠그는 것. 그것만이 내게 속한 사람들을 살릴 수 있는 유일한 길이다.

이런 생각을 했다.

그들이 새로운 고문을 시작하려는지 수도꼭지를 틀어 욕조에 물을 받기 시작했다.

이번에는 무슨 고문일까? 욕조에 물이 채워지는 동안 복도에서 배식차 구르는 소리가 들렸고, 식구통 안으로 남규 몫의 밥이 들어왔다. 식사 시간인 모양이다. 그들이 하던 일을 멈추고 나갈 채비를 했다.

"밥 먹고 다시 올 테니까 그때까지 잘 생각해봐라. 죽을 땐 죽더라도 밥은 먹어야지."

하나가 남규의 등 뒤로 묶인 줄을 풀어주기 위해 다가서며 말했다.

남규가 손길을 피해 소리쳤다.

"내 몸에 손대지 마라."

남규의 반발에 둘은 사위스러운 표정을 지으며 돌아섰다.

그들이 나가고 철문이 밖에서 잠겼다. 밖은 어두웠고, 철문을 통해 옆방 수감자의 식사하는 소리가 침묵을 대신해 들려왔다.

남규는 반쯤 찬 욕조를 바라보며 뒤로 묶인 팔을 움직여 보았다. 움직이면 움직일수록 더욱 조여오는 밧줄. 남규는 팔꿈치를 지렛대 삼아 책상 모서리를 짚고 일어섰다. 묶인 다리를 엇갈리게 걸어 욕조 앞으로 다가갔다. 허리를 숙여 입으로 수도꼭지를 틀었다. 물이 다시 흘러나와 욕조를 채우기 시작했다.

남규는 손을 뒤로 한 채 욕조 턱에 돌아앉아 물이 차오르기를 기다렸다. 이윽고 욕조를 가득 채운 물이 다리를 묶은 밧줄을 따라 넘쳐흐르며 새로운 물길을 만들었다. 물머리가 벗은 발가락을 간지럽히며 빠져나갔다. 이걸 보면서 남규는 몸을 뒤로 넘겼다. 온몸이 물에 잠겨 파도처럼 일렁였다.

물 덩어리가 울컥이며 폐부로 밀려 들어왔다. 남규는 물의 움직임에 몸을 맡긴 채 물속에서 눈을 떴다. 수도꼭지에서 쏟아져 나오는 물줄기가 수면 위에 동심원을 그리며 퍼져나갔다. 끝이란 게 이렇게 편할 수도 있다 생각하며 남규는 자신으로부터 아득히 멀어져 갔다.

열린 눈꺼풀 사이로 유체를 떠난 빛 한 줄기가 떠올랐다. 그 빛은 곧 어둠으로 읽혔다. 그 어둠의 끝은 더 깊은 어둠으로 이어져 있었고, 그 어둠 속에서 남규의 시계는 움직임을 멈추고 잦아들었다.

2부

—

천살의 시대

낯선 것, 형상의 소멸

안광수는 기상나팔 소리에 놀라 황망히 잠에서 깨어났다. 그것은 쇠몽둥이로 뒤통수를 얻어맞았을 때의 혼몽함과 함께, '아! 사람이 이러다가 죽는구나!'라는 비장함이 버무려진 음파의 해일이었고, 타자의 전횡을 속수무책 받아들일 수밖에 없음을 인식하는 청각적 기표이기도 했다. 귀를 틀어막아도 송곳으로 후벼 파듯 들려오는 광대한 음역(音域)의 파장. 그것은 자기 모멸감의 상징이기도 했다. 개 같은.

그러나 이런 생각은 짧은 순간에 일어났다 사라지는 전광석화의 충격처럼 몸 깊은 곳에 모르게 쌓이거나, 축제의 광기가 시작되는 사육제의 새벽, 제물로 바쳐질 축생(畜生)의 목에 칼끝이 닿았을 때 내지르는 외마디 비명과도 같이 공허한 것이었다.

광수는 튕기듯 일어나 각 잡아 모포를 개고, 깨금발로 통일화 끈을 죄어 신은 후 연병장으로 달려나갔다. 연병장에는 각 내무반에서 쏟아져 나온 훈련병들이 첫새벽 산불 끄러 나온 화전민

처럼 야단스럽게 움직이고 있었다. 인원이 모이자 숫자라고 인식될 수도 없는 일련번호를 한 호흡으로 세어 대열을 정돈하고 '전방을 향해 크게 함성 세 번'을 외친 후 아침 구보에 나섰다.

구보 중에는 군가가 이어진다. 왕복 10km를 뛰는 내내 훈련병들은 목이 터져라 군가를 불렀다. 군가 부르기는 구보보다 사람을 더욱 지치게 만든다. 조교의 말대로라면 '가볍게 몸 푸는' 아침 구보는 훈련소 뒤편 구릉지를 한 차례 왕복하는 것인데, 말이 구릉지지 쓰나미가 일으킨 물벽과도 같이 가파른 황토 된비알이었다. 합창의 날숨과 황토 먼지의 들숨이 반복되면서 병사들의 얼굴은 코스의 반을 돌기도 전에 벌건 하회탈을 뒤집어쓴 해학적인 모습으로 변해버렸다.

황톳길 반환점을 찍고 돌아오는 데에 걸리는 시간은 한 시간 남짓. 구보가 끝나고 식당으로 향하는 훈련병의 얼굴은 실로 가관이었다. 눈꼬리 밑으로 길게 흘러내린 땀자국과 황토 범벅 입술만으로도 줄무늬 옷에 왕방울 코를 단 피에로이거나 시골 촌극단의 만담가 코스프레였다.

아침 식사를 마치기 무섭게 접지 훈련이 시작되었다. 훈련장까지는 다시 뛰어서 20분 거리. 식기 씻은 손이 채 마르기도 전에 훈련병은 4열 종대로 다시 모였고, 먹은 밥이 곤두서서 되넘어오는 황톳길을 달린 뒤, 나무 한 그루 없는 뙤약볕 연병장에서 훈련이 시작됐다. 접지 훈련은 공중에서 낙하산을 타고 내려와 지상에 착지하는 훈련으로, 공수 훈련의 기본이며 가장 중요한 훈련 중 하나였다.

광수는 공수 부대에 자원해 입대한 이상 훈련을 소홀히 하거나 꾀부릴 생각은 전혀 없었다. 접지 훈련이건, 공중침투 훈련이건, 기체문 이탈 훈련이건 공수 부대원으로서 필요한 훈련이라면 마땅히 받아야 한다고 생각했다. 헬기레펠, 건물레펠, 데모 진압 훈련에도 적극 임했다. 훈련에는 불만이 없었다. 그러나 조교들이 끊임없이 요구하는 복창에는 진저리가 났다.

"복창 소리 보소. 목소리 이것밖에 안 나옵니까? 애인이랑 속삭입니까?"

이런 비아냥도 고역에 한 몫을 더했다.

공수훈련은 PT체조에서 시작해 PT체조로 끝난다고 볼 수 있다. 공수 부대의 주요 임무가 낙하산을 타고 적 후방에 침투해 게릴라전을 벌이는 것이라 공중 낙하를 위한 체력 훈련은 필수다. 하지만 똑같은 동작을 수십 번, 수백 번 반복하는 PT체조는 체력적 한계를 넘어 정신적 고통으로 다가왔고, 동일한 반복 구호를 집요하게 강요하는 이런 방식의 훈련은 정말이지 견디기 힘든 참담함이었다.

그것은 끊임없이 자백을 강요당했던 보안사에서의 기억 때문이기도 했다. 있지도 않았고, 하지도 않았으며, 생각지도 못한 일들을 마른걸레에서 생수 짜내듯 자백해야 하는 상황. 가장 참을 수 없는 건 고문을 이기지 못해 운동권과 전혀 상관도 없는 친구의 이름을 댈 수밖에 없었던 아픈 기억이었다.

광수는 보안사에서 행해졌던 살인적 고문이 공수 부대 훈련병
이 외치는 반복 구호 속에서 되살아나는 환상에 사로잡히곤 했
다. 그 소리는 보안사 지하실 곳곳에서 단말마적으로 들려오던
동료들의 비명과 오버랩되면서 뇌를 텅텅 울렸고, 귀를 틀어막
아도 브레이크 터진 자동차의 가속도로 파고들었다. 한번 그 생
각에 휘말리면 '탁' 죽고 싶었다. 아니, 죽이고 싶었다. 자동소총
이 있다면 갈겨대고 싶었다.

광수를 곤혹스럽게 만드는 훈련 방식이 하나 더 있다. 선착순
달리기였다. 훈련병의 정신 상태를 트집 잡아 수시로 행해지는
선착순 달리기는 내가 살기 위해 동료를 밀고할 수밖에 없었던
기억과 궤를 같이했다. 순번 안에 들기 위해 기를 쓰고 달리는
자신의 모습은 보안사 지하실에서 치르던 곤욕의 기억을 떠올리
기에 충분했다.

훈련은 로프 강하 착지, PT체조, 선착순 달리기, 함성 지르기
순으로 이어졌다. 끊임없이 다그치는 조교의 선창에 맞추어 광
수는 오르골처럼 훈련장을 뛰고 돌았다. 오전 일과의 절반이 끝
나고 10분간 휴식이 주어졌다. 뙤약볕을 피해 쉴 곳은 없었다.
연병장의 한낮은 공기조차 익는 초열(焦熱)의 도가니였다.

3개월 전, 광수는 대학생 운동권 시위 주동 혐의로 경동교회
기숙사에 피신해 있다가 붙잡혔다. 그 후 보안사령부로 끌려가
한 달 이상 고문과 다름없는 심문을 받았다. 심문의 마지막 단계
에서 한 조사관과 마주앉았다. 조사관은 볼펜 뒤 꼭지를 책상 바

닥에 눌렀다 떼기를 반복하면서 이렇게 말했다.

"그동안 고생 많았다. 내일 석방될 거야. 휴학계는 우리가 알아서 냈다."

조사관은 심문을 끝내는 조건으로 광수에게 휴학계를 내라고 강요했었고, 광수는 그 제안을 받아들였다. 더 고문을 받았다가는 죽거나 돌아버릴 것 같았다. 그러나 휴학만으로 모든 게 끝난 건 아니다. 대학생은 학적이 변동되면 강제 징집 대상이 되고, 자동으로 군대에 입대해야 한다.

그들이 휴학계 카드를 내민 것은 안광수가 시위 주동자이고, 인혁당 재건위 사건으로 사형당한 안휘룡의 조카이긴 하지만, 시위대를 조직하거나 폭력을 휘두른 것이 아니었기에 뚜렷한 혐의점을 찾을 수 없었기 때문이었다. 그렇다고 한 달 넘게 심문해 봤는데 특별한 것이 없었다며 무혐의로 방면할 수도 없는 노릇이었다. 고육지책으로 찾아낸 것이 강제로 휴학계를 내게 하고 군대에 보내는 것이었다.

조사관은 이렇게 말했었다.

"감옥에 갈래, 군대에 갈래?"

조사관은 당장이라도 감옥에 보낼 것처럼 말했어도 내심 군입대 쪽으로 가닥을 잡고 광수가 타협해오기만을 기다리고 있었다. 광수로서는 당연히 감옥보다는 군대를 선택하는 게 낫지만 오기가 생겨 군대에 가겠다고 말하고 싶지는 않았다.

"내는 감옥에 끌려갈 만한 죄를 짓지도 않았고, 군대도 내가 알아서 갈 테니까 이리 가라 저리 가라 하지 마소."

안광수는 경상도 사나이답게 강한 어조로 이렇게 말해버렸다. 그러자 조사관이 책상에 기대두었던 몽둥이를 뽑아 후려칠 듯이 곧추세웠다.

"어쭈, 이 새끼 봐라. 아직도 정신 못 차렸네. 젊은 놈 장래를 생각해서 특별히 봐주려 했더니 도저히 안 되겠어."

광수는 칠 테면 쳐보라는 식으로 고개를 빳빳이 쳐들었다. 조사관이 씩씩거리다 말고 도로 의자에 주저앉으며 말했다.

"허어, 그 새끼. 바짝 독이 올랐네. 군대에 가겠다면 쉽고 편한 데로 보내주려 했더니 말이야."

픽 웃음이 나왔다.

"쉽고 편한 데가 따로 있십니까? 군대면 다 똑같은 군대지."

"왜 없어? 카투사나 보안대, 아니면 후방부대. 편한 데는 얼마든지 있지. 안 그래?"

광수는 깜짝 놀랐다.

'이 자가 나를 보안대로 보낼 생각까지 하고 있었구나!'

잘못하다가는 대학생 프락치가 될 수도 있겠다 싶었다. 운동권 학생이 학적 변동되어 입대하면 최전방에 배치하거나, 보안대로 보내 대학생의 동향을 살피는 프락치 노릇을 시킨다는 얘길 들은 바 있었다. 프락치 노릇은 죽어도 하기 싫었다.

조사관이 광수의 속내가 궁금한지 볼펜 뒤 꼭지를 빠르게 눌러댔다. 광수는 그의 의도에 말려들지 않기 위해 이렇게 물었다.

"그렇다면 힘든 데는 어딥니까?"

억하심정에서 한 말이지만 힘든 곳에서 군대 생활하는 것도 나쁘지 않겠다 생각했다. 몸이야 고달프겠지만 정신적 피로는 훨씬 덜할 것이다.

조사관이 볼펜 뒤 꼭지를 잘근잘근 씹으며 물었다.

"왜? 그런 데가 있으면 그리로 가게?"

운동권 학생을 다뤄본 경험이 많은 조사관이었으나 이런 경우는 처음이라서 선뜻 대답을 망설이다가,

"아무래도 해병대나 공수 부대 아니겠어? 안 그래?"라는 의문형의 답을 냈다.

광수는 조사관의 말에 마음이 밝아졌다. 바닷가 백사장에서 고무보트를 메고 달리는 해병대의 모습이 떠올랐고, 낙하산을 타고 하늘에서 뛰어내리는 공수 부대의 이미지가 그려졌다. 어차피 군대 생활할 거라면 이런 부대에서 근무하는 것도 좋겠다 생각했다. 해병대는 바닷가에 살아본 적이 없어 생소했다. 하늘이야 눈만 뜨면 보이는 것이라 공수 부대에 더 호감이 갔다.

"좋십니다. 공수 부대로 가겠십니다. 대신 강제 징집이 아니라 자원입대한 것으로 해주소. 학적 변동자 꼬리표를 떼어 달라 이깁니다."

광수의 말에 조사관은 드디어 심문이 끝났다 싶었는지 볼펜을 소리나게 내려놓았다. 그러나 자신의 의도와는 전혀 다른 방향으로 결론이 나자 표정은 풀지 않고 있었다.

"그건 네가 하기 나름이지. 군대생활 조용히 잘하면 우리가 왜 나서겠냐? 안 그래?"

조사관이 말끝마다 습관적으로 붙이는 '안 그래?'를 이번에도 어김없이 반복하며 종이 한 장을 내밀었다. 그것은 보안사에 연행된 후 보았거나 들었던 것, 일어났던 일에 대해 일체 함구한다는 서약서였다. 광수는 서약서에 서명한 뒤 바로 그 자리에서 머리를 깎고 입대했다. 그게 두 달 전의 일이었다.

다시 호각이 울리고 PT체조와 구호 속에 훈련이 재개되었다. 휴식하는 동안 군기가 빠졌다면서 실시된 세 번의 선착순 달리기 끝에 광수는 정태철의 뒤를 이어 들어왔다. 태철이 팔꿈치로 툭 치며 말했다.

"오늘 힘들어 보인다. 괜찮냐?"

광수가 이마에서 훑어낸 땀을 흙바닥에 뿌렸다.

"황토 먼지를 너무 먹어서 그런지 배가 불러 못 뛰겠다. 니는 견딜 만한가 봐?"

광수는 태철의 관심에 농담으로 응수하며 웃어 보였다.

훈련병 모두가 장기복무자여서 일반사병으로 입대한 병력은 안광수와 정태철 둘뿐이었다. 둘은 입소 첫날부터 스스럼없이 가까워졌다. 아직 자세한 얘기는 나누지 못했어도 나이와 학번이 같아 말을 놓았다. 태철은 부산 출신이고, 부산대 신문방송학과에 재학 중 입대했다고 말했다. 그도 광수처럼 강제로 학적이 변동되어 입대한 것으로 보였으나 대놓고 물어보지는 못했다.

선착순 달리기가 끝나고 훈련이 재개되었다. 광수가 훈련 대열에 합류하면서 짧게 말했다.

"저녁 먹고 취사장 뒤로 나온나."

태철이 손가락 동그라미를 그려 보였다.

오후에 진행된 훈련은 오전의 수고로움을 찜쪄먹었다. 오후가 되자 뙤약볕 연병장이 간수 빠진 사금파리 염전으로 변하면서 훈련병들 몸에서 백조기 곰삭는 냄새가 풍겼고, 소금 덮인 피부는 마른 논바닥으로 갈라지고 벗겨져 허연 허물이 쌓였다.

오후 일과는 모형탑 훈련이다. 이것 역시 공수의 기본 훈련으로, 인간이 가장 공포를 느끼는 30피트 높이에서 밧줄을 타고 강하하는 훈련이었다. 보안사에서 통닭구이 고문을 받은 적이 있어 쉬운 줄 알았는데 막상 아래를 내려다보니 까마득했다.

광수는 조교가 보여준 예쁜 기역자 자세가 나올 때까지 골백번을 반복한 끝에 합격 판정을 받았지만, 사타구니를 씹으며 파고드는 강하 장비 탓에 어기적거리며 팔자걸음을 걸을 수밖에 없었다. 그런 병사가 한둘이 아닌 게 다행이었다.

긴 하루가 지나고 저녁 식사 시간이 되었다. 먼빛으로 태철이 식사를 마치고 식당을 빠져나가는 모습이 보였다. 광수는 식판을 짬밥 통에 털어 넣고 밖으로 나왔다. 둘은 취사장 뒤 통나무 벤치에 앉아 담뱃불을 붙였다. 태철이 몇 모금 빨지도 않은 담배를 담장 밖으로 튕겨냈다.

"더워서 담배 맛도 모르겠다."

"화랑 담배가 다 그렇지 뭐."

광수가 비낀 서녘 보랏빛 노을을 눈에 담으며 말을 이었다. 아직 이내가 끼기엔 이른 시간이었다.

"부산은 바닷가라 여름엔 시원치?"

"여기보다야 시원하지만, 습도가 높아서 그런 느낌은 별로 없다."

"부산이 고향이라면서?"

"고향은 부산이지만 마산서도 좀 살았다."

"사투리를 별로 안 쓰네?"

"내 전공이 신방과 아니냐? 교내 방송사에서 아나운서 노릇 좀 했지."

"그래서 사투리를 안 쓰는갑다? 맨날 벌건 황토를 뒤집어쓴 모습만 봤더니 네가 아나운서였다는 기 믿기지 않는다."

태철이 다시 담배를 꺼내 물고는 부산쯤으로 짐작되는 방향을 향해 연기를 내뿜었다. 태철이 학교 방송사 아나운서를 했다면 책상물림으로 앉은뱅이 공부만은 하지 않았을 거라 짐작했다.

"방송사 일을 했다면 시사에도 밝겠네? 한 가지 묻자. 부산 출신 김영삼이 신민당 총재로 당선되었을 때 부산대 학생들의 반응은 어땠었노?"

"부산 시민이야 열렬히 환영했지만, 학생들은 별 반응이 없었다."

"부산대가 조용할 리 없었을 낀데?"

"부산대가 요즘 좀 그렇다. 데모하는 걸 통 못 봤어. 오죽하면 이화여대에서 잘라버리라고 가위를 다 보냈겠냐?"

158

"그 얘긴 내도 들었다."

마른 더위에 마른 농담 같아서 분위기가 한결 가벼워졌다.

"작년 총선에서 신민당이 여당인 공화당보다 득표율에서 앞서고도 유정회 의석 때문에 과반을 차지하지 못했다. 이런 상황에서 부산 출신 김영삼이 야당 총재가 됐는데 부산대 아덜이 관심을 안 갖는다는 기 내는 좀 의외지 싶다."

"그렇긴 해. 이승만 정권 무너뜨린 것도 부산과 마산의 힘이었는데 말이지."

"맞아. 마산 앞바다에서 떠오른 김주열의 시신이 도화선이 되어 4·19가 일어났고 결국 이승만 정권이 무너졌지. 낸 지금이 그때와 아주 비슷하다고 생각한다. 독재 정권의 끝물이라는 느낌 말이다."

광수가 옆 벤치의 사병이 듣지 못하게 작은 소리로 말했다. 태철이 담배를 통일화 뒤꿈치에 눌러 끄면서 역시 낮은 음성으로 물었다.

"너 혹시 학변으로 입대했냐?"

태철이 말한 학변이라는 단어에 그도 강제 입대했으리라는 확신이 들었다. 사실대로 말하는 게 좋겠다는 판단이 섰다. 그래야 태철도 속마음을 털어놓을 것이다.

"얘기하자면 길지만 대충 맞는 얘기다. 니만 알고 있그라."

태철이 광수 쪽으로 당겨 앉으며 말했다.

"내 그럴 줄 알았다. 나도 사실은 강제 입대했다. 이번 기수 훈런병 중 일반병은 우리 둘밖에 없더라. 다들 장기 복무자지."

"니는 왜 잡혀온 기가? 데모라도 했는가?"

"아니. 그 반대다. 데모를 안 해서 붙잡혀왔다. 내가 방송사고
를 좀 냈거든. 학교 방송 뉴스 시간에 마이크를 잡고 이렇게 말
했었다. '다른 대학은 유신 반대 투쟁하느라고 난린데 우리 학교
는 뭐가 무서워서 총 맞은 시체처럼 자빠져 있느냐? 왜 등신 머
저리처럼 찌그러져 있느냐?' 그랬더니 방송 나간 지 한 시간도
안 돼 경찰이 들이닥쳐서 방송실을 폐쇄하고 나를 이렇게 군대
에 처넣었다."

태철은 별일도 아니란 듯 모자를 벗어 바짓가랑이에 탁탁 털
었다. 바지에 고였던 황토 먼지가 벌겋게 피어올랐다. 광수가 큰
소리로 웃으며 말했다.

"나 여깄으니 잡아 잡수. 이랬단 말이지?"

"부산대 애들이 영 맥아리가 없고, 그런 분위기 속에서 학교 다
니는 것도 싫고, 그래서 한번 불을 지펴본 거야. 그런데 막상 일
을 벌여놓고 보니 그게 아니었더라. 속으로는 유신 반대의 마그
마가 펄펄 끓고 있었던 거야. 겉으로 드러나지 않았을 뿐 방송이
나가자마자 학교 전체에 난리가 났다. 방송을 들은 학생들이 당
장 스크럼 짜고 뛰어나가자며 울그락불그락했어. 누구든 먼저
불을 당기기만 해봐라 뻥 터져줄 테니,라는 광풍이 일었던 거지.
폭발 직전의 활화산처럼."

태철이 그때가 생각난 듯 지그시 눈을 감고 감회에 젖었다. 눈

가에 엉겨 붙어 있던 황토 먼지에 음영이 짙어졌다.

집합을 알리는 호각 소리가 들렸다. 훈련병이 일제히 연병장 쪽으로 달려갔다. 둘도 벤치에서 일어났다.

"지금 이 얘긴 아무한테도 하지 마라. 사방이 귀다. 몸조심하고. 나중에 또 얘기하자."

둘은 집합해 있는 무리 속으로 스며들었다. 아직도 햇볕에 데워진 열기가 연병장 뜬 모래 위에 눅진히 고여 있었다.

해가 졌다. 그날따라 주번사령의 내무생활 지적사항은 보안사에서의 잠 안 재우기 고문을 떠올리기에 충분했고, 밤이 되어도 가실 줄 모르는 더위는 달빛에도 공기가 익어 메마르고 후텁지근하게 내리깔렸다. 그래도 계절은 흐르기 마련이다. 연중 계속될 것만 같던 더위가 수그러들면서 공수 훈련도 막바지로 향해가고 있었다.

삶과 죽음의 차이는 무엇일까?

공수 부대에서의 생사의 차이는 분명하고 명확했다. 형상이 온전하면 살아 있는 것이고, 흩어져 있으면 죽은 것이다. 팔다리가 제자리에 붙어 있으면 살아 있는 것이고, 그렇지 않으면 죽은 것이다. 낯익은 모습이면 살아 있는 것이고, 낯선 장면이면 죽은 것이다. 공수 부대원의 삶과 죽음의 차이는 그런 것이었다.

공수 훈련이 힘들고 빡세긴 하지만 사람이 터무니없이 죽어나가지는 않는다. 조교들이 매번 죽기를 각오하라고 헛 겁을 주어도 보호 장구가 제대로 갖추어져 있는 한 훈련 중 사망 사고는 좀처럼 일어나지 않는다. 그러나 사고는 언제든 일어난다. 그리고 사고는 곧장 죽음으로 이어진다.

공수 훈련이 막바지에 이르자 지상 훈련이 끝나고 항공기 낙하 훈련이 시작되었다. 실전을 방불케 하는 훈련에 돌입한 것이다. 5개 조로 나뉘어 5대의 비행기에 타고 이륙했다. 그날은 평소보다 바람이 많이 불었으나 훈련을 취소할 정도는 아니었다.

광수는 이틀 전, 공수 훈련의 꽃이라 할 수 있는 '강하'를 처음 경험했다. 비행기 꼬리 난간에서 허공으로 한 발 내디딜 때의 공포감만 극복한다면 강하는 그리 어렵지 않은 훈련이다. 그러나 그 한 발이 문제였다. 비행기 동체에서 무한 공중을 향해 과감히 한 발 내뻗을 수 있는 용기와 자신감. 그것만이 훈련을 성공으로 이끈다. 광수는 그런 순간을 경험하면서 비로소 공수 부대원이 되었다는 느낌을 받았다. 이게 바로 공수 부대의 자부심일 거라는 생각도 들었다.

훈련 둘째 날은 첫째 날보다 마음의 여유가 생겼다. 광수는 자동으로 펼쳐진 낙하산에 매달려 땅 밑 경치를 감상하는 여유까지 부리면서 지상에 내려섰다. 먼저 착지한 훈련병들이 바람에 낙하산이 날려가지 않도록 양손을 크게 크게 벌려 낙하산을 접고 있었다.

그때 지상의 훈련병들이 상공을 쳐다보며 소리치기 시작했다. 마지막 5번 기에서 강하한 낙하산 사이로 빙글빙글 원을 그리며 빠르게 낙하하는 하나의 점(點). 그리고 그 점의 끝에 낙하산이 퍼지지 않고 돌돌 말린 채 직선으로 자유 낙하하는 한 줄기 선(線)이 보였다. 속칭 '담배말이'였다. 담배말이는 강하 시 자세가 불량하거나 낙하산의 결함에서 생기는 현상으로 낙하산 몸체가 둘둘 말려 퍼지지 않은 상태를 말한다.

예비 낙하산을 펼쳐야 하는 높이까지 내려왔는데도 점에서는 아무 반응이 없었다. 주 낙하산이 퍼지지 않자 훈련병이 정신을 잃은 모양이었다. 점은 속도를 줄이지 못한 채 직선의 궤적을 그리며 그대로 땅바닥에 내리꽂혔다. 광수는 갑작스레 눈 앞에 펼쳐진 참혹한 장면에 무릎이 턱 꺾였다.

선으로 이어진 점은 땅에 닿자마자 면(面)으로 변했다. 붉은 선혈과 하얀 뼈, 국방색 군복과 뒤엉킨 낙하산 줄, 그 사이로 삐죽삐죽 솟아난 잔디, 뭉개져 불그죽죽 변한 곤죽 덩어리, 흩어진 팔다리, 낯선 것, 형상의 소멸.

그것은 광수가 공수 부대에 입소해서 처음으로 목격한 주검이었다. 주검을 끝으로 모든 공수 훈련은 끝났다.

황금박쥐의 땅

강원도 화천군 간동면 오음리. 제11공수특전여단의 주둔지이다.

동으로는 죽엽산이 태백산맥을 업어 동해를 막아섰고, 서로는 용화산 자락이 대례복 스란치마처럼 펼쳐져 있으며, 남으로는 춘천으로 향하는 고갯마루를 양 갈래로 나누어 막아선 오봉산과 부용산, 북으로는 병풍산이 열두 폭 병풍을 재두루미 날개처럼 펼치고 막아선 분지(盆地)의 땅. 그곳이 오음리였다.

오음리는 산으로만 둘러싸인 첩첩산중이 아니라 한 자락을 슬몃 열어 멀리 북한강 상류의 화천댐이 담아놓은 파로호를 품고 있어 명실공히 산수가 조화를 이룬 천혜의 안식처이며, 안광수와 정태철이 자대 배치받은 제11공수특전여단, 일명 황금박쥐 부대가 주둔한 땅이기도 했다.

덮개가 벗겨진 트럭에 탄 전입 신병 일행은 인솔자를 빼고 모두 일곱 명이었다. 신병 훈련을 마친 신출내기 하사 다섯과 이등병 둘. 계절은 트럭이 일으킨 바람에 길가의 작고 하얀 개망초꽃이 군무를 추는 가을의 초입이었지만, 안광수에게 오음리는 분지형 지형이 주는 아늑함보다는 이방(異邦)의 땅에 들어섰다는 느낌이 먼저 다가왔다. 조금 전 38선 이북 수복지역이라는 도로 표지판을 보았던 탓이리라.

안광수는 옆자리에 앉아 바깥을 내다보고 있는 정태철을 바라보았다. 그도 같은 생각을 하고 있었는지 광수의 시선을 의식하자 어깨를 으쓱해 보였다. 트럭이 속도를 줄였다. 트럭 뒤에 따라붙던 흙먼지가 역방향에서 몰려 들어왔다. 일행이 기침을 쿨럭거리면서 시선을 좁혀 내릴 채비를 서둘렀다.

여단 본부대에 도착해 전입 신고 연습을 오래 한 뒤 신병 일행은 붉은 성판(星板)이 붙은 여단장실로 들어갔다. 빨간 바탕에 외눈으로 반짝이는 별 하나가 놓인 책상을 사이에 두고 여단장과 신병이 마주 섰다. 일동은 고래고래 고함을 질러가며 '이에 신고합니다'를 합창했다. 합창이 끝나자 여단장이 허공에다 대고 손칼을 한 차례 휘젓는 것으로 전입 신고는 싱겁게 끝났다. 그 싱거움과 악다구니의 차이. 여단장과 신병과의 차이는 안드로메다 성운과 맞먹는 거리였다. 원 스타 붉은 별 장군과 나무젓가락 이등병 작대기 하나는 전혀 현실감이 없는 계급적 거리였다.

전입 신고를 마치고 나오자 셋은 벌써 어디로 갔는지 보이지 않았고, 하사 두 명과 이등병인 광수와 태철만이 남았다. 넷은 인솔 나온 하사관을 따라 도보로 걸어서 최종 목적지인 61대대로 향했다.

위장막이 쳐진 정문 초소를 지나자 연병장과 사열대가 보였고, 그 뒤로 야트막한 건물 여러 채가 숲속에 가려져 있었다. 첫 번째 건물로 향했다. 그곳에서 다시 대대장에게 전입 신고를 하고 인사과 표찰이 붙은 사무실로 들어가 인사 기록 카드를 작성했다.

카드를 받아든 인사과 기간병이 내용을 훑어보다 말고 광수를 뚫어지게 바라보았다. 광수도 낯익은 얼굴이라는 생각에 기간병의 명찰을 들여다보았다.

'전복기'

아는 이름인데 모르는 얼굴이었다. 이름과 얼굴이 연결되지 않았다. 광수가 주저하자 기간병도 안광수의 군복에 붙은 이름을 보면서 갸우뚱거리며 물었다.

"너 혹시 한문연 아니냐?"

광수는 순간 가슴이 쿵 내려앉는 충격에 휩싸였다. 보안사의 꼬리표가 여기까지 따라왔구나 싶었다.

'한문연'은 대학 시절 안광수가 쓰던 가명이었다. 그의 가명을 아는 사람이라면 둘 중의 하나가 틀림없을 것이다. 하나는 자신의 일거수일투족을 감시할 보안사 기관원이거나, 아니면 대학 시절에 만났던 친구. 그제야 확실히 전복기라는 이름이 떠올랐다.

전복기는 광수와는 다른 학교에 다녔으나 학년이 같은 동기생이었다. 구로공단 노동자를 대상으로 겨레터야학을 열었던 전복기. 광수가 그를 모를 리 없었다. 겨레터야학의 초청으로 탈춤 공연 갔던 기억이 떠올랐다. 거기서 전복기를 처음 만났다. 그는 그 야학당의 교사였다. 그런 그를 군대에서 다시 만난 것이다. 군복을 입었기 때문이기도 했지만, 전에 알던 얼굴과 사뭇 달라진 모습에 얼른 알아보지 못했다. 동명이인일지도 모른다는 생각에 손을 내밀다 말고 멈칫했다.

만일 전복기가 맞다면 그가 이런 만남을 어떻게 받아들일지 알 수 없었다. 계급장을 보니 일병이었다. 계급은 둘째치고, 그가 운동권 전력이 있는 대학생의 프락치 노릇을 하고 있을지도 모른다는 생각이 들었다. 여러 사람이 보는 자리에서 만난 상황이라 일단 모른 체하기로 했다. 전복기도 이를 눈치챘는지 더는 캐묻지 않았다.

광수는 병약해 보이던 전복기가 어떻게 공수 부대에 들어왔는지 신기했다. 그는 너무도 많이 달라져 있었다. 피부도 검게 그을려 건강해 보였고, 목덜미와 상체는 눈에 띄게 굵어졌으며, 말아 올린 전투복 상의 아래 드러난 팔뚝엔 강인한 근육이 불거져 있었다. 2년이라는 세월의 상거는 야리야리했던 그를 전혀 다른 사람으로 바꾸어놓았다.

그에 대한 기억이 꼬리를 물었다. 탈춤 공연이 끝나고 야학 교사와 탈춤반 학생들이 어울려 뒤풀이하던 기억이 새로웠다. 그날 전복기를 처음 만났지만 서로 배짱이 맞아 다른 사람을 젖혀두고 많은 대화를 나누었고, 나중에는 그의 집에도 놀러 갔었다. 신림동 어딘가였을 것이다. 거기서 아들을 뒷바라지하기 위해 고향인 전라도를 떠나 서울살이를 하고 계신 그의 어머니도 만났다.

전복기 어머니의 자식 사랑은 유독 도드라져 아들 친구를 대하는 눈빛만 봐도 유별스러움을 알 수 있었다. 자식들 조석 끓이기도 녹록치 않은 살림이었을 텐데 느닷없이 찾아온 아들 친구에게 정성껏 밥상을 차려주던 정 많고 단아한 모습의 어머니였다.

이후 광수는 전복기와 자주 만나 긴급조치 시대의 긴 터널을 이야기했었는데, 그가 반정부 유인물 배포 사건으로 지명 수배되고부터는 만날 수 없었다. 모두가 2년 전의 일이었다.

광수와 태철의 자대 배치가 확정되었다. 서로 중대는 달랐지만 같은 지역대에 배치되었다. 공수 부대는 일반 부대 편제와 달리 대대와 중대 사이에 지역대라는 부대 단위가 있었다. 지역대는 소령의 지휘하에 100명 정도의 병력으로 구성되어 있는데, 이 단위를 중심으로 모든 활동과 훈련이 이루어지고, 내무반도 나뉘어진다. 하지만 61부대 대대원 모두는 같은 연병장과 식당을 이용하기 때문에 서로 만나려면 언제든 만날 수는 있었다.

전복기를 만난 기쁨이 커서인지 어떻게 지역 대장에게 전입 신고를 마쳤는지 모르게 전입 첫날이 바쁘고 어수선하게 지나갔다. 이튿날 저녁 식사 시간에 전복기가 광수를 찾아왔다. 식당 앞에서 기다리고 있다가 식기 세척장 옆 연못가로 광수를 데려갔다.

"나 전복기야. 서울서 야학하던. 기억나지?"

그도 어제는 남의 눈을 의식했었나보다. 광수는 아직도 전복기의 달라진 모습에 확신이 서지 않아 주저하고 있었다. 낌새를 눈치챘는지 전복기가 먼저 말했다.

"너, 언청이 이매탈 쓰고 탈춤을 추던 한문연이 맞지? 그게 본명이 아니었나?"

이매탈을 기억하는 것으로 보아 전복기가 분명하다는 확신이 들었다.

"이매탈을 알아?"

"알다마다. 입술이 갈라지고 아래턱이 없는 추물 형상의 탈을 쓰고 바보 춤을 추던 너를 내가 몰라볼 리 없지."

광수는 그제야 먼저 자신을 알아본 그가 몹시 반가웠다.

"이게 얼마만이야? 니를 여기서 만날 줄은 꿈에도 몰랐다. 내가 본명을 말 안 했던가? 하기사 그때는 말 안 했을 수도 있었겠다. 내 본명은 안광수다. 어젠 너무 당황했었다."

"그렇지? 한문연이 맞지? 나는 한눈에 알아보겠던데."

"첨엔 긴가민가했다. 모습이 영판 달라져 못 알아봤다."

둘은 반갑게 손을 맞잡았다. 실로 2년 만의 해후였다.

전복기가 먼저 자신의 근황을 말해주었다. 입대한 지는 1년쯤 지났고, 현재는 대대본부 인사과에 근무한다고 했다. 원래는 일반병으로 입대했는데 공수 부대로 차출되어 여기까지 왔다고 말했다. 고생은 많았어도 덕분에 몸이 튼튼해졌다며 팔 근육을 한껏 뭉쳐 보여줬다. 광수도 자신의 이야기를 했다.

"어젠 참말로 놀랐다. 얘기하자면 길지만 내는 자원해서 공수

부대에 들어온 기다. 시위 주동자로 수배되어 있다가 붙잡혀 군
대로 끌려왔다. 어제는 니가 대뜸 알아보길래 프락치로 오해했
다. 미안타."

"내 그럴 줄 알았다. 나도 긴급조치 9호 위반으로 끌려왔다. 그
러고 보니 나랑 똑같네?"

전복기가 환하게 웃었다. 광수는 묻지 않을 수 없었다.

"하나만 묻자. 니가 운동권이었다는 사실을 부대 사람들이 아
나?"

"안다기보다는 알아도 상관 안 한다. 아무도 군대 오기 전의 경
력을 묻는 사람은 없지."

전복기가 공수 부대원 중에는 사회에서 별 희한한 일을 하다
온 사람이 쎄고 쎄서 운동권 출신은 관심병사 축에도 못 낀다고
했다. 그 말을 들으니 군대 가서 조리돌림 당했다는 운동권 제대
복학생의 말은 반은 맞고 반은 허풍이지 싶었다. 둘은 2년 전으
로 돌아가 시간 가는 줄 모르고 이야기를 나누었다. 광수는 같이
전입 온 태철에 대해서도 말했고, 다음에는 셋이 함께 만나기로
하고 헤어졌다.

몸은 고달팠으나 마음은 편했다. 특히 전복기를 만난 것이 광
수에겐 큰 다행이었다. 고참은 아니어도 행정병이라 많은 도움
을 받았다. 그동안 셋이서 여러 차례 만났고, 사석에서는 말을 트
는 사이가 되었다. 그들은 새로 사귄 철부지 애인처럼 틈만 나면
서로를 찾았다.

어느 일요일 아침, 전복기가 내무반으로 광수를 찾아왔다.

"기억나지? 내 여동생?"

"기억난다. 이름이 뭐였더라?"

"호경이"

"맞다. 전호경. 그 동생도 너랑 같이 겨레터야학에서 학생을 가르쳤잖아?"

"그랬었지. 오늘 그 동생이 면회 온단다. 별일 없으면 같이 가자."

광수는 전복기의 여동생인 전호경을 만난 적이 있었다. 연년생인 전호경도 오빠와 함께 겨레터야학에서 학생을 가르치던 교사였다. 그녀는 고려대학교에 다니고 있었다.

태철을 불러 셋이 면회실로 갔다. PX를 겸하고 있는 면회실은 면회객으로 초만원을 이루고 있었다. 넷은 테이블 하나를 차지하고 앉아 동생이 가져온 보따리를 풀었다. 전복기 어머니의 손맛이 그대로 묻은 전라도 특유의 음식이 쏟아져 나왔다.

"엄마가 오빠 갖다주라고 밤새 만드셨지. 아따! 찬찬히들 잡수시오. 걸신이 따로 없구만."

전호경이 오빠들을 면박주면서 음식 공치사를 어머니에게로 돌렸다. 광수는 오랜만에 맛보는 전복기 어머니의 음식 솜씨에 식탐부터 일었다. 얼마 만에 맛보는 사제 음식인가? 애호박 부침, 오징어 숙회, 무엇보다도 참깨가 뿌려진 주먹밥에 갈치속젓을 얹어 입에 넣자 눈물이 핑 돌았다.

넷은 붐비는 면회실을 빠져나와 PX 뒤쪽 연못가 벤치로 자리

를 옮겼다. 서울서 화천까지 오려면 새벽에 출발했을 텐데 전호
경은 피곤한 기색도 없이 광수를 다시 만난 게 신기했던지 몇 번
이고 인사를 반복했다. 그녀는 지금도 야학에서 학생을 가르치
고 있다 했다.

전복기가 야학이 지금은 어떻게 운영되는지 물었다.

"말을 말더라고. 강학들이 죄다 군대 끌려가고 경찰에 붙잡혀
서 문 닫기 일보 직전이야."

전복기가 강학의 뜻이 뭔지 몰라 갸웃하는 태철에게 겨레터야
학에서는 교사를 강학이라 부르며, 가르치면서 배운다는 뜻이라
고 알려주었다.

"들불야학 소식은 들었어?"

"박기순이 죽고 한동안 문을 닫았다가 지금은 새로운 사람이
많이 들어와서 그럭저럭 돌아는 간다고 하데."

광수에게 들불야학과 박기순은 처음 듣는 이름이었다.

"들불야학은 어디 있는 기고?"

"서울에 겨레터야학이 있듯이 광주에도 들불야학이란 게 있
다. 내가 지명 수배되어 광주에 내려가 있을 때 거기서 하던 야
학이다."

전복기는 경찰의 체포를 피해 광주로 내려가 있는 동안 거기
에서도 야학을 했던 모양이었다.

박기순 얘기가 나오자 전복기가 제 누이에게 물었다.

"기순이 얘기는 더는 없지?"

"죽은 사람 얘기 자꾸 해서 무슨 소용이 있겠어? 너무 이른 나이에 그렇게 돼서 아직도 갸 얘기만 나오면 눈물바다지."

광수는 박기순이라는 이름을 입속에서 굴려보았다. 들불야학과 관련 있는 사람인 듯한데 젊은 나이에 죽은 모양이었다. 전복기는 박기순의 죽음에 대한 충격이 아직도 가시지 않았는지 말문을 잇지 못하다가 광수가 궁금해하기에 입을 뗐다.

"들불야학은 애초에 박기순이 만든 거다. 호경이하고는 어려서부터 단짝 친구였지. 갸가 전남대 다니다 휴학하고 처음에는 무등산 근처에 꼬두메야학이란 걸 열었다. 공장 다니는 애들 가르치는 검정고시 야학인데 그걸 해보겠다고 나선 것이지. 운영 방법을 배운다고 서울의 우리 겨레터야학에 견학도 오고 그랬었다. 그러다가 내가 수배되어 광주에 내려가 있을 때 박기순을 만났는데 전에 하던 꼬두메야학을 접고 제대로 된 야학을 시작할 거라고 하데. 야학이 무슨 동네 강아지 이름인 줄 알지만 사실 엄청 힘든 일이다. 힘 부치면 그만둘 일이지 오뚝이처럼 달려들었어. 남자도 하기 힘든 일을 여자 혼자서 하겠다고 말이야.

하루는 박기순이 날 찾아와서 개소 준비할 때만이라도 도와달라고 매달리더라. 그래서 서울서 같이 도망 내려온 친구랑 셋이서 개소를 도와줬어. 날씨는 덥지, 교재 만든다고 밤새 철판 긁으랴, 교실 구하러 다니랴, 애들 모집하랴, 혀가 빠지게 고생한 끝에 드디어 광천동 성당에서 개강식을 열었다. 그게 들불야학이다. 강학 7명에 학생 35명. 그날이 작년 7월 23일이었다. 하도 가슴이 벅차 지금도 날짜를 안 잊는다. 들불야학 교가도 내가 지었다. '너희는 새벽이다 밝아오른다. 너희는 새암이다 솟아오른다.' 이렇게 시작하는 노래다. 내 함 불러볼까?"

전복기가 옛 추억에 젖어 당장 노래 부를 기세로 일어섰다. 동생이 팔을 잡아 주저앉혔어도 그는 어제 일처럼 신바람이 나서 날짜와 인원까지 기억해내며 말을 이어갔다.

"일요일만 빼고 매일 2시간씩 수업했다. 나는 영어를 가르쳤어. 학생 대부분이 국민학교 졸업이라 아는 건 없어도 열기 하나는 정말 대단했었다. 공장에서 종일 일해 피곤할 텐데 아무도 조는 사람이 없어요. 그 재미에 빠져 열심히 가르치고 있었는데 느닷없이 경찰이 들이닥쳐 나를 긴급조치 9호 위반죄로 체포해 군대로 보내버렸다."

전복기는 야학을 중도에 그만둔 게 못내 아쉬웠던지 입대 과정에서의 부당함을 열 올려 토로하다가 이내 말머리를 다잡아 이야기를 계속해나갔다.

"그래도 일단 야학의 물꼬를 터놨으니 내가 없어도 운영은 되겠다 싶었는데 그게 아니었더라. 땅이 꺼지게 울 일이 생겼지. 박기순이 허무하게 죽었지 뭐냐. 겨우 스물두 살 나이에, 그것도 연탄가스 중독사고로. 이래도 되는 거냐? 학교도 그만두고 못 배운 애들 가르쳐보겠다며 물불 안 가리고 뛰는 사람을 그렇게 데려가다니. 하늘도 참 모지락스럽지."

전복기는 박기순을 이야기하며 다시금 가슴 밑바닥에서 올라오는 안타까움에 말을 잇지 못했다. 박기순이 스물두 살 새파란 나이에 구들장 내려앉은 방인 줄 모르고 자다가 연탄가스 중독 사고로 죽었다는 소식은 전복기가 공수 훈련을 마치고 자대에 배치된 후에 들었다고 했다. 전복기가 여기까지 이야기하더니 입을 다물었다.

연못가의 버드나무 그림자가 못물에 담겨 일렁이고 있었다. 넷은 연못에 떠다니는 나뭇잎 배를 바라보았다. 나뭇잎에서 생긴 작은 동심원이 동그란 파문을 일으키며 연못가로 밀려왔다 스러지기를 반복하고 있었다. 전호경이 밝은 목소리로 분위기를 살렸다.

"오빠, 윤상원 씨라고 기억나지?"

"알지. 내가 체포되기 얼마 전에 들불야학에 들어온 강학. 그 사람이 왜?"

"그가 지금 들불야학을 전적으로 이끌고 있다면 오빠는 믿으려나?"

"그래? 처음이라 크게 기대하지 않았었는데?"

전호경이 윤상원과 들불야학의 현재 상황을 알려주었다. 전복기의 입대와 박기순의 사망으로 침체에 빠진 들불야학에 활기를 불어넣은 이가 바로 윤상원이라고 했다. 박기순이 죽기 얼마 전, 윤상원은 서울에서 잘 다니던 은행을 그만두고 들불야학을 찾아왔었다. 고향의 어려운 학생들을 한번 가르쳐보겠다면서. 그런 그가 전복기의 빈자리를 채워 야학을 시작하던 차에 느닷없이 박기순이 죽자 지금은 들불야학을 도맡아서 운영하고 있다는 것이다.

전복기가 동생의 얘기를 듣고 나서 말했다.

"꼭 필요한 사람이 들어왔네. 그 사람 한번 만나봐야겠다. 내가 가르치던 학생들도 겸사겸사 만나고 말이지. 다음 달에 휴가 나간다."

전복기는 들불야학을 이끌 새 운영자가 생겼다는 말에 기분이 좋아졌다.

강원도의 하루가 성급히 저물었다.

"시간이 많이 지났네. 갈 길도 먼데 그만 일어나야지?"

전복기가 먼 길 돌아갈 동생 걱정에 자리를 털고 일어섰다. 광수는 PX에서 전복기 어머니에게 드릴 면세품 몇 가지를 골랐다. 전복기 남매가 다정한 연인처럼 팔짱을 끼고 위병소로 향했다. 전복기는 동생의 모습이 시야에서 완전히 사라진 후에도 그 자리에 오래 서 있다가 발길을 돌렸다.

단풍선이 빠르게 북상하며 강원도의 가을이 깊어졌다. 평온한 시간이 천천히 흘렀다. 그러던 10월의 어느 날 저녁, 영외 거주하는 장교와 하사관은 모두 퇴근하고 남은 부대원들이 내무반에서 한가한 시간을 보내고 있을 때 전복기가 황급히 광수를 찾아왔다. 그가 다급하게 광수를 나오라고 손짓했다.

전복기가 광수에게 물었다.

"태철이 고향이 부산이라 했지?"

"그래. 부산대 다니다가 왔다고 했다."

"지금 부산에 난리가 났다. 방금 사무실에서 TV 보다 나왔는데 부산에서 데모가 일어나 도심이 불타고 아수라장이 된 모양이다. 태철이한테 얘기해야 하지 않을까?"

"데모가 일어났다고? 부산에서? 이슈가 뭔데?"

"자세한 것은 나도 모른다."

전복기가 인사과 자기 사무실에서 저녁 뉴스를 보다가 부산에서 데모가 일어났다는 소식에 놀라 황급히 뛰어온 것이었다. 광수네 내무반에는 TV가 없었다. 전복기는 부산에서 일어난 데모 소식에 태철을 걱정하고 있었다. 둘이 태철의 내무반으로 달려갔다. 태철이 내무반에서 관물 정리를 하다 말고 밖으로 나왔다.

"무슨 일이야? 좀 전에 식당서 만나구선?"

"지금 부산에 난리가 났다. 학생들이 데모를 일으킨 것 같다. 방금 뉴스에서 봤다."

"그래? 나는 금시초문인데."

"같이 가서 테레비 보자."

셋이 사무실로 달려가 TV 앞에 섰다. 그러나 뉴스는 이미 끝났고, 일일 연속극이 방영되고 있었다. 이리저리 채널을 돌려보았으나 부산 소식을 전하는 뉴스는 어디에서도 찾을 수 없었다. 초조한 시간이 흘렀다.

연속극이 끝나고 영원처럼 긴 광고방송 후에 뉴스가 시작되었다. 뉴스는 부산에서 벌어지는 사태를 보여주고 있었다. 태철이 흥분한 목소리로 화면을 가리키며 말했다.

"저긴 내가 다니던 부산대다. 부산대 애들이 데모하는 게 맞다. 쟤들이 웬일이래? 저긴 시청이고, 저긴 부영극장이다."

태철은 화면에 비친 장소를 일일이 짚어가며 목소리를 높였다.

"미화당백화점, 부산극장. 부산에 난리가 난 게 틀림없다."

화면에는 스크럼을 짜고 뛰어다니는 학생과 이를 바라보는 시민, 경찰이 쏘아대는 최루탄이 난무하고 있었다. 간혹 '유신 철폐, 독재 타도'라는 구호와 함께 김영삼을 연호하는 목소리가 카메라 앵글이 좁혀질 때마다 들려왔다. 그러나 뉴스는 금방 다른 소식으로 넘어가버렸다. 이리저리 채널을 돌려보았지만 어디에도 부산 소식을 전하는 방송은 없었다. 보도를 통제한다는 느낌이 강하게 들었다. 그렇지 않고서야 부산 도심이 최루탄과 시위로 들끓고 있는데 한가하게 연속극이나 방영하고 있을 리 없었다.

인사과 사무실은 장교나 하사관이 수시로 드나드는 곳이라 사병들이 몰려다니는 게 눈치가 보여 밖으로 나왔다. 세척장 옆 연못가 벤치로 갔다. 셋이 곧잘 만나던 곳이다.

태철이 격앙된 감정을 다스리지 못하고 목소리를 높였다.

"부산에 무슨 일이 터진 게 분명하다."

"네가 부산 지리를 잘 아니까 자세히 말해봐라."

"자세히 말하고 자시고 할 것도 없다. 부산대 학생들이 데모를 일으킨 게 분명하다. 하지만 시청이나 부산극장은 시내 쪽인데 왜 거기에서 데모가 일어났는지는 모르겠다. 부산대는 시내와 많이 떨어져 있거든."

전복기가 궁금함을 더해 물었다.

"부산대 학생들이 시내 쪽으로 몰려간 건 아닐까?"

"그럴 리 없다. 교내 시위도 무서워 벌벌 떠는 애들인데."

"아무리 그래도 스크럼 짜고 도심을 뛰어다닐 사람이 학생밖
에 더 있겠나? 시민들이 그러겠냐?"

"그렇긴 하지."

"같은 시간대에 찍은 사진이 아닌 것 같다. 부산대 것은 낮에,
시내 쪽은 저녁이나 밤에 찍은 거다. 낮에 시작해 밤까지 이어진
거다."

"그럴까? 우리집이 부산극장 바로 뒨데 무사한지 걱정이다."

"부산은 그렇다 치고 우리도 인제 편치 못하게 되었지 싶다."

전복기가 걱정스러운 목소리로 말했다.

"그건 또 무슨 소리야?"

"니들은 잘 모를 거다. 진압군 복장을 보니 3공수 애들이 틀림
없다. 비호 부대 빨간 호랑이."

"우리 11공수가 황금박쥐인 것처럼?"

"그렇지. 부산에 공수 부대 병력이 투입된 거다. 데모 진압은
주로 경찰이 하는데 군대가 투입되었다는 건 경찰력만으로 데모
를 진압할 수 없다는 뜻이다. 그만큼 사태가 심각하다는 얘기다."

전복기가 공수 부대 선임병답게 광수나 태철이 모르는 걸 알
고 있었다. 그가 덧붙인 말의 요지는 부산에 공수 부대가 투입된

것으로 보아 사태가 더 심각해지면 다른 공수 부대도 투입될지 모른다는 것이었다. 11공수 역시 예외가 아닐 거라는 얘기였다.

이때 본부대 내무반 쪽에서 요란스러운 호각 소리와 함께 소란한 움직임이 일었다. 전복기가 볼멘소리로 말했다.

"오늘 주번 사령이 정보 장교라고 하더니 벌써부터 내무 검열 준비하느라 난리굿을 시작했는가보다. 아무래도 오늘 밤 한따까리 해야 잠을 재우지 싶다. 나 먼저 간다. 내일은 일요일이니까 우리 사무실로 와라. 뉴스 보게."

전복기가 내무반 쪽으로 뛰어갔다. 둘은 전복기의 뒷모습을 바라보며 빈 바닷가에 홀로 남겨진 아이들처럼 엄습해오는 불안감에 휩싸였다.

이튿날, 광수는 아침 식사를 마치자마자 태철과 함께 인사과 사무실로 향했다. 전복기가 먼저 와서 TV를 보고 있다가 흥분된 목소리로 말했다.

"어서들 와라. 데모는 부산에만 일어난 게 아니라 마산까지 번진 것 같다. 시민과 학생이 합세해서 말이다. 그런데 자세히 보면 학생은 몇 안 보이고 으쌰으쌰 하는 사람이 죄다 시민들이다. 시민들이 데모에 나섰다는 건 민란이 일어났다는 증거다. 민란이 일어난 게 분명하다. 역시 부산과 마산은 알아줘야 해."

부산, 마산, 그리고

    전라도가 고향인 전복기는 부산과 마산에서 일어난 시위 사태를 보면서 동학농민혁명을 떠올렸다. 탐관오리를 몰아내고자 봉기한 동학 농민군이 조선왕조 전주이씨(全州李氏)의 본향인 전주성을 함락시켰지만, 이들을 토벌한다는 명목으로 청군(淸軍)과 일군(日軍)을 끌어들여 조선이 망한 것처럼, 부산과 마산에서의 시위가 공수 부대에게 진압 구실을 제공해 유신체제를 더욱 강고히 하는 결과로 작용할 것만 같았다. 그것은 최루탄을 피해 도망치다 벗겨진 시민의 피 묻은 신발을 토픽 사진으로 올린 기자의 시선에서도 느낄 수 있었다. 안타깝게도 부산, 마산의 시위는 철옹성처럼 단단한 유신정권에 의해 맥없이 무너질 수밖에 없는 신산(辛酸)한 농성으로 보였다.

    전복기는 줄 끊어진 얼레를 들고 속절없이 멀어져가는 연을 바라보는 심정으로 TV 화면을 주시하고 있었다. 태철은 전복기의 표정을 읽으며 부산과 마산에서 일어난 사태에 대해 밤새 고민한 흔적의 편린을 꺼내들었다.

"나는 이번 사태가 제1야당인 신민당과 김영삼의 텃밭인 내 고향 부산에서 일어났다는 사실에 주목하고자 한다. 얼마 전 YH 사건 때 여공들이 몰려가 철야 농성을 벌인 곳도 신민당 당사였고, 그 사건의 여파로 당수인 김영삼이 의원직에서 제명되었다. 그러니까 이번 데모는 김영삼에 동조하는 부산 시민들의 움직임이며, 박정희 군사독재에 저항하는 시민 봉기로 봐야 한다. 마산도 마찬가지다. 마산은 독재자 이승만을 쫓아낸 4·19의 자부심으로 똘똘 뭉친 도시다."

광수가 태철의 말을 받았다.

"그 말도 일리가 있지만, 나는 지금이야말로 반정부 시위가 일어날 수밖에 없는 시대적 당위성이 무르익었다고 본다. 김영삼이라는 한 개인이 시위를 촉발한 게 아니라, 이제 유신 독재 정권도 전복될 수밖에 없는 시기가 도래했다는 게 내 생각이다."

전복기가 둘의 이야기를 들은 후 자신의 생각을 덧붙였다.

"부산이라는 지역과 김영삼이라는 개인이 사태의 시발점이 된 건 분명하지만, 그건 장소나 사람의 문제가 아니라 이제 유신 독재 체제도 무너질 때가 되었다는 현실 인식. 부산과 마산이 박정희의 정치적 고향임에도 불구하고 그 텃밭에서 반정부 시위가 일어나는 걸 보면 더이상 유신 정권은 지탱하기 어려워졌다는 역사 인식. 이런 얘기지?"

전복기의 말에 둘이 고개를 끄덕였다.

이들이 얘기를 나누는 도중 느닷없이 사무실 문이 열리며 당직 사령 완장을 찬 정보 장교가 불쑥 들어왔다. 당직자의 근무는 보통 아침 9시면 끝나는데 여태까지 완장을 차고 있는 것으로 보아 후임자가 아직 오지 않았거나, 일요일까지 연장 근무를 하는 모양이었다. 편하게 앉아서 TV를 보던 셋이 놀라 일어섰다.

"잘들 하고 자빠졌다. 쫄병 노무 새끼들이."

정보 장교의 입에서 거친 욕설이 우르르 튀어나왔다. 광수나 태철은 말할 것도 없고, 전복기의 입장이 매우 난처해졌다. 아무리 일요일이라 해도 사병이 사무실에서 TV를 보고 있다는 건 당직 사령으로서 문제 삼을 수 있는 부분이었다. 게다가 군대 생활 시작한 지 얼마 되지 않은 일등병이 그보다 더 새까만 이등병을 둘씩이나 데리고 TV를 보고 있었으니 분명 책잡힐 수 있는 상황이었다.

전복기가 상황을 모면하기 위해 큰소리로 경례를 붙이며 앞으로 나섰다.

"정보관님, 아직 퇴근하지 않으셨습니까?"

"그럼 안 되냐? 일요일이라고 완전히 퍼졌구만. 좆만 한 새끼들."

다시금 정보 장교의 입에서 거친 말이 튀어나왔고, 그의 눈에서 어떻게 하면 이들을 골탕 먹일까 하는 악동 기질이 번들거리기 시작했다.

"가만있자, 너희들 무슨 공통점이 있는데? 셋 다 학적 변동자 아냐?"

정보 장교라서 그런지 눈치 하나는 빨랐다. 그는 전복기가 운동권으로 수배되었다가 붙잡혀 입대한 사실을 알고 있었다. 그러나 나머지 둘은 신병이라 모를 법도 한데 대뜸 넘겨짚고 물었다.

전복기가 나서서 대답했다.

"우린 군대 오기 전부터 서로 알고 지내던 친구 사이입니다."

전복기가 둘을 사회에서 만난 친구라고 소개했다.

"그럼 너희들 다 4년제 대학 출신이라 이거지?"

이야기가 엉뚱한 방향으로 흘러간다 싶었다. 전복기는 등줄기를 훑고 지나가는 서늘한 기운을 느꼈다. 정보 장교는 육사 출신이 아닌 2년제 3사 출신이었다. 3군 사관학교 출신이라고 해서 다 그런 건 아니지만 자칫 말실수했다가 자격지심을 자극해 크게 경을 치고 말겠다는 생각이 들었다.

"졸업한 건 아니고 휴학하고 왔습니다. 야는 서울이 집이고, 쟈는 부산에서 학교를 다녔습니다."

"말하자면 일류대 출신이다 이거 아냐? 그런 잘난 것들이 아침부터 사무실에 짱박혀 테레비나 보고 있어? 완전 군장해서 뺑뺑이 돌아봐야 정신차리겠구만?"

이 사태를 어떻게 모면해야 할지 고민스러웠다.

"지금 부산에서 데모가 일어났습니다. 정 이병 집이 부산이라 걱정이 돼서 뉴스를 보고 있던 참입니다."

자존심이 상했지만 변명하지 않을 수 없었다. 그러자 정보 장교가 더욱 날을 세워 핏대를 돋우었다.

"대학생 놈들이 하라는 공부는 안 하고 데모질이나 하고 말이 야. 저런 새끼들은 탱크로 확 밀어버려려야 돼."

정보 장교가 TV 속에 보이는 대학생을 향해 적개심을 쏟아냈 다. 그의 욕설은 화면 속 시위대를 향한 것이었으나 면전의 세 사람에게 퍼붓는 것이기도 했다. 그러나 다행스럽게도 더는 닦 달하지 않았다. 누그러드는 기미를 보이자 전복기가 물었다.

"그런데 여긴 무슨 일로 오셨습니까?"

"신성진 중사라고 있지? 걔 인사기록 카드 좀 보자. 그 새끼 진 짜 월남에 두 번 갔다 왔나 보게."

"카드함 열쇠는 인사관님이 직접 관리하십니다."

"키가 어딨는지는 알 것 아냐?"

"주말에는 반출이 금지되어 있습니다."

"그래? 확실하지? 나한테 거짓말했다간 죽는다."

"제가 왜 정보관님께 거짓말하겠습니까? 사실입니다."

"됐고. 내일 신중사 인사기록 카드 카피해서 내 사무실로 갖고 와. 내 살다 살다 이런 놈은 처음 본다. 부산이 베트콩에게 함락 된 한국판 사이공인 줄 안다니까. 제가 무슨 재주로 사이공을 구 해? 꼴통새끼. 니들도 얼른 테레비 끄고 총알같이 사무실에서 튀 어나간다. 실시."

아무리 장교라도 개인의 신상자료를 함부로 보자고 할 수는 없다. 그가 평일을 피해 일요일에 사무실에 나타난 이유를 알 것 같았다. 전복기가 정보 장교의 뒤를 따라가 배웅하고 돌아와 털썩 의자에 몸을 부렸다. 태풍 지나간 과수원집 큰아들처럼 안도의 한숨을 내쉬었다.

"대학생을 향한 저 출처를 알 수 없는 적개심의 정체는 도대체 뭘까? 탱크로 확 밀어버리고 싶을 정도의."

정보 장교가 훼방을 놓는 바람에 뉴스는 어느새 시위 보도를 성글게 끝내고 일상 소식으로 넘어가 있었다. 더 볼 것도 없고 대화할 분위기마저 깨져 자리에서 일어섰다. 그때 전복기가 서가에서 신문철을 꺼내왔다.

"미처 이 생각을 못 했다. 신문에 부산 소식이 나와 있을지도 몰라."

중앙지 묶음 철에 10월 18일 자 조선일보가 있었다. 눈이 번쩍 뜨였다. 1면 톱으로 부산지역에 비상계엄이 선포되었다는 기사가 실려 있었다.

기사 내용은 다음과 같았다.

朴正熙대통령은 釜山시 학생소요사태와 관련, 헌법 제54조에 따라 18일 0시를 기해 釜山직할시 일원에 대해 非常戒嚴을 선포했다. 정부는 17일 밤 11시 30분 중앙청 국무회의실에서 崔圭夏 국무총리 주재로 긴급 임시국무회의를 열고 釜山직할시 일원의 공공안녕질서를 유지하기 위해 非常戒嚴을 선포키로 의결하고 계엄사령관에 朴贊兢육군중장(釜山군수기지사령관)을 임명했다.

치안본부는 18일 새벽, 16일과 17일 연이틀 동안 부산에서 벌어진 소요사태의 내용을 발표했다. 발표문 전문은 다음과 같다.

「지난 10월 16일~17일 釜山大學과 東亞大學 학생 3천여 명이 政權 打倒를 주장하며 校內에서 시위를 하던 중 경찰의 제지로 해산되었다가 시내 번화가 중심지에 다시 집결, 2백명에서 5백명씩 6개 방향으로 진출, 해산을 慫慂하는 경찰과 대치하던 중, 夜陰을 탄 일부 불순분자들이 합세하여 경찰관서에 투석, 기물을 파손하는가 하면 순찰 중인 경찰차량을 불사르고 도청, 세무서 및 放送局과 新聞社에 침입, 기물을 파괴하는 등 우발적인 군중시위 행동이 아닌 조직적인 폭거로 민심교란 선동과 사회혼란을 조성하는 폭도로 변화하여 방화, 폭행, 기물파괴, 투석 등으로 釜山 전역의 치안과 질서를 극도로 마비시키고 전 시민을 불안과 공포 속으로 몰아넣었다. 이로 인하여 경찰관 56명을 비롯, 학생 일반인 등 수많은 부상자를 발생케 하였으며 순찰백차 등 경찰차량 6대가 전소되고 12대가 파손되었으며 21개의 경찰관 파출소가 파손 또는 방화되고 기타 주요 공공건물이 습격, 파괴되었다.」

具滋春내무부장관은 17일 오후 "16일밤 부산대학교 소수학생들이 시내 중심가까지 몰려와 큰 소란을 피운 것은 유감"이라고 말하고 "정부는 지각없는 경솔한 행위에 대해 단호히 대처해 나가겠다."고 말했다. 具장관은 이날 釜山에 내려와 시장실에서 기자회견을 가진 자리에서 이같이 말하고, 이번 사태로 경찰관 50여명, 학생 2~3명이 부상당했으며, 2백여명이 경찰에 연행됐다

고 밝히면서 "연행자 중에는 불량배가 1백여명이나 끼여 있다."고
말했다.

전복기가 기사를 읽고 나서 실소하며 말했다.

"정보 장교가 말한 적개심의 정체가 바로 여기 있었네. 대학생
을 불량배와 동격으로 취급하고 있잖아?"

아닌 게 아니라 기사에는 대학생과 불량배가 합세하여 소요사
태를 일으킨 것으로 나와 있었다. 광수가 헛웃음을 지으며 말했다.

"주동자는 모두 북에서 지령받은 공산당 빨갱들이다, 이런 기
사도 곧 나오겠구만."

셋은 기사를 읽는 도중 치밀어 올라오는 욕지기를 참느라 애
를 먹었다. 조선일보라고 하면 국내 대표 일간지 중 하나인데, 메
이저 신문의 보도 태도가 이렇게까지 한심한 줄 미처 몰랐다. 정
부의 입장을 대변하는 기관지 같았고, 대놓고 어용 신문이라고
해야 맞을 성싶었다.

신문은 대학생들이 폭거를 일으켜 민심을 교란하고, 방화, 폭
행, 기물파괴, 투석 등의 불법 행위를 저질러 사회를 불안과 공포
속에 몰아넣는다고 보도하고 있었다. 경찰 측 부상자가 50명인
데 반해, 학생 부상자는 겨우 2~3명이라는 데에는 실소가 터져
나왔다. 게다가 내무부장관이라는 자가 기껏 한다는 소리가 대
학생의 시위를 동네 강아지 나무라듯 하고 있으니 이런 기사라
면 더 읽을 필요도 없었다.

전복기가 신문을 제자리에 갖다놓으며 말했다.

"정부에선 이번 시위를 애들이 피운 소란 정도로 말하지만, 심야에 국무회의를 열어 비상계엄을 선포하는 걸로 봐서 상당한 위기의식을 느끼는 것 같다. 너희들 생각은 어때?"

각자가 자신의 생각을 말했다.

"우리가 모르는 무언가가 있는 게 분명해. 뭔가를 감추고 있어."

"공수 부대를 투입한 게 아무래도 수상해. 이러다가 우리도 출동하는 것 아냐?"

"시민의 움직임에 겁먹은 건 확실해."

"대학생과 불량배를 동격으로 놓은 게 찜찜해. 시민과 학생을 격리하려는 의도인 거지. 이미 둘이 하나로 뭉친 건 아닐까?"

설왕설래가 오갔지만, 정보 부족으로 대화는 겉돌았다. 통제된 언론 매체를 통해 얻은 정보이다 보니 더욱 그랬다. 셋은 정보 장교가 한 말도 있고, 군대에 묶여 있는 현실에서 당장 할 수 있는 게 아무것도 없음을 답답해하며 사무실을 나섰다.

그날 저녁, 결국 우려하던 일이 터지고 말았다. 비상이 걸린 것이다. 전 병력이 완전 군장을 꾸려 숙영지에서 대기하라는 명령이 떨어졌다. 부대는 벌집을 쑤신 듯 떠들썩했다. 연병장에는 M602 트럭이 몰려와 우르릉거렸고, 11공수여단이 마산에 투입될 거라는 얘기도 나돌았다. 시위사태가 부산에 그치지 않고 마산으로 확대되었기 때문이었다. 이를 증명이라도 하듯 데모 진압봉을 만들라는 작업 지시가 떨어졌다. 근처의 용화산과 멀리

해산 쪽까지 진출해 박달나무와 물푸레나무를 베어다 진압봉을 다듬었다.

그러나 북새통 같은 며칠이 지나자 아무 일도 없었던 것처럼 비상은 해제되었고, 부대는 다시 일상 업무로 복귀했다. 진압봉도 창고 속으로 들어갔다. 정작 분주해진 사람이 있다면 부마사태가 조용히 해결되었음을 알리는 TV 뉴스의 아나운서 정도였다. 평상시에 실시하던 공수훈련도 재개되었다.

그러나 이것도 잠시, 이번에는 전군에 비상이 걸리는 초유의 비상사태가 발생했다. 그것은 '박정희 대통령 서거'라는 특대호 글자 앞에 침통한 목소리로 대통령의 사망 소식을 전하는 뉴스 속보가 전국으로 퍼져나갔다.

박 대통령 사망 소식은 온 나라에 충격이었지만, 전방 부대는 경악 그 자체였다. 당장 외출, 외박은 물론 모든 휴가가 금지되었고, 제대 명령을 받고 위병소를 나서던 전역병들이 도로 붙잡혀 들어왔다.

부대 경계도 강화되었다. 파로호가 내려다보이는 여단 OP에 야간 경계병을 투입해 사주 경계에 나섰다. 여단에 배속된 정찰 헬기가 낮게 날았고, 전 병력이 완전 군장을 메고 기동훈련에 나섰다가 돌아오기를 반복했다. 전쟁 전야의 긴장감이 초조하게 일었다.

그런데 참으로 이상한 것이, 비상 발령 초기에는 금방이라도 전쟁이 터질 듯한 위기감이 팽배했으나 시간이 지나면서 오히려 편안함이 느껴졌다. 까짓거 전쟁이 터지면 총 들고 나가서 싸우면 그만이라는 생각들이었고, 지금은 다만 지겨운 공수 훈련 대신에 경계 임무만 충실하면 끝이라는 반응이었다. 태풍의 눈 속에 들어와 있는 것 같기도 했다.

그렇게 겨울이 지나가는가 싶던 어느 날, 전쟁 발발 소식 대신 서울 한복판에서 현대사를 뒤흔드는 사건이 터졌다. 12·12사태가 발생한 것이다. 육군 소장 전두환 보안사령관이 육군 대장 정승화 계엄사령관을 체포하는 미증유의 군 하극상 사건이 벌어졌다. 남북 전쟁이 아니라 별들의 전쟁이 터졌다. 그리고 이 사건의 여파가 엉뚱하게도 최전방 11공수특전여단에까지 불똥이 튀었다.

수상한 징조들

새해 벽두부터 부대에 잔치가 벌어졌다. 100kg이 넘는 돼지 3마리가 취사장 뒷마당에 부려졌고, 돼지 멱따는 소리가 흩날리는 눈발에 섞여 연병장 너머로 퍼져나갔다. 아직 비상계엄이 발령 중인데 부대는 종갓집 잔치 마당 분위기였다. 12·12사태 후 확연히 달라진 모습이었다.

회식의 결판짐은 돼지 3마리로 끝나지 않았다. 여단장은 신년 시무식 자리에서 신임 특전사령관의 하사금이라며 대대장들에게 두툼한 금일봉을 전달했고, 대대장은 다시 지역대장과 중대장을 불러 병사들 술값에 써도 좋다는 호기까지 부려가며 돈을 뿌려댔다.

호기는 이것으로 끝나지 않았다. 우선 눈에 띄는 건 특수전투병과 장병에 대한 봉급과 수당이 대폭 인상된다는 소식이었다. 일반사병이야 봉급이랄 것도 없이 적은 돈이지만, 장교나 하사관은 달랐다. 인상되어 받게 될 두둑한 봉급에 입을 다물지 못했

192

고, 특히 비인기 훈련 종목인 점프 수당이 대폭 인상되어 갑자기 인기 종목이 되었다.

이뿐만이 아니다. 휴가와 외출, 외박도 허락되어 한동안 미뤄졌던 전복기의 정기 휴가는 물론, 광수와 태철도 1주일씩 단기 휴가를 얻어 고향에 다녀올 수 있었다. 이런 조치가 군 전체에 취해졌는지는 확인할 수 없으나, 특전 부대에 부여된 특혜는 믿기 어려울 만큼 과분한 것이었다. 공수 부대의 사기는 하늘을 찌를 듯했다.

전복기는 광주로 내려가 들불야학을 찾았고, 윤상원을 비롯한 강학과 학생들을 만나 재회의 기쁨을 나누었다. 태철 역시 부산으로 향했다. 가족은 모두 무사했다. 광수는 고향인 대구에 내려갔다가 서울로 올라와 입대하기 전에 같이 활동하던 하회탈연구회 선배 둘을 만났다. 부네탈을 쓰고 탈춤을 추던 최성호는 타원형의 갸름한 얼굴에 초승달처럼 달뜬 눈썹이 인상적이었고, 박태규 선배는 얼굴선이 굵고 넓어 각시탈이 잘 어울렸다.

셋은 전에 자주 가던 학교 앞 술집 모비딕에서 다시 만났다. 작년 봄에 헤어진 지 햇수로 2년 만이다. 도로는 전날 내린 눈으로 미끄러웠으나 술집은 손님으로 떠들썩했다. 새해가 시작된 게 엊그제 같은데 벌써 1월의 마지막 날이었다.

지난해 봄, 광수는 하회탈연구회 모임이 끝난 뒤 경동교회에 숨어 있다가 군대로 끌려왔고, 제대복학생인 둘은 보안사령부로 연행되어 재판까지 받는 곤욕을 치르다가 성탄절 특사로 사면되어 풀려 나온 게 불과 며칠 전이었다.

"아직 휴가 나올 짬밥이 아닌데 설마 탈영한 건 아니겠지?"

최성호가 신병의 어려움을 헤아리며 군대 용어를 섞어 술을
따라주었다.

"막무가내로 휴가증 끊어주며 집에 갔다 오라고 떠다밉니다.
이 나라 군대가 저 같은 졸병에게 무신 잘 보일 일 있다고 그러
는지 원?"

"그동안 고생 많았지?"

"10·26이다, 12·12다 하며 연말엔 좀 시끄러웠어도 인자는 지낼
만합니다. 박 대통령이 그렇게 죽었다 하니 좀 허탈하긴 하네요.
어찌 보면 삼촌을 죽인 장본인인데 술자리에서 부하의 총에 맞아
죽었으니 말이죠. 자업자득 같기도 하고. 참 기분이 묘합니다."

광수는 삼촌의 억울한 죽음을 회상하며 박정희의 불행한 최후
를 떠올렸다. 광수의 삼촌인 안휘룡이 인혁당 재건위 사건으로
사형당한 해가 1975년이니까 불과 4년 만에 박정희 역시 불귀의
객이 되고 만 것이다. 박정희 시해 사건은 안휘룡과 함께 죽은 8
명 사형수의 저주라는 생각도 들었다. 그만큼 인혁당 재건위 사
건 혐의자에 대한 성급한 사형 집행은 박정희 정권이 저지른 최
대의 실수였고, 돌이킬 수 없는 조작 정치의 산물이었다. 광수는
안휘룡의 친조카라는 이유만으로도 체포 사유가 되기에 충분했
던 자신의 가족사를 떠올렸다. 그가 안광수 대신 한문연이라는
가명으로 활동한 것도 그런 이유에서였다.

최성호가 광수의 술잔을 채워주며 물었다.

"지금 근무하는 곳이 어디야?"

"강원도 화천입니다. 파로호 바로 옆이죠."

"내가 근무했던 곳과 멀지 않네?"

"선배님은 어디서 근무했습니까?"

"인제, 원통."

"인제 가면 언제 오나 원통해서 못 살겠네 하는 거기 말입니까? 고생 많았겠습니다."

"어디 공수 부대만 하겠어? 자네가 더 힘들겠지."

"아닙니다. 요즘 같아선 할 만합니다."

"요즘? 특별히 좋아진 이유라도 있나?"

"잘 모르겠습니다. 처음 입대할 때만 해도 안 그랬는데 금년 들어 확실히 대우가 좋아졌다 이 말입니다. 훈련도 줄고, 휴가도 원래는 못 나오는 긴데 이래 나왔고, 봉급도 턱없이 올랐다 아입니까. 점프 수당도 오르고."

"나라가 비상시국인데 오히려 편해지고 대우가 좋아졌다는 거야?"

"그러게 말입니다. 10·26 터지고 나서는 말도 못 했습니다. 그런데 12·12가 나고부터는 이래 좋아졌습니다."

"공수 부대만 특별히 좋아진 건 아닐까?"

"그거야 졸병인 지가 어찌 알겠습니까? 모든 부대가 다 좋아졌 겠지요."

"그렇진 않을 거야."

"왜 그렇다고 생각하십니까?"

최성호는 광수가 휴가 나왔다는 연락을 받고 의아하게 생각했었다. 신병은 보통 입대한 지 1년은 지나야 첫 휴가를 나오는데 광수의 휴가는 너무 이른 것이었고, 무엇보다도 10·26이 터진 이후 지금까지 길거리에서 군인을 본 적이 없었기 때문이었다.

"자네가 휴가 나왔다고 하길래 여기 오는 길에 유심히 살펴봤지. 그런데 공수 부대 복장을 한 군인은 봤어도 일반 군인은 한 명도 보지 못했어. 뭔가 좀 이상하지 않나?"

"그렇습니까? 저도 몰랐는데 듣고 보니 정말 그렇네요."

"내 얘기는, 유독 공수 부대에만 특혜를 주지 않았나 하는 거야."

"그럴 리가 있을까요?"

"글쎄. 내가 잘못 봤을 수도 있겠지."

더는 확인할 수 없는 일이라 입을 다물었다.

최성호가 특별히 공수 부대에 관심을 두는 이유는 따로 있었다. 그건 바로 12·12사태가 일어날 당시 투입된 부대 대부분이 공수 부대였음을 알고 있었기 때문이다. 공수 부대의 무력을 통해 보안사령관이 계엄사령관을 구금하고 군부 상황을 장악한 만큼, 보상의 차원에서 이들 부대만 특혜를 주지 않았을까 하는 의구심이었다. 만약 공수 부대에만 특혜가 주어졌다면 이는 대단히 중대한 사안이 아닐 수 없었다. 향후 발생할지도 모르는 만일의 사태에 대비해 안정적으로 공수 부대의 무력을 활용하려는 사전 포석일 수 있었다. 작년 부마항쟁 당시 부산 지역에 투입된 공수 부대가 그랬고, 12·12사태 당시 계엄사령관을 체포하러 나선 병력이 공수 부대였던 만큼 그럴 개연성은 충분했다.

광수가 첫 휴가 나온 기분에 들떴는지 화제를 돌렸다.

"이 가게 손님이 전보다 많이 는 것 같네요? 분위기도 자유로워졌고 말이죠. 예전에는 옆에서 누가 엿듣는가 싶어 조용조용 얘기했다 아입니까. 인자 살 만한 세상이 오려는가 봅니다. 유신 독재 시대는 다시 안 오겠지요?"

광수는 사회 소식이 차단된 전방에서 생활하느라 박 대통령 사망 이후 유신체제가 청산되고 민주화 일정이 순조롭게 진행되는 것으로 알고 있었다. 아닌 게 아니라 국민 대다수는 대통령 직선제로 헌법 개정이 이루어지고, 3김씨 중 한 사람이 대통령이 되는 걸로 믿고 있었다. 이미 그런 로드맵이 확정되어 발표된 바도 있었다.

작년 12월 6일, 기존의 유신헌법에 따라 간접 선거로 선출된 최규하 대통령이 조속한 시일 안에 헌법을 개정해서 대선과 총선을 치르겠다고 선언했었다. 그러나 말만 그러했을 뿐 눈에 띌 만한 민주화 일정이 드러나지 않는 게 아무래도 수상했다. 아직도 박 대통령 사망 당시 발령되었던 비상계엄이 해제되지 않았고, 무엇보다도 최규하가 대통령으로 선출된 지 일주일 만에 12·12사태가 터졌기 때문이었다. 많은 사람이 이 일로 인해 민주화 일정에 차질이 빚어지는 게 아니냐는 불안감을 말하곤 했었다.

정치권이나 재야, 시민 단체가 입을 모아 당장 유신헌법을 철폐하고 계엄을 해제하라는 목소리를 내고 있지만, 군부의 움직임이 심상치 않다는 얘기가 끊임없이 흘러나왔다. 군사 쿠데타로 정권을 잡아본 경험이 있는 군부인 만큼 그들이 또다시 쿠데타를 일으킨다면 민주화나 대통령 직선제 개헌은 불가능할지도 모를 일이었다.

12·12사태를 계기로 계엄사 합동수사본부장이자 보안사령관인 전두환이 군부의 실세로 등장했다는 말이 소문을 넘어서고 있었다. 국가 권력 핵심 3인방인 중앙정보부장과 경호실장, 대통령비서실장이 모두 소거된 상태였고, 계엄사령관이자 육군참모총장까지 체포된 마당이라 보안사령관이 마음만 먹으면 모든 권력을 장악할 수 있는 상황이었기 때문이다. 정말이지 보안사령관이 작심하면 그리 못할 것도 없어 보였다.

대통령 시해 사건을 수사하라고 합동수사본부장 시켜줬더니 당치도 않게 제가 대통령 되겠다고 나서는 꼴이 아닐 수 없었다. 고양이에게 생선가게 맡겼더니 주인이 되겠다고 나서는 격이었다. 겨우 유신 독재의 사슬에서 벗어나는가 싶었는데 또다시 말만 갈아탄 새로운 군부 독재가 시작될 가능성이 짙어졌다. 그러나 이런 현실을 똑바로 직시하는 사람은 별로 없었다. 민주화를 향한 열망이 펄펄 끓고 있는 지금, 설마 그런 일이 벌어지리라곤 누구도 예상하지 못했다. 이제 막 서울의 봄이 시작되려는데 다시금 겨울로 돌아갈 수는 없는 노릇이었다.

광수가 모두의 잔에 술을 따르며 말했다.

"제 생각엔 3김씨 중 한 사람이 차기 대통령이 될 것 같은데, 안 그렇습니까?"

박태규가 가만 듣고만 있을 수 없었던지 반박하고 나섰다.

"지금은 다들 그렇게 생각하지. 하지만 과연 그럴까? 내 생각엔 변수가 많이 생길 것 같은데 말이야."

박태규는 불안한 눈으로 시국을 보고 있었다. 광수는 3김씨에 대한 박태규의 생각이 어떤지 궁금했다. 다른 선배들보다 유독 정치에 관심이 많고, 운동권 학생과 접촉이 잦았기에 그의 생각을 알면 시국을 이해하는 데 도움이 될 것 같았다. 박태규가 들었던 잔을 다 비우지 않고 내려놓으며 이야기를 시작했다.

"내가 그 이유를 설명해주지.

우선 김종필의 경우, 그는 박정희 정권 초기부터 줄곧 자타가 공인하는 이인자였지만, 박정희가 죽고 없는 지금 그는 더이상 실력자가 아니야. 공화당에서 그를 재빠르게 당 총재로 선출했어도 박정희 없는 공화당이 무슨 의미가 있겠어? 4·19 때를 생각해봐. 이승만이 쫓겨난 후 자유당이 어떻게 되었는지를. 야당인 신민당이 말뚝만 꽂아도 당선되었잖아. 모르긴 해도 여당인 공화당에 표를 줄 사람은 많지 않을 거야. 김종필은 누가 뭐래도 박정희의 아바타니까.

그렇다면 야당의 상황은 어떨까? 먼저 김영삼. 부마항쟁을 촉발하기도 했고, 유신체제의 붕괴를 이끈 장본인이라고 주장할 수는 있겠지. 유권자가 많은 부산·경남의 지지도 역시 두텁고 말이야. 하지만 그가 혼자만의 힘으로 야당의 대통령 후보가 될 수 있을 것 같아? 내가 보기엔 역부족이 아닐까 싶어.

문제는 김대중이야. 김대중은 누가 뭐래도 신민당을 선명 야당으로 이끈 공이 있고, 독재 정권에 저항하다 죽음의 문턱까지 갔다 온 인물인데 당에서 그를 포기하겠어? 특히 서울·경기나 전라도 쪽 사람들이 말이지. 설령 그가 김영삼을 밀어주고 본인은 출마하지 않겠다 해도 그를 지지하는 사람들이 가만 놔두지 않을 거야. 결국 야권의 표가 둘로 갈리는 거지. 한마디로 요약하면, 이 셋 중 하나가 확실하게 승리한다고 단언하긴 어려운 상황이야.

그런데 이보다 더 중요한 게 뭔 줄 알아? 이들이 대통령에 당선되기 위해서는 지금의 간선제 대신 직선제로의 개헌이 이루어져야 하는데 그게 아직 불투명하다는 거야."

광수가 박태규의 말이 끝나기도 전에 다그쳐 물었다.

"왜 불투명하다는 거지요? 최 대통령이 이미 개헌을 통해 새 대통령을 선출하겠다고 선언했는데?"

"그게 또 그렇지가 않아요. 최규하가 통일주체국민회의에서 간접선거로 뽑히긴 했어도 어쨌든 그는 정식으로 대통령이 된 거야. 그렇다면 지금은 더이상 비상시국이 아니라 나라가 정상화되었다는 뜻이야. 그런데 왜 아직도 계엄이 해제되지 않고 있느냐? 나는 이게 이상하다는 거지. 이미 대통령도 선출했고, 헌법을 개정해 대선과 총선을 치르겠다고 약속했음에도 불구하고 여전히 계엄군이 설치고 다니잖아? 12·12사태의 결과가 아무래도 난 수상해. 대통령이 뽑힌 지 1주일도 지나지 않아 일어난 사건. 대통령의 재가도 받지 않고 부하인 보안사령관이 상관인 계엄사령관을 체포한 하극상 사건. 이걸 어떻게 설명하지?

수상한 징조는 이것뿐이 아니야. 작년 11월 24일, 명동 YWCA에서 결혼식을 가장한 직선제 개헌 촉구 시위가 있었어. 그때도 보안사령부로 끌려가 고문당한 사람이 부지기수였지. 아무리 집회와 시위가 금지된 비상계엄 상황이라고는 하지만, 군 수사기관인 보안사가 민간인을 연행해 고문했다는 게 아무래도 수상해. 검찰이나 경찰에게 맡겨도 될 일을.

한마디로 군부는 차기 대권을 3김씨에게 순순히 넘겨주지 않을 거라는 얘기야. 5·16 쿠데타 이후 그동안 군대가 얼마나 많은 호사를 누려왔어? 그런 군인들이 깨끗이 손 털고 민간인에게 대권을 넘겨주겠어? 지금같이 미래가 불투명한 난세에는 모든 권력 집단마다 자기 세력 주도하에 지금의 상황을 장악하려 할 것이고, 자신의 의도대로 권력구조가 개편되기를 바랄 거야. 그런데 현재 우리나라에서 가장 막강한 힘을 가진 집단이 누구겠어? 바로 군부야. 군부가 가장 강력한 힘을 갖고 있지. 그래서 군대가 위험하다는 거야. 그들에게는 총과 칼, 탱크라는 집권 무력이 있거든. 이런 무력을 가진 자들이 들고 일어선다면 누가 당해내겠어? 설마 또다시 군부가 집권하러 나서겠냐고 생각하겠지? 하지만 아직 속단하기는 일러. 이 나라 군대에는 여전히 박정희의 추억이 살아 있으니까."

광수는 박태규가 이 정도까지 생각하고 있을 줄 몰랐다. 막힘없이 풀어 말하는 것으로 보아 혼자만의 생각이 아닌 게 분명했다. 대학생들과 공유의 폭을 넓힌 결과일 것이다.

최성호가 뒤를 이어 말했다.

"네 생각에 나도 전적으로 동의해. 나 역시 유신체제가 쉽사리 무너지지는 않으리라 생각해. 박정희라는 개인은 사라졌어도 그가 군대에 심어놓은 친위 세력이 엄존하는 이상 유신체제가 지속될 가능성은 여전하다고 봐. 그 증거로 태규 네가 지적했듯이 아직도 계엄이 해제되지 않았고, 군부가 대통령을 무시하고 12·12사태를 일으켰다는 점이야. 내 생각엔 이미 보안사령관이 군부의 실권을 장악하지 않았나 싶어. 그리고 무엇보다 염려스러운 건 군인이 민간인을 체포하고 수사하고 있다는 점이야. 물론 계엄령하에서는 보안사령관이 합동수사본부장이지만, 엄연히 검찰이나 경찰이 있는데 보안사가 민간인을 체포하고 수사한다는 건 이미 군부가 민간 권력도 장악했다는 명백한 증거지.

계엄령을 해제하지 않는 이유가 뭐겠어? 군부가 계속 권력을 장악하겠다는 뜻이야. 문제는 이걸 최 대통령이 막지 못하고 있는 거지. 우리가 알지 못하는 어떤 강력한 파워에 가로막혀서 말이야. 나는 그게 군부라고 생각해.

내가 염려하는 게 한 가지 더 있어. 그건 바로 미국의 태도야.

미국이 어떤 입장을 취하느냐에 따라 한국의 권력 구조는 얼마든지 재편될 수 있거든. 구한말 때 청나라와 일본이 조선의 운명을 바꾸었듯이, 미국이 현 상황을 어떻게 보느냐가 중요해. 박정희 같은 반공주의 군사정권을 원하는지, 아니면 민주주의의 절차와 방법으로 재편된 문민정부를 원하는지 미국은 아직 입장을 명확히 하고 있지 않다는 점이야.

지금까지의 관행으로 본다면 미국은 분명 기존 질서를 깨뜨리려 하지 않을 거야. 여러 가지 의견이 있지만, 미국은 내심 한국이 민주화되기를 바라지 않을지도 몰라. 나는 이게 가장 중요한 변수라고 생각해. 왜냐하면 미국은 여전히 한국군의 전시 작전권을 가지고 있고, 그들의 승인 없이는 어떠한 군사행동도 불가능하니까 말이지. 그런데 문제는 지금 미국이 이란 대사관 인질 사건에 휘말려 있어서 그들의 주요 관심사가 한국이 아니라는 점이야. 군부가 이 점을 이용해 미국 몰래 군사행동을 취한다면 문제는 심각해질 수 있지. 그러나 반대로 생각하면, 미국의 입김이 작용하지 않는 지금이야말로 한국이 민주화의 길로 들어설 수 있는 최적의 기회이기도 하고."

광수는 둘의 얘기를 들으면서 자신이 생각했던 것과 전혀 달리 현 상황을 인식하고 있다는 사실에 놀라움을 감추지 못했다. 이를 본 최성호가 현역 군인인 광수에게 너무 부담을 주어서는 안 되어 보였는지 이렇게 말했다.

"내 생각이 그렇다는 거지 너무 비관적으로 볼 필요는 없어. 노파심에서 한 말이니까. 다만, 세상이 어떻게 돌아가는지를 똑바로 알면 나중에 제대해서도 훨씬 적응이 빠를 테니까."

광수의 마음이 영 편치 않았다.

두 선배의 얘기가 사실이라면 자신의 부대에도 언제든 데모 진압 명령이 떨어질 수 있겠다는 생각이 들었다. 부산에 투입된 공수 부대가 진압봉을 휘두르며 도심을 뛰어다니던 장면이 떠올랐다. 무슨 명령이 내려졌기에 저렇게 함부로 날뛰며 진압봉을 휘둘러댔을까? 유신 철폐와 독재 타도를 외치는 대학생을 향해 공수 부대는 무슨 생각을 하며 진압에 나섰을까? 데모 군중을 위력으로 해산시키는 게 나라를 지키는 길이라고 믿었을까?

광수는 많은 생각으로 머리가 어지러웠다.

부마항쟁은 자신이 직접 겪은 일이 아니었지만, 이제부터는 그렇지 않을 수도 있겠다는 두려움이 앞섰다. 만약 서울에서 데모가 일어나 데모 진압 명령이 떨어진다면 자신은 출동해야 하고 데모대의 정면에 서야 한다. 그럼 나는 과연 데모대와 맞서 싸울 수 있을까? 그들을 향해 진압봉을 휘두르며 달려들 수 있을까? 생각이 꼬리를 물고 이어지는 바람에 광수는 술을 마셔도 취기가 오르지 않았다.

전두환의 거짓말

이튿날 아침, 광수는 동마장터미널로 향했다. 거리가 멀기도 했지만 도로 사정을 몰라 일찍 나섰다. 버스가 춘천을 지나 북쪽으로 방향을 틀어 화천을 향해 거슬러 올라갔다. 쌓인 눈이 골바람에 흩날리며 뽀얀 눈보라를 일으켰다. 오후 들어 기온이 급격히 떨어지면서 창밖 풍경이 성에에 가렸다. 엔진 소리만이 버스 안을 휘저었고, 바닥에서 올라오는 냉기에 무릎이 시렸다. 차가 검문소마다 정차해 가다 서기를 반복하며, 헌병은 잠든 병사만을 골라 깨워 휴가증을 확인했다. 춥고 암울한 귀대의 여정이 강원도의 끝을 향해 시리게 이어졌다.

복귀한 지 여러 날이 지났어도 광수는 전복기와 정태철을 만나지 못했다. 훈련 상황이 돌변했기 때문이었다. 통상적인 훈련이 전격 취소되고 시위 진압 훈련인 충정 훈련만이 연일 강도 높게 실시되고 있었다.

공수 부대는 원래 적 후방 공중 침투를 목적으로 창설된 부대라서 대간첩 작전이나 게릴라 침투 훈련을 많이 한다. 그러나 2월에 접어들면서 이런 훈련은 모두 취소되고 시위 진압 훈련만을 집중적으로 반복했다. 시위대의 중심을 꿰뚫는 과감한 돌진, 일발 필살의 타격, 재집결 기도 분쇄, 주모자 체포 등의 모의훈련이 실전을 방불케 진행되었다. 시위대와 진압군의 역할도 바꿔가며 훈련의 강도를 높였다. 진압군으로 역할이 바뀌면 즉각 공세로 전환해 아프리카 점박이 리카온처럼 시위대를 향해 거칠게 달려들었다. 훈련이긴 해도 시뮬레이션 강도가 높아 부상자가 속출했다.

타격 훈련도 강화되었다. 타격은 충정봉이라 부르는 진압봉을 주로 사용하는데, 교본에 따르자면 등허리나 둔부를 때리는 것으로 한정되지만, 실제로는 정수리와 얼굴 등 급소를 겨냥하는 타격 기술을 암암리에 가르쳤다.

정신 교육 역시 국가가 공멸할 위기에 처했다는 상황을 가정해 실시되었다. 대학가의 시위 동향도 교육 내용에 포함되었다. 모든 대학이 불순 세력의 조종과 극렬 학생의 선동으로 사회 혼란을 부추기고 있으며, 입영 훈련을 방해하고, 북에서 만든 불온 구호를 연호한다는 내용이었다.

이뿐만이 아니다. 북괴가 적화 통일의 결정적 시기로 오판할 가능성이 있다고 강조했다. 시위하는 대학생은 모두 빨갱이며, 이들 때문에 나라가 망할지 모른다는 말도 서슴지 않았다. 혼란 상황일수록 북괴가 안보의 빈틈을 노린다는 해묵은 구호도 등장했다. 그리고 마지막은 언제나 똑같았다. 우리 군은 어떠한 난관에도 불구하고 온 생명을 다 바쳐 철통같이 국가를 보위하고 지키겠다는 결기를 드러냈다.

이런 훈련이 앵무새처럼 반복되자 맹목적 적개심이 들끓기 시작했다. 적개심은 사병보다 간부나 하사관에게서 더욱 맹렬히 불타올랐다. 그것은 외출, 외박 금지 조치가 길어지면서 나타나는 현상이기도 했다. 영외 근무자 퇴근 불가 방침은 적개심의 화살을 시위하는 대학생에게 돌리는 형태로 나타나곤 했다.

병사들의 피로도도 최고조로 치솟았다. 지겨운 훈련 대신 하루라도 빨리 실전에 투입되길 바라는 분위기였고, 대학생 신분으로 입대한 병사를 적개심 어린 눈으로 쏘아보았다. 무슨 일이 곧 터질 듯한 긴장감이 감돌았다. 부대원 모두는 서서히 진압봉을 치켜들고 시위대의 전면에 나서는 상상을 하기 시작했다.

상상이 현실로 바뀌는 시간이 다가왔다. 봄빛이 완연한 4월 중순의 어느 날. 보안사령관이자 계엄사 합동수사본부장인 전두환 중장이 중앙정보부장을 겸임한다는 뉴스가 떴다. 부대 내에 큰 파문이 일었다. 그건 바로 전두환이 공수 특전여단장 출신이기 때문이었다. 현직 군인인 보안사령관이 중앙정보부장을 겸임한다는 건 곧 그가 군과 민간 모두를 아우르는 권력을 장악했다는 뜻이다. 이를 확대 해석하면 공수 부대가 그 권력의 최일선을 담당하는 전위 부대가 되었다는 걸 의미했다. 여단장을 비롯한 고급 지휘관들의 권력 체감도가 급격히 끓어올라 격변하는 시대의 흐름에서 뒤처지면 안 된다는 조급증을 자극했다. 그 바람에 지휘관과 장교를 태운 지프가 뻔질나게 위병소를 들락거렸고, 시도 때도 없이 간부 회의가 소집되었다.

그러던 어느 날, 광수는 저녁 식사를 마치고 전복기가 근무하는 사무실로 향했다. 행정병이라서 부대 돌아가는 사정을 잘 알고 있을 것 같았다. 마침 전복기 혼자 사무실에 남아 있었다.

"중앙정보부장 겸임 소식 들었나?"

"들었다. 세상이 어찌 돌아가는지 정신이 하나도 없다."

"현역 군인이 중앙정보부장을 겸임한다는 게 말이 되나?"

"그러게 말이다."

"뭣좀 들은 얘기 없어? 장교들이 무슨 얘기하는지?"

"다들 쉬쉬하며 말을 안 해요."

"하사관들은?"

"거긴 더해. 누구 줄에 서는 게 유리할까 간을 보고 몸 사리기 바쁘지."

"이리 답답할 데가 있나?"

"충정 훈련 닦달에 신문 쪼가리 한 장 볼 새도 없다."

생각난 듯 전복기가 신문철을 가져와 책상 위에 펼쳤다. 어딘가 중앙정보부장 관련 기사가 있을 법도 한데 찾을 수 없었다. 관련 기사가 없다는 게 오히려 이상했다. 혹시나 하여 다시 샅샅이 뒤져보았다. 4월 15일 자 동아일보 한 귀퉁이에서 관련 기사한 꼭지를 찾아냈다.

제목은 '신임 情報部長署理 全斗煥 中將. 陸士 11期, 政治 모른
다'라는 칼럼 형식의 박스 기사였다. 사진은 없고, 특유의 머리모
양을 강조한 캐리커처가 그려져 있었다. 영락없이 박 대통령 시
해 사건 수사 결과를 발표하던 당시의 대머리 모습 그대로였다.

　신임 전두환 중앙정보부장서리는 평소 스스로를 정치를 모르
는 군인이라고 강조한 철저한 군인 엘리트. 10·26 사건 후 계엄
사 합동수사본부장으로 박 대통령 시해 사건의 수사를 지휘했고,
직접 수사 전모를 발표, TV와 신문 등에 모습이 드러나 낯익은
얼굴이 되었다. 고 박 대통령의 총애를 받았었으며 12·12 후 군
의 핵심인물로 부상한 전 장군은 12·12 사건 후 주위 사람들에게
"군은 정치에 간여하지 않으며 관여해서도 안 된다. 나 자신은 정
치에 취미도 없을 뿐 아니라 정치는 전혀 모르는 사람"이라고 강
조하고 "정치하려 했다면 5·16 때 군복을 벗고 나가 무슨 청장이
나 하고 끝냈을 것"이라고 자주 말해 왔다. 그는 스스로 "어
렸을 때부터 군인을 좋아하여 군인이 된 것이며 앞으로도 계속
군을 떠나지 않을 것"이라고 말해 온다. 육사 11기생으로 55년에
소위로 임관, 각급 부대 지휘관은 물론 수경사 대대장, 주월 백마
부대 연대장, 특전사 여단장, 보안사령관 등 주요 부대를 두루 거
쳤으며, 특히 지난 78년 1사단장으로 있을 때는 판문점 제3호 땅
굴을 발견, 그 공로로 5·16 민족상을 받기도 했다. 정의감과 강직
한 성격의 소유자로 알려진 전 장군은 평소 부하들에게 "어디를

가나 지휘관에게 충성을 다하라. 그것이 국가에 충성하는 길이다."라고 강조해 왔으며 시간이 있는 대로 말단 부대까지 찾아가 부하들의 신상 문제 등을 직접 듣고 해결해 주는 자상함도 갖춘 지휘관으로 널리 알려져 있다. 전 장군은 대구공고 재학시절 축구선수 중 명키퍼로 활약했고 육사 재학 시절에는 축구부 주장을 지냈으며 축구 이외에도 각종 스포츠에 취미를 갖고 있다고. 이 같은 성격과 경력으로 정규 육사 출신의 기수 격이 되었고 그를 따르는 사람이 많다는 평. 58년과 60년 두 번에 걸쳐 미육군 보병학교 등 외국 유학을 했던 전 장군은 5·16 민족상 외에도 보국훈장, 을지무공훈장, 미동성훈장 등 국내외 훈장을 12회 받았다. 가족으로는 부인과 3남 1녀. 취미는 테니스.

이 기사가 사실이라면 전두환은 정치를 모르는 참 군인이라고 할 수 있다. 스스로 군인은 정치에 관여해서 안 되며, 정치에 취미도 없고, 정치를 모른다고 말했다.

'이 말을 믿어도 될까? 진실을 감추기 위한 위장 기사일까?'

답은 둘 중의 하나다. 기사가 진실이라면 그는 우국충정에 빛나는 군인의 표상이지만, 만일 거짓이라면 발톱을 감추고 사냥감에 접근하는 사자일 것이다.

광수의 머릿속이 복잡해졌다. 이 기사가 정말 진실이라면 서울에서 들었던 두 선배의 얘기는 한낱 기우에 불과한 것이며, 전두환 장군이야말로 박 대통령 서거 이후 닥쳐온 국난을 슬기롭

게 헤쳐나가는 애국 군인의 표상으로 남게 될 것이다.

그러나 만일 거짓이라면? 물론 거짓이 아니겠지만, 만에 하나 거짓이라면?

"이 기사, 정말 믿어도 되는 거야?"

전복기도 내용이 믿기지 않는지 다시 읽은 후 물었다.

"글쎄 말이다. 없는 얘길 꾸며 쓰진 않았겠지."

"필자가 누구야?"

"필자?"

"그래. 필자. 기사를 쓴 사람이 있을 거 아니야?"

"필자의 이름은 없네."

"없어?"

"칼럼 기사라서 이름을 밝히지 않은 것 같다."

이번에는 광수가 신문철을 끌어당겨 자세히 읽어 보았다. 정말이지 기사에는 글쓴이의 이름이 없었다. 필자를 밝히지 않았다는 것은 기사의 내용에 책임지지 않겠다는 뜻이리라. 그렇다면 이 글은 누군가가 새로운 자리에 임명되면 의례상 실어주는 홍보용 기사로 볼 수 있다. 그러나 의도적으로 필자를 밝히지 않은 기사라면 당연히 보도의 진실성에 문제가 있을 수 있다. 본인이 직접 쓴 글도 아니고, 필자도 밝히지 않은 글이라면 진실을 호도하기 위해 연막을 친 페이크일 수 있다. 필자의 이름이 없으니 나중에 거짓임이 밝혀져도 '나는 그런 말 한 적 없는데?'라면 그만일 뿐이다.

만일 일반 독자가 이런 사정을 모른 채 이 내용을 팩트로 믿는다면, 이승만이 거짓 방송으로 서울 시민 몰래 한강 다리 끊고 도망쳤듯이, 정치에 관심이 없는 참 군인이라는 전두환의 속임수에 눈이 멀어 그를 신뢰하고 지지하게 될 게 분명했다. 무엇이 진실이고 어디까지가 거짓인지 종잡을 수 없었다.

광수의 눈이 전두환 칼럼 바로 옆의 다른 기사로 향했다. 김종필과 김대중이 환하게 웃는 사진과 함께 현 정세를 바라보는 3김씨의 입장이 정리되어 있었다.

김영삼은 민주화 일정이 제대로 진행되고 있으니 불안해할 필요가 전혀 없으며, 김대중은 지역감정을 앞세워 대통령을 뽑아서는 안 된다고 했다. 김종필 역시 전두환의 중정부장 겸임에 크게 신경 쓰지 않는다는 내용이었다. 요약하자면, 3김씨는 현 정세를 낙관적으로 보고 있으며, 전두환은 정치에 뜻이 없는 사람으로 알고 있고, 3김씨 역시 전두환의 등장을 전혀 개의치 않는다는 내용이었다. 대권 주자 모두 현 정세에 이상이 없고, 전두환의 급부상을 염려하지 않는다고 하니 더 무슨 말이 필요할까 싶었다.

마침 사무실 근무자가 들어오는 기척이 있어 광수는 사무실을 나왔다.

그리고 그날 밤 12시 정각. 예고도 없이 완전 군장 출동 명령이 떨어졌다. 광수는 군장을 꾸리면서 드디어 11공수여단이 시위대의 전면에 서는 날이 다가왔음을 직감했다. 칼럼 기사는 속임수였고, 서울에서 만난 선배들의 말이 맞았다는 확신이 들었다.

61대대 전 부대원은 20kg의 군장과 충정봉, 대검과 M16 소총을 메고 연병장에 집결했고, 지역대별로 점호를 마치는 즉시 위병소를 통과해 야간 행군에 나섰다.

행선지는 즉각 알려지지 않았다. 2열 종대 행군 대열이 달빛도 없는 길을 따라 길게 이어졌다. 이동 방향은 남쪽이 아닌 북쪽이었다. 파로호를 끼고 돌아 양구에 도착해 거기서 1박을 했다. 다음 날 다시 동쪽으로 움직여 인제, 원통을 지나 도착한 곳은 한계령 유격 훈련장이었다. 단 이틀 만에 100km를 주파했다.

이상한 일이었다. 서울 방향으로 진출하리라 예상했는데 도착해 보니 엉뚱하게도 설악산이었다. 공수 훈련 자체가 산악 유격 훈련이기에 이렇게 먼 길을 돌고 돌아 한계령에 올 이유는 없었다. 특별한 상황이 있을 것으로 예상했으나 적정은 보이지 않았다. 숙영지를 편성하고 군장을 풀었다. 이튿날이 되자 충정 훈련 대신 장애물 코스 몇 개와 중대별 참호 격투 훈련만 자율 유격 형식으로 실시되었다.

궁금증은 하루가 지나서야 풀렸다. 한동안 보이지 않던 여단장이 대대장의 안내로 훈련장을 찾았다. 그가 전 부대원이 모인 자리에서 훈시하길, 연일 계속되는 충정 훈련에 지친 병사들에게 바람이라도 쏘여줄 겸 야외 훈련을 나왔다고 말했다. 예상했던 시위 진압 출동이 아니라 다행이었다. 부대원이 여단장의 말에 박수치며 환호성을 질렀다. 저녁에는 특식이 나와 설악산으로 수학여행 온 중학생처럼 즐거운 한때를 보냈다.

그렇게 훈련인지 휴식인지 모를 유격장에서의 훈련이 사흘째 되던 날 밤. 취침 점호를 준비하는 도중 비상이 걸렸고, 완전 군장을 꾸려 막타워 훈련장으로 집합하라는 명령이 떨어졌다. 훈련장에는 언제 왔는지 셀 수도 없이 많은 군용 트럭이 시동을 건채 그르렁거리고 있었다. 이내 승차 명령이 떨어졌고, 병사를 실은 트럭이 밤길을 달리기 시작했다.

훈련 상황이 아닌 것만은 분명했다. 드디어 출동 명령이 떨어진 것이다.

어디로 가는 것일까? 광수는 봄밤을 헤치며 달리는 트럭의 흔들림 속에서 도로 표지판을 유심히 살폈다. 트럭은 며칠 전 행군해왔던 원통을 지나 신남을 거쳐 홍천 쪽으로 향하고 있었다. 그렇다면 서울로 가는 것이다. 데모를 진압하기 위해 출동하는 게 분명했다. 그러나 트럭은 홍천을 지나자 갑자기 남으로 방향을 틀어 횡성을 거쳐 원주로 향했다. 이 길은 서울 방향이 아니었다.

도대체 어디로 가는 것일까? 이동하는 트럭의 행렬은 한없이 길게 늘어졌고, 중간에 두 차례 용변을 보기 위해 정차한 것 빼고는 밤을 새워 달렸다. 새벽녘이 되어 목적지에 도착했다. 트럭이 멈춘 곳은 원주의 육군 제1하사관학교 연병장. 원주라면 서울과 전혀 다른 방향이었다.

광수는 도착한 곳이 원주인 것을 알고 다시 안도했다. 여명 빛에 먼 산의 능선이 드러났다. 높이가 상당한 것으로 보아 치악산인 듯했다. 부대원은 검은 능선 위에 걸린 여명 빛과 하사관학교 기간병이 비춰주는 플래시 불빛을 따라 하차했고, 점호를 받는 즉시 숙영지로 이동했다. 뜻밖에도 숙영지에는 62대대가 먼저 와 있었다. 광수는 최전방 공수 부대 2개 대대가 주둔지를 떠나 후방인 원주에 집결한 이유가 무언지 궁금했다.

부대는 24인용 숙영 텐트와 취사장까지 설치하고 나서야 휴식을 취할 수 있었다. 광수는 쉬고 있는 병사들 틈에 섞여들어 부대의 이동 사유를 아는 사람이 있을까를 기대했다. 아무도 이를 묻거나 말하는 사람은 없었다. 때가 되면 저절로 알게 될 텐데 미리 궁금해할 필요가 뭐 있느냐는 표정들이었다. 군인이란 본디 그런가 싶었다. 가라면 가고, 오라면 오면 그만인 게 군인이었다.

밤을 새워 이동한 탓에 조식이 끝나자 지역대별로 나누어 수면을 취했다. 그러나 반나절도 지나지 않아 다시 집합 명령이 떨어졌다. 집합 장소로 뛰어가다 보니 62대대 텐트가 텅 비어 있는 게 보였다. 1개 대대 병력이 홀연히 사라져버린 것이다.

일직 사령이 대대장에게 집합 완료를 보고했다. 대대장이 사열대에서 내려와 부대 정면에 가까이 섰다. 그가 직접 구령을 불러 부대를 지휘했다.

"대대, 앞뒤 좌우로 최대한 밀착."

구령이 떨어지기 무섭게 전 부대원이 신속히 움직여 거리를 좁혔다. 대대장이 마이크 없이 허리에 손을 얹고 단호한 어조로 말했다.

"지금부터 내가 하는 얘기 잘 들어라. 우리에게 작전 명령이 떨어졌다. 목적지는 사북 탄광이다. 광부들이 폭력 시위를 일으켜 우리가 진압하러 간다. 디데이는 내일 새벽 공세 시 정각. 단독 군장에 실탄은 60발씩이다. 이동 수단은 헬기다. 헬기는 내일 새벽에 올 것이다. 이상이다. 질문 있나?"

대학생의 시위를 진압하러 가는 줄 알았는데 난데없는 탄광이라니 믿기지 않았다. 갑작스러운 명령이라 아무도 선뜻 나서지 못했다. 1지역대 3중대장이 물었다.

"공격 목표는 정확히 무엇입니까?"

"폭도 광부들이다. 그들이 예비군 무기고를 습격해 총기를 탈취했고, 갱도 굴착용 다이너마이트로 무장했다. 사북 탄광은 지금 빨갱이들의 해방구로 변했다. 그들은 폭도다."

하사관 한 명이 나섰다.

"실탄 사격을 합니까?"

"광부들은 이미 무장한 상태다. 경찰관 한 명이 사망했다는 첩보가 있다. 필요한 경우 사격 명령이 떨어질 것이다."

"우리 부대만 작전에 투입되는 겁니까?"

얼마 전에 전입해온 소대장이 조심스럽게 물었다.

"아니다. 이미 62대대가 열차로 이동 중이다. 실탄은 헬기 탑승 전에 지급하겠다. 더이상 질문 없나?"

침묵 끝에 한 병사가 용기 있게 나섰다. 뜻밖에도 태철이었다.

"폭도는 민간인입니까?"

대대장이 돌아서려는 찰나 태철이 그의 발길을 붙잡았다. 사병의 뜻하지 않은 질문에 대대장이 대답 대신 반문했다.

"그게 무슨 뜻인가?"

"군인이 민간인을 총으로 쏴도 괜찮은가 해서 여쭙는 말씀입니다."

대대장의 답변이 곤궁해졌다. 작년에 일어난 부마항쟁 당시 3공수가 투입된 상황을 잘 알고 있던 태철로서는 당연히 할 수 있는 질문이었다. 대대장은 이런 질문이 나올 걸 전혀 예상하지 못한 듯 망설이다가 다시 물었다.

"자네 고향이 어딘가?"

"부산입니다."

"군대 오기 전에 뭐 했나?"

"대학생이었습니다."

태철의 대답에 대대장의 표정이 싸늘하게 변하면서 단호한 어조로 말했다.

"민간인이라도 폭력 시위 가담자는 용서할 수 없다. 폭도는 민간인이 아니다. 총을 쏴도 좋다. 더이상의 질문은 받지 않겠다. 부대 해산."

광수는 이튿날 새벽에 있을 출동에 대비해 일찌감치 자리에 누웠으나 태철의 질문이 귀에 아른거려 잠이 오지 않았다. 아무리 생각해도 광부들의 시위에 최정예 정규군인 공수 부대를, 그것도 2개 대대씩이나 투입한다는 건 격에 맞지 않아 보였다. 게

다가 민간인인 광부에게 총을 쏴도 된다고 한 대대장의 말은 분명한 월권이었다. 부하들 앞에서 단호한 태도를 보이는 것도 중요하지만, 사리 판단이 분명해야 할 지휘관이 할 말은 아니라는 생각이었다.

막장에서 일하는 광부의 시위라고 해봤자 기껏 처우 개선이나 임금 인상 투쟁일 텐데 그 정도의 이슈를 진압하기 위해 특수전 부대가 나섰다는 것도 이상했고, 빨갱이니 해방구를 운운한다는 게 아무래도 수상했다. 이런 생각을 하는 병사가 광수 혼자만은 아닌 듯싶었다. 누워 있긴 하지만 잠들지 못하고 뒤척이는 병사들의 고뇌가 눅눅한 습기로 변해 텐트 안을 휘젓고 있었다.

생각은 꼬리를 물고 이어졌다. 물론 광부를 향해 총을 쏘라고 명령하지는 않겠지만, 실제로 사격 명령이 떨어지면 어쩌나 하는 두려움이 엄습했다. 그러다가 깜빡 잠이 들었는데 기상나팔 소리에 깨어보니 다음 날 아침이었다. 새벽 세 시에 출동한다고 했는데 비상이 걸리지 않았다. 실탄이 지급되지도 않았고 헬기도 오지 않았다.

사태가 해결된 것일까? 이후 며칠간 대기 상태가 계속되었지만, 비상은 걸리지 않았다. 간부들이 어디서 들었는지 사북사태가 원만히 해결되어 출동할 일은 없을 거라고 했다. 그러면 그렇지. 전시도 아닌 평상시에, 적군도 아닌 민간인에게 공수 부대가 출동해 총을 쏘는 일이 일어날 리는 없을 것이다. 그러나 만약, 사태가 악화되어 공수 부대가 현장에 투입되었더라면 어떤 일이 벌어졌을까를 생각하니 끔찍했다. 민간인이 운영하는 탄광 하나를 평정하려고 정규군 특수부대를, 그것도 2개 대대씩이나 투입한다는 것은 군에 저항하는 어떠한 움직임도 단칼에 궤멸시켜버리고 말겠다는 과잉반응으로 여겨졌다.

언제 다시 비상이 걸릴지 몰라 군화는 못 벗고 지냈어도, 대신 봄날의 따스한 햇살과 하루가 다르게 변해가는 치악산의 연두색 산록에 눈이 호강을 누렸다. 부대는 그렇게 불안했지만 꿈같은 일주일을 보내고 오음리 자대로 복귀했다.

신념으로 가득 찬 광기狂氣

병풍산이 열두 폭 재두루미 날개를 퍼덕여 복귀하는 군인을 맞았다. 가장 먼저 군인 가족들이 연도에 몰려 나와 까치발로 손을 흔들어댔고, 뽀시래기 아이들은 트럭이 내뿜는 매연에 코가 까매져 달렸다. 군인이 없으면 생계가 곤란한 기지촌의 특성상 상가나 술집에도 생기가 돌았다. 부대원의 복귀는 잃어버린 야크를 되찾은 유목민의 기쁨 이상이었다.

며칠간의 부산함이 가시고 안정을 되찾았다. 그러나 언제 다시 출동 명령이 떨어질지 모르는 불안감은 여전했고, 전에는 느낄 수 없었던 묘한 이질감이 젖은 물안개처럼 부대 안에 퍼지기 시작했다. 그것은 광부들의 파업을 진압하기 위해 공수 부대가 출동한 게 과연 옳은 일이었는가에 대한 상반된 견해에서 비롯되었다. 이런 분위기는 자대에 복귀하기 전부터 표면화되기 시작했었다.

공수 부대는 특수전을 수행하는 병과의 특성상 언제나 한 팀으로 움직여왔다. 장교도 사병과 똑같이 참호를 팠고, 군장도 똑같은 무게로 졌으며, 고참 하사관도 식기는 제 손으로 닦았다. 계급의 고하를 떠나 전 장병이 하나로 똘똘 뭉쳐 지내왔기에 이런 이질적 분위기는 전에는 생각할 수 없는 일이었다.

분위기는 시간이 지남에 따라 갈등이 증폭되어 데모 진압 찬성파와 반대파로 확연히 나뉘었다. 찬성파는 주로 육사 출신 장교나 고참 하사관 들로, 여전히 군부 세력에 의한 국가 통치가 지속되기를 바라는 집단이었고, 반대파는 비육사 출신 장교와 단기 하사, 일반병으로, 이제는 군부 독재를 끝내고 민주 사회로 나아가야 할 때라고 주장했다. 요컨대 찬성파의 주장은 공수 부대를 동원해서라도 불법 시위는 막자는 것이고, 반대파는 잃어버렸던 제 몫을 찾으려는 민중들의 요구를 막아서 안 된다는 생각이었다. 그러나 이런 구별은 사실상 무의미했다. 전자의 목소리가 월등히 큰 데 반해 후자의 경우는 무시해도 좋을 만큼 미미했다. 큰 소리에 묻혀 작은 소리는 들리지도 않았다.

줄어들 줄 알았던 충정 훈련은 수그러지기는커녕 오히려 더욱 강화되었다. 밤낮없는 훈련 탓에 언제 봄꽃이 피고 졌는지 모르게 5월이 왔고, 그 5월의 초입에 들어서면서 결국 우려했던 일이 현실로 나타났다. 태풍의 눈 속 같은 불안한 평온이 깨지면서 또다시 출동 명령이 떨어진 것이다.

이번에는 목적지가 사전에 알려졌다. 서울이었다. 마침내 11공수가 시위진압을 위해 출동한 것이다. 5월 8일 밤 21시. 부대는 둘로 나누어 선발대가 먼저 출발했고, 2진은 다음 날 같은 시간에 오음리를 나섰다. 부대는 트럭에 분승해 춘천까지 갔다가 그곳에서 열차로 갈아타고 부평역에 내린 다음, 이튿날 새벽, 경기도 김포의 제1공수여단 주둔지에 도착했다. 하룻밤 사이에 강원도에서 서울의 턱밑으로 이동해 온 것이다.

충정 훈련은 여기서도 계속되었다. 제1공수여단 연병장에 숙영지를 편성하는 즉시 실전을 방불케 하는 모의 진압 훈련이 시작되었다. 훈련은 실제 상황처럼 진행되었다. 500MD 헬기가 날고, 실제로 CS 최루탄을 투척하였으며, 횡대, 종대, 다이아몬드 대형으로 진압 형태를 바꿔가며 밤낮없이 훈련을 계속했다.

공격 목표가 확실해져서인지 부대원의 눈에 살기가 돌았다. 취사나 취침의 불편함이 가중되면서 모든 사태의 원인이 대학생이라는 인식도 팽배해졌다. '개새끼들, 걸리면 죽는다'라는 말이 입에 붙었다. 하루에도 몇 번씩 군장을 쌌다 풀기를 반복하는 출동 훈련은 병사를 녹초로 만들기에 충분했다. 적개심을 주입하려고 일부러 그런다는 얘기도 있었지만, 누구 하나 불만의 목소리를 내지 않았다. 서울이 지척이라는 현장감에 더해, 도심에서 벌어지는 학생 데모 소식을 매시간 속보로 접했기 때문이었다.

점호 시간마다 당직 사관은 서울에서의 데모 상황을 실시간으로 전달했고, TV나 라디오 청취가 가능한 내무반에서는 뉴스를 틀어주었다. 뉴스는 대학생의 시위 현장을 시시콜콜 보여주면서 이들의 폭력 행위로 사회 불안이 증폭되고 있다고 보도했다. 사정이 이렇다 보니 부대원들은 대학생의 행동이나 서울의 상황을 편협된 시각으로 바라볼 수밖에 없었다. 모든 방송 매체들이 한결같이 '학생들의 시위는 폭력적이고 파괴적인 불법 행위'라고 입을 모았기에 뉴스를 보다 말고 총가(銃架) 옆에 세워둔 진압봉을 뽑아 드는 병사도 있었다.

그 대표적인 사람이 대대 정보 장교 차상철 대위와 내무 반장 신성진 중사였다.

차상철 대위는 성격이 럭비공 같아서 다음 행동이 어디로 튈지 모르지만, 군대나 사회에서 일어나는 소식에 밝은 빠꼼이 정보통이었다. 그가 당직 사관인 날에는 통계 숫자가 적힌 상황판까지 제시하며, 대학생의 데모로 국가가 전복될 위기에 처했다고 경고했다.

신성진 중사는 월남에 두 번 갔다 온 실전 군인이었다. 베트콩을 스무 명 이상 죽였다는 소문도 있었다. 그의 행동은 언제나 거칠었고 말발도 사나워 그를 제지할 수 있는 사람은 아무도 없었다. 그가 대학생을 부르는 호칭은 빨갱이였다. 그의 앞에서 대학생을 두둔하는 발언을 했다가는 싸잡아 빨갱이로 몰렸다.

시간은 더디 흘렀다. 언제 현장에 투입될지 몰라 긴장감이 고조되는 가운데 반가운 소식이 들렸다. 데모 열기가 수그러들었다는 것이다. 대학생들이 5월 15일을 기해 시위를 잠정 중단하기로 했다는 내용이었다. 서울역 앞에 운집한 학생 수가 10만 명을 넘어섰다는 뉴스가 나온 직후에 들린 것이라 더욱 반가웠다. 이 소식으로 인해 부대원의 엇갈린 분위기가 다시금 표면으로 부상했다. 당장 출동해 계엄군으로서의 본때를 보여주자는 측과, 이에 반대하는 부류가 팽팽하게 맞섰다. 그러나 갈등은 오래가지 않았다.

대학생의 데모가 소강상태로 접어든 5월 17일 자정, 비상이 걸리고 출동 명령이 떨어졌다. 병력을 실어 나르기 위해 연병장으로 몰려드는 트럭을 보면서 병사들은 고개를 갸웃했다. 데모 열기가 사그라들었다는데 왜 출동하라는 것일까?

명령이 떨어진 이상 출동하지 않을 수 없었다. 단독 군장인 것이 그나마 위안이었다.

트럭을 타고 밤길을 달려 이동했다. 트럭은 서울 도심을 향하고 있었다. 한강을 건너고 서울역을 지나 도착한 곳은 동국대학교 운동장이었다. 광수는 이 학교에서 여러 번 탈춤공연을 했었기에 한눈에 알아보았다.

병력이 집결하자 여단장의 훈시가 이어졌다.

"야간에 이동해 오느라 수고 많았다. 오늘 밤 자정을 기해 비상계엄이 전국으로 확대 발령되었다. 향후 모든 정치 활동은 중지될 것이며, 대학교의 휴교령과 함께 모든 시위 행위도 금지될 것이다. 지금부터 우리 11공수는 이 학교에서 계엄군의 임무 수행에 들어간다. 자세한 작전 내용은 각 대대장이 전달할 것이다. 각자 맡은 임무에 최선을 다하라. 이상."

질문 시간은 따로 주어지지 않았다. 계엄령이 전국으로 확대

되었다는 건 모든 정치 일정이 중단되고, 대학에는 휴교령이 내려 군대가 주둔할 수 있으며, 언론은 통제되어 사전에 검열을 받아야 한다는 뜻이다. 또한 집회와 시위는 물론이고, 국회도 봉쇄되는 헌정 중단 사태가 발생했음을 의미했다. 답답한 노릇이었다. 대학생이 시위를 중단했으면 계엄령의 범위를 축소하거나 해제하는 게 마땅한 순서인데 오히려 전국으로 확대되었다니 알다가도 모를 일이었다. 붙잡고 물어볼 사람도 없었다.

부대는 대대별로 나뉘어 신속히 움직였다. 61대대에는 학교 건물을 수색하고 학내에 남아 있는 학생들을 체포하라는 임무가 부여되었다. 대대에 이어 지역대별로 세부 임무가 하달되면서 건물의 위치와 체포 대상자의 명단이 배부되었다. 놀라운 일이었다. 대학마다 사복 경찰이나 보안사의 프락치가 활동한다는 건 알고 있었지만, 계엄령이 확대 발령되는 즉시 체포 대상자 명단이 배부되었다. 계엄령의 확대가 사전에 기획된 것이 아니고는 있을 수 없는 일이었다.

지역 대장이 상황판에 손전등을 비춰 건물의 위치를 확인한 후 작전 명령을 하달했다.

"학내에 남아 있는 학생들을 모두 연행하라. 데모용 물품은 수거하고 증거 자료를 확보하라. 반항하면 때려도 좋다. 건물에 진입하는 즉시 신속히 움직여 목표물을 제압하라."

반항하는 자는 때려도 좋다는 말에 부대원들이 썰매 개처럼 흥분하기 시작했다. 진압봉이 허공 속에서 칼바람 소리를 냈다.

이제야 마음껏 휘두를 수 있게 되었다는 희열감에서 나온 반응이었다.

맨 처음 도착한 곳은 학생 회관이었다. 현관문은 굳게 닫혀 있었다. 선두에 선 병사가 진압봉을 창처럼 꼬나들고 돌진해 들어가 '찔러 총' 자세로 팔을 앞으로 쭉 뻗어 현관문을 찌르자 두꺼운 유리창이 와르르 쏟아져 내렸다. 현관이 뚫리기 무섭게 안으로 몰려 들어갔다.

작전은 일사불란하게 진행되었다. 진입로와 퇴로를 차단한 후 1층부터 뒤져가며 위층으로 올라갔다. 대부분 빈방이었지만, 학생회 서클룸에는 적지 않은 학생들이 남아 있었다. 그들은 느닷없이 나타난 계엄군에 놀라 혼비백산 도망쳤다. 그러나 계엄군의 날랜 몸놀림을 피할 수 없었다. 남녀를 불문하고 계엄군이 휘두른 진압봉에 머리가 깨지고 어깻죽지가 무너져 내렸다. 그들이 그곳에서 무엇을 하고 있었는지는 중요하지 않았다. 이 시간에 학교에 남아 있는 것 자체가 문제였다.

진입로를 차단하고 펼친 작전이라 독 안에 든 쥐였다. 모조리 붙잡혀 복도 양옆에 꿇어 앉혀지고, 명단 대조 작업이 벌어졌다. 대답을 얼버무리는 학생에게는 가차 없는 구타가 행해졌다. 명단에 들어 있는 간부 학생 20여 명을 연행하고 나머지는 건물 밖으로 내쫓았다.

광수는 다른 부대원의 눈치를 보며 때리는 시늉과 고함을 지르는 것으로 임무를 대신했다. 수색은 밤새 계속되었으나 추가 연행자는 나오지 않았다.

5월 18일의 아침이 밝았다.

수색을 마치고 돌아오자 운동장에는 알라딘의 요정이 옮겨놓은 듯 24인용 텐트가 수십 동 세워져 있었다. 임무를 마친 병사들이 총기와 진압봉을 거치한 후 식사를 배식받았다. 광수가 먼 빛으로 태철을 발견하고 손을 흔들었으나 알아채지 못했다. 조식 후에도 휴식 시간이 주어지지 않아 그를 만날 수 없었다. 잠을 못 자 충혈된 눈으로 텐트 정리를 끝내고 오침을 취할 즈음, 또다시 출동 명령이 떨어졌다. 불만으로 가득 찬 볼멘소리가 터져 나왔다.

"또 어딜 가라는 거야?"

하지만 불평은 이내 수그러들고 말았다. 대대장의 표정이 심상치 않았기 때문이었다. 출동 명령은 61대대에만 내려졌고, 이번에도 군장은 단독 군장이었다. 긴급 상황이 발생한 게 분명했다.

대대장이 선탑한 지프의 뒤를 이어 대대 전 병력이 분승한 군용 버스가 출발했다. 행렬은 서울 도심을 벗어나 한가로운 시골길을 달렸다. 긴급 상황이 발생했다면 시내로 진출해야 할 텐데 버스는 엉뚱하게도 서울을 벗어나고 있었다.

의문은 곧 풀렸다. 도착한 곳은 성남 비행장이었다. 비행기로 이동해야 할 만한 비상 상황이 발생한 모양이었다. 제주도로 여겨졌다. 제주도가 아니라면 비행기를 탈 이유는 없었다.

병력이 도착하자 C-123 쌍발 엔진 수송기가 시동을 걸어 프로펠러를 돌리기 시작했다. C-123 수송기는 공수 강하 훈련에 주로 사용되는 기종이지만, 고장이 잦고 사고도 많아 강하 훈련보다는 항공기 탈출 훈련에 적합하다는 비아냥을 듣던 항공기였다. 거친 풀무질 소리를 내며 돌아가는 프로펠러를 보자 시위 현장에 도착하기도 전에 추락해 죽는 것 아니냐며 툴툴거리는 고참병도 있었다.

광수는 수송기를 보면서 제주 4·3사건 당시 배를 타고 제주도로 떠나려는 여수의 14연대가 연상되었다. 14연대는 승선 명령을 거부하고 여순 사건을 일으켰다. 시대와 장소만 다를 뿐 그때나 지금이나 다를 바 없다는 생각이 들었다. 벗어나고 싶었다. 수송기를 타면 진압군이고, 타지 않으면 반란군이 되는 것이다. 자신이 어쩌다가 진압군이 되었는지 알 수 없었다. 급류에 휩쓸려 떠내려가는 뿌리 뽑힌 통나무 같았다. 통나무는 자기 의지대로 물살을 거스르지 못한다.

광수는 좀비처럼 움직이는 병사들 틈에 섞여 수송기에 올랐다. 태철이라도 만나면 좋겠는데 지역대별로 나누어 탑승한 관계로 보이지 않았다. 수송기 안에는 뜻밖에도 여단장과 작전 참모가 동승하고 있었다. 여단장까지 탄 걸로 보아 상황이 중대하고 급박해 보였다. 누구도 행선지를 알려주지 않았다. 간밤을 뜬 눈으로 지새운 탓에 눈꺼풀이 내려앉았으나 조는 사람은 아무도 없었다.

1시간 남짓의 비행시간. 활주로에 비행기 그림자가 길게 드리우는 저녁 무렵, 수송기가 거칠게 기우뚱거리며 활주로에 내려앉았다. 도착한 곳은 광주 송정 비행장. 기껏 광주에 오자고 수송기를 타다니? 광주에서 무슨 일이 벌어진 걸까?

생각할 겨를도 없이 다투어 뛰어내렸다. 활주로 끝에 버스가 기다리고 있었다. 일행을 태운 버스가 도착한 곳은 조선대학교 운동장. 대학교로만 전전하다 보니 광수는 도로 학생이 된 기분이었다.

여단장이 대열의 앞에 나서 짧게 훈시했다.

"여긴 광주다. 폭도들이 광주를 점령했다. 7공수가 폭도들과 싸우고 있으나 고전 중이다. 우리 11공수의 선봉인 61대대가 이들을 지원하기 위해 먼저 도착했다. 62, 63대대도 곧 도착할 것이다. 만반의 준비를 갖추고 대기하라. 곧 출동 명령이 떨어질 것이다. 이상."

대대는 단독 군장 방탄 헬멧에 M16 소총을 메고, 진압봉을 휴대한 채 출동 대기 상태에 들어갔다. 그러나 해가 진 뒤에도 출동 명령은 내려오지 않았다. 야식을 배식받고 나서도 상황은 달라지지 않았다. 허기진 배를 채우고 아무 곳에나 쓰러져 코를 골았다.

비행기까지 타고 서둘러 도착한 61대대와 달리 열차를 타고 온 62, 63대대가 당도한 후에도 출동 명령은 떨어지지 않았다. 지휘 본부가 우왕좌왕하고 있음이 역력했다. 그런 와중에 지쳐

나가는 것은 애꿎은 병사들이었다. 전날 밤 동국대를 수색하느라 한숨도 못 잤는데 오늘 역시 출동 대기를 하는 바람에 이틀 연속 밤잠을 설친 셈이다.

자정이 넘어서 겨우 잠들었는데 새벽 4시에 출동 명령이 떨어졌다. 비몽사몽간에 일어나 트럭을 타고 도착한 곳은 광주 시내 중심가인 금남로. 지역대별로 나누어 도청과 충장로, 금남로의 주요 거점을 확보하고 배치를 완료한 시각은 새벽 6시. 밤이슬에 젖은 군복을 말려줄 태양이 여명 빛을 뿌리며 떠오르고 있었다.

제7공수여단 2개 대대가 맡고 있던 섹터를 61대대가 대신해 임무를 교대했다. 이른 시간이라 도심은 텅 비어 있었다. 새벽길을 나선 광주 시민들이 길을 막고 서 있는 군인을 힐끔거리며 지나갈 뿐 여느 도심의 아침과 다름없는 풍경이었다.

졸병인 광수는 대열의 맨 앞에 서서 이들을 바라보았다. 하나같이 남루하고 초라한 행색들이었다. 새벽길을 나서는 사람은 왜 이리 초라해 보이는 것일까? 새벽부터 서두르지 않으면 먹고 살 수 없는 사람들. 이 가난한 이들이 총 든 군인을 보면서 무슨 생각을 할까 그려보았다. 이틀 밤을 뜬눈으로 새운 탓에 생각은 제자리만 맴돌 뿐 참을 수 없는 수마가 몰려왔다. 눈꺼풀이 천근의 무게로 내려앉았다. 꿈속의 도시를 헤매는 느낌이었다.

여명이 가시자 치열했던 전투의 흔적이 눈에 들어왔다. 아스팔트 위엔 불에 그을린 자국이 거북손처럼 찍혀 있었고, 기름인지 피인지 모를 검붉은 액체가 아침햇살에 번들거렸다. 부대원은 3인 1조로 주변 골목을 순찰하면서 지형지물을 익혔고, 시민과 차량이 접근하지 못하도록 도로를 통제하며 오전 시간을 보냈다.

3시간쯤 지났을까? 시민과 학생으로 보이는 청년들이 하나둘 모여들기 시작하더니 삽시간에 밀물처럼 불어났다. 늘어난 숫자에 기가 질렸으나 61대대는 평소 훈련대로 오와 열을 맞추어 진압봉을 치켜든 채 착착 발을 구르며 공격 자세를 취했다. 드디어 시위대와 마주하게 된 것이다.

부대원은 누적된 피로에도 불구하고 첫 전투에서의 확실한 승리를 다지며 시위대가 외쳐대는 함성에 반응하기 시작했다. 일촉즉발의 긴장감이 당겨졌다. 시위대를 바라보는 눈에 붉은 기운이 감돌았다.

시위대의 숫자가 만 명은 넘어 보였다.

'계엄군 물러가라, 유신 철폐, 계엄 해제'를 연호하는 소리에 이어 김대중과 전두환의 이름도 뒤섞여 튀어나왔다. 군중의 외침이 고조되자 공수 부대원의 투지도 한껏 격앙되었다.

부대원의 눈에 신념으로 가득 찬 광기(狂氣)가 서리기 시작했다. 충정 훈련 때마다 반복적으로 교육받아온 대학생들을 향한 적개심이었다. 이들에게 대학생은 국가의 위기를 조장하는 불순 세력이며, 빨갱이, 공산당에 불과했다. 공수 부대원은 충만한 광기와 들끓는 애국심으로 무장한 채 어서 공격 명령이 떨어지기만을 기다리고 있었다.

광주라는 퍼즐

시위대와 61대대 계엄군 사이에 충돌이 벌어졌다. 진압봉을 치켜든 공수 부대가 시위대의 한복판으로 뛰어들자 시위대가 흩어지면서 돌멩이를 던졌다. 계엄군은 진압 매뉴얼대로 선두에 나선 사람을 점찍어 달려들었다. 시위대의 저항도 만만치 않았다. 도망치면서도 부서진 가드레일이나 깨진 벽돌로 반격했고, 골목으로 숨어들어 화염병을 던졌다.

그러나 진압훈련으로 다져진 공수 부대를 당할 수는 없었다. 골목 안까지 쫓아 들어가 시위대를 체포했고, 붙잡은 사람은 신작로로 끌고 나와 진압봉으로 때리고 옷을 벗겨 길바닥에 꿇어앉혔다. 한번 불붙은 공수 부대의 광기는 식을 줄 몰랐다. 성별, 나이를 불문하고 눈에 띄는 사람이면 모조리 붙잡아 정수리를 강타해 트럭에 실었다.

61대대가 만난 시위대는 생각보다 완강했다. 숫자도 많았지만, 대학생뿐만 아니라 회사원이나 일반 시민 할 것 없이 다양한 연령층이 뒤섞여 있었다. 전혀 예상치 못한 상황이었다. 대학생 몇 명만 연행하면 끝날 줄 알았는데 일반 시민까지 합세하고 있어서 누구를 체포하고 누구를 풀어주어야 할지 분간할 수 없었다.

시위대 역시 오늘 나타난 계엄군의 과격한 진압 방식에 놀라고 있었다. 총만 쏘지 않았을 뿐 계엄군은 떼로 몰려드는 점박이 리카온처럼 진압봉을 휘두르며 달려들었다. 시위대는 도망치기 바빴고, 공수 부대는 가정집까지 뛰어들어 숨은 사람들을 끌어냈다. 쫓고 쫓기는 싸움이 계속되었다. 시위대의 공격 또한 파상으로 이어져 흩어졌다 모이기를 반복하면서 돌과 화염병으로 맞섰다.

시간이 지나면서 시위대의 숫자에 눌려 계엄군이 밀리기 시작했다. 병력 지원을 요청하는 무전이 날았다. 잠시 후 62, 63대대 병력이 무력시위를 벌이면서 APC 장갑차와 트럭을 몰고 나타났다. 하늘에는 500MD 헬기가 떴다.

대규모 중무장 병력이 나타나자 시위대가 주변 건물로 숨어들었다. 무력시위를 마친 군인이 트럭에서 내려 충장로와 금남로 일대에 흩어졌다. YMCA, 가톨릭센터, 관광호텔 같은 건물과 골목 안 가정집까지 샅샅이 뒤지기 시작했다. 개처럼 끌려 나온 청년들이 피로 얼룩진 아스팔트 바닥에 부려지고, 진압봉으로 온몸을 난타당해 혼절한 상태로 트럭에 실렸다. 총성 없는 시가전의 한복판이었다.

전복기는 대대 본부가 설치된 조선대 운동장에서 트럭 아래로 짐짝처럼 내던져지는 사람들을 바라보았다. 하나같이 검붉은 피멍을 뒤집어쓴 덩굴식물 같았다. 팬티와 내복만으로 끌려온 사람도 보였다. 교련복을 입은 고등학생과 여자들도 상당수 끼어 있었다.

연행자들이 트럭에서 끌어내려지자 학교에 남아 있던 행정병과 취사병이 일제히 달려들어 진압봉을 휘둘렀고, 구타가 끝나자 신원 확인 조사가 시작되었다. 그러나 말이 조사였지 질문 반, 구타 반의 일방적 폭력이었다. 시위대를 향한 적개심은 행정병이나 취사병이라고 해서 다를 것이 없었다. 몇 달간 지속된 충정 훈련 탓에 이들의 머리에는 폭력성만이 들끓고 있었기에 연행자를 함부로 대하는 데에 거리낌이 없었다. 이러다가 죽을 수도 있겠다는 생각이 들 정도로 폭력은 가혹했으나 이들의 행위를 제지하는 사람은 아무도 없었다.

전복기는 널브러져 있는 사람들 사이를 비집고 들어가 한 사람씩 일으켜 앉혀 인적사항을 적기 시작했다. 인사과 행정병인 전복기에게 주어진 임무였다.

앳되어 보이는 한 청년이 쓰러져 있었다. 겨드랑이를 껴서 일으켰다. 눈두덩이가 형태를 알아볼 수 없게 부었고, 머리는 피로 범벅이 되어 있었다. 진압봉에 머리를 맞아 정신을 잃은 모양이었다. 짓이겨진 눈자위 위로 검붉은 핏물이 누에 눈썹처럼 두툼하게 엉겨 붙어 있었다. 최루 가스 냄새도 묻어나왔다. 어깨를 흔들어보았으나 미동도 없었다. 경동맥을 짚어보니 맥박은 뛰었다. 그대로 두었다가 죽을지 모르겠다 싶어 나무 그늘로 옮긴 후 입안으로 물을 흘려 넣어주었다. 청년이 눈을 뜨고 물을 받아 마셨다.

나머지 인원에 대한 조사를 마치고 다시 청년에게로 돌아왔다. 그사이 정신이 돌아온 모양이었다. 전복기는 청년의 인적사항을 적기 위해 체크리스트를 들고 그의 앞에 섰다.

조사를 끝낸 연행자들을 이송하기 위한 트럭이 도착했다.

"전 상병, 그 새끼도 이리로 보내."

선임병이 전복기를 향해 소리쳤다. 전복기는 아직 조사가 끝나지 않아 다음 트럭에 태우겠다고 말하고 인적사항을 물었다.

"이름과 주소, 생년월일을 대라."

청년이 대답 대신 전복기를 올려다보더니 얼룩진 눈을 비볐다. 피로 범벅되고 맞아서 부은 얼굴이라 알아보기 힘들었지만, 전복기는 자신을 올려다보는 시선이 낯설지 않음을 직감했다. 청년이 전복기의 상의에 부착된 명찰을 보았다.

"강학님. 나명준이여라우. 들불야학 전복기 강학님 맞지요?"

전복기가 나명준을 모를 리 없었다. 성격이 괄괄하고 싸움 대장인데다가 장난기 많고 놀기를 좋아했던 학생. 낮에는 플라스틱 공장에서 일하고 밤에는 들불야학에 나와 공부하던, 특별히 자신을 잘 따르던 학생이었다. 전복기는 나명준의 달라진 모습에 경악했다. 부모 없이 자라면서도 언제나 웃음을 잃지 않았던 그가 지금 피범벅 된 얼굴로 자신 앞에 나타난 것이다. 수통에 담긴 물로 얼굴을 씻어주자 나명준 특유의 윤곽이 드러났다. 나명준이 틀림없었다.

"니가 어쩌다가 여그 붙잡혀 와 부렀냐?"

고향 사람을 만나자 자연스레 전라도 사투리가 튀어나왔다.

"어쩌긴요? 공수 부대와 싸우다 붙잡혀 왔지라."

"들불야학 식구들 모두 붙잡힌 거냐?"

"아니지라. 다들 무사하지라. 들불야학 팀은 전면에 나서지 않기로 했당께요."

"그게 무슨 뜻이냐?"

"윤상원 강학님이라구 아시제요? 그 강학님 주도로 들불야학 팀은 광주 소식지를 만들기로 했당께요. 신문이나 테레비에서 일절 보도를 안허니께 우리라도 나서서 광주 소식을 널리 알려야것다 하셨지라."

"그라문 니는 와 붙잡혔는데?"

"지 임무는 따로 있어라."

나명준이 줄무늬 남방셔츠 안쪽 봉제선 뜯어진 곳을 뒤져 종이 한 장을 꺼냈다.

"이게 우리가 맨 처음 찍어낸 소식지라요. 지가 맡은 임무는 이 소식지를 배포하는 일이지라. 이걸 뿌리다가 재수 없게 붙잡혔당께요. 잘 숨가 가지고 있다 나중에 함 보씨요."

전복기는 나명준이 건넨 종이를 재빨리 주머니에 집어넣었다.

들불야학에서 가르치던 제자를 트럭에 태워 보낼 수는 없는 노롯이었다. 어떻게든 그를 빼돌려야 했다. 마침 새로운 연행자를 실은 트럭이 뿌연 흙먼지를 일으키며 들어왔다. 행정병이 그리로 몰려가는 틈을 타 나명준을 교직원 휴게실 건물로 데려갔다.

"쩌그 화장실 보이제? 거그서 숨어 있다가 어두워지면 뒷산을 넘그라. 그라문 들키지 않을 끼다. 알았제? 누가 물으문 아는 동생이라 빼줬다고 적당히 얼버무릴팅게 내 걱정은 하덜 말고."

"세상 참 좁소이. 강학님을 여그서 만나 죽다 살아날 줄 어찌 알았으까잉."

나명준이 전복기의 팔을 붙잡고 눈물을 글썽거렸다.

"다시는 붙잡히지 말그라. 다음엔 어찌 될지 나도 모른다. 보다시피 나는 계엄군이다. 앞으로 적으로 만날 수도 있다. 들불야학 식구한테도 몸조심하라 이르고."

전복기는 풀숲에 감춰둔 누 새끼처럼 나명준을 숨겨두고 휴게실을 빠져나왔다. 다행히 나명준의 부재를 묻는 사람은 없었다. 전복기는 남들이 눈치채지 않게 주위를 살피며 인사과 텐트 안으로 들어갔다. 등골을 타고 진땀이 흘러내렸다. 의자를 당겨 앉아 나명준이 준 종이를 꺼내 읽었다.

호소문

광주 애국 시민 여러분!

이것이 웬 말입니까? 웬 날벼락이란 말입니까? 죄 없는 학생들을 총칼로 찔러 죽이고 몽둥이로 두들겨 트럭으로 실어가며, 부녀자를 발가벗겨 총칼로 찌르는 놈들이 이 누구란 말입니까? 이들이 공산당과 다를 바가 무엇이 있겠읍니까?

이제 우리가 살길은 전 시민이 하나로 뭉쳐 청년 학생들을 보호하고, 유신 잔당과 극악무도한 살인마 전두환 일파의 공수특전단 놈들을 한 놈도 남김없이 쳐부수는 길뿐입니다.

우리는 이제 다 보았읍니다. 다 알게 되었습니다. 왜 학생들이 그토록 소리 높이 외쳤는가를, 우리의 적은 경찰도 군대도 아닙니다. 우리의 적은 전 국민을 공포의 도가니로 몰아넣고 있는 바로 유신 잔당과 전두환 일파, 그 자들입니다.

죄없는 학생들과 시민이 수없이 죽었으며 지금도 계속 연행당하고 있읍니다. 이 자들이 있는 한 동포의 죽음은 계속될 것입니다. 지금 서울을 비롯하여 도처에서 애국시민의 궐기가 계속되고 있읍니다.

광주 시민 여러분!

우리가 하나로 단결하여 유신 잔당과 전두환 일파를 이 땅 위에서 영원히 추방할 때까지 싸웁시다. 최후의 일각까지 단결하여 싸웁시다.

그러기 위해 5월 20일 정오부터 계속해서 광주 금남로로 총집결합시다.

1980년 5월 19일

광주 시민 민주투쟁회

호소문을 읽으면서 윤상원의 얼굴이 오버랩되는 걸 느꼈다. 그가 이 호소문을 쓴 게 분명했다. 여리고 낮았지만 언제나 확신에 차 있고 자신감이 충만하던 그의 목소리처럼 호소문 역시 그가 쓰던 말투를 그대로 닮아 있었다.

호소문에 의하면, 광주 시민은 공수 특전단을 적으로 간주하고 있으며, 그 배후가 유신 잔당과 전두환 일파라고 세 번씩이나 강조하고 있었다. 이런 주장이 사실이라면 광주 시민은 광주에 투입된 공수 부대를 계엄군으로 보지 않고, 군부의 친위 세력이나 정권 탈취를 노리는 쿠데타 세력으로 본다는 뜻이었다. 즉, 공수 부대의 강경 진압 목적은 전두환 세력의 정권 장악을 위한 음모라는 의미였다.

이것이 광주 시민의 공통된 생각인지, 아니면 들불야학 윤상원 혼자만의 생각인지 확인할 수 없으나 이 호소문을 읽은 사람이라면 공수 부대를 전두환의 앞잡이로 볼 것이 분명했다. 겉보기에 공수 부대와 광주 시민과의 싸움처럼 보여도, 그 내막에는 정권 탈취 음모가 숨어 있는 유혈 군부 쿠데타의 성격이 짙게 깔려 있음을 적시하고 있었다. 그렇다면 문제는 심각해진다. 공수 부대는 전두환의 정권 장악을 위해 피를 보는 한이 있더라도 광주를 장악하려 들 것이고, 이런 음모를 알고 있는 광주 시민 역시 목숨을 걸고 광주를 사수하려 할 것이다. 전복기는 극비 문서를 손에 쥔 사람처럼 주위를 살폈다. 아무도 보는 사람은 없었다. 종이를 여러 번 접어 속주머니에 숨겼다.

61대대에 식사를 위한 일시 복귀 명령이 떨어졌다. 광수는 탈진 상태로 걸어서 조선대학교로 복귀하는 도중 뒤따라오는 태철을 발견했다. 속도를 늦춰 거리를 좁혔다. 가까이 보니 얼굴 한쪽이 심하게 부어 있었다.

광수가 그의 팔을 붙잡아 세웠다.

"어떻게 된 거야? 많이 다쳤네?"

광대뼈 위로 피가 배어 나오고 있었다.

"돌에 맞았나?"

"모르겠다. 피할 새도 없이 맞았다."

"어디 좀 보자."

눈두덩과 광대뼈가 심하게 부풀어 올랐으나 눈에 이상은 없어 보였다.

"이만하길 다행이다."

"넌 다친 데 없냐?"

"없다."

"복귀하면 중대장이 날 가만두지 않을 것 같다."

"그게 무슨 소리야?"

"소극적으로 진압한다고 잔뜩 벼르고 있어."

"네가 뭘 어쨌는데?"

"대가리 깨부수는 방법을 손수 가르쳐 주시겠단다."

태철이 쓴웃음을 지으며 농담처럼 말했다. 그 바람에 다친 상처가 까치 눈썹처럼 벌어져 핏물이 배어 나왔다.

진압봉의 사용 규정대로라면 머리나 얼굴을 때리지 말아야 한다. 하지만 이런 규정을 지키는 병사는 없었다. 아무래도 태철의 소극적인 진압 태도가 원주에서 대대장에게 질문했던 일을 기억하고 있던 중대장의 눈에 거슬렸던 모양이었다.

신성진 중사가 부대원에게 했던 말도 떠올랐다.

"대가리가 뽀개지게 까란 말야, 이 새끼들아."

신성진 중사는 정말이지 시위대를 향해 정수리가 터지도록 진압봉을 내리쳐 피를 솟구치게 만들었다. 베트남에서 사람을 죽여본 경험이 있는 그에게 진압봉 사용 규정은 죽은 물소의 콧김만도 못한 것이었다. 악귀가 따로 없었다. 사람이 어떻게 저럴 수 있을까 싶었다. 그에게 시위대는 마땅히 죽여야 할 베트콩이자 빨갱이였다.

광수와 태철이 조선대 운동장에 도착해 주위를 둘러보니 시위 현장에서 붙잡혀 트럭에 태워졌던 사람들이 함부로 부려져 있었다. 몰골이 말이 아니었다. 대학생 차림의 학생이 대부분이었고, 팬티 바람에 온몸이 피투성이인 사람, 교련복 입은 고등학생, 넥타이 맨 사람, 젊은 여자도 보였다. 죽은 듯이 쓰러져 움직이지 않는 사람도 있었으나 아무도 거들떠보지 않았다.

배식을 받기도 전에 중대장이 태철을 불렀다. 중대원이 모두 보는 앞에 본보기로 세워졌다.

"엎드려뻗쳐."

중대장은 태철을 엎드리게 하고는 있는 힘껏 진압봉을 내리쳤다. 태철은 신음 한번 내지 않고 고스란히 매를 맞았다.

"이렇게 때려야 네가 시위대에 맞아 죽지 않는다. 알겠나?"

죽일 듯이 패놓고 말로는 부하 걱정을 하고 있었다.

광수는 태철이 당하는 모습을 차마 보지 못하고 돌아섰다. 이 광경을 먼발치에서 바라보는 또 다른 시선이 있었다. 전복기였다. 전복기가 체크리스트를 든 채 연행자들 사이에서 태철을 건네 보고 있었다.

곧이어 배식이 시작되었으나 식사가 끝나기도 전에 집합을 알리는 호각 소리가 울렸다. 광수와 태철은 반 이상 남은 식판을 짬밥 통에 털어 넣고 다시 시내로 나왔다.

금남로를 거꾸로 돌아 도청 쪽으로 진출했다. 시위 잔해들 사이로 매캐한 최루탄 냄새만 가득할 뿐 시위대는 보이지 않았고 거리는 텅 비어 있었다. 시외버스 터미널 쪽에 시위대가 몰려 있다는 무전이 왔다. 다이아몬드 대형으로 대열을 유지하며 터미널 쪽으로 이동했다. 먼 거리에서 화염병이 날아와 깨지며 불길이 치솟았다. 시위대에 가까이 다가가자 돌멩이가 날아들었다. 계엄군은 우박처럼 쏟아지는 돌의 공격을 뚫고 시위대를 향해 돌진해 들어갔다.

또다시 밀고 밀리는 공방전이 시작되었다. 시위대는 떼로 몰려다니며 계엄군을 기습했고, 계엄군 역시 골목까지 쫓아 들어가 시위대를 체포해 트럭에 실어 담았다.

충돌을 멈추게 한 것은 비였다. 빗방울이 금강석처럼 반짝이며 도심을 적시기 시작했다. 비는 양측 모두에게 이제는 그만 싸움을 멈추라고 속삭이는 듯 맑고 투명한 빛으로 쏟아졌다. 날이 저물어 어둠이 밀려왔고, 시위는 소강상태로 접어들었다. 장갑차까지 동원된 시가전은 계엄군의 승리로 끝이 났다. 시위대는 비와 어둠에 젖어 물러났다. 11공수는 시위대가 떠난 터미널 바닥에서 노숙하며 3일째 불면의 밤을 지새웠다.

5월 20일, 아침이 밝았고 비도 잦아들었다. 금남로에는 어제보다 더 많은 인파가 모여들었다. 11공수는 터미널에서 나와 금남로, 충장로 일대로 이동했고, 이날 서울에서 내려온 3공수는 광주역과 광주시청에 배치되었다. 이로써 광주 시내 전역에는 7공수를 포함해 3개 여단의 공수 부대가 시위대와 대치하게 되었다.

새로 도착한 3공수는 부마항쟁 당시 부산에 투입되었던 부대라 시위대를 쉽게 진압할 수 있다는 자신감으로 충만해 있었다. 7공수와 11공수 역시 새로 지급된 진압봉으로 바꿔 들고 전열을 가다듬었다. 신형 진압봉은 전의 것보다 길이가 훨씬 길어 타격 능력이 월등했고, 대추방망이처럼 단단해 무엇이든 일격에 깨뜨릴 수 있었다. 반면, 시위대의 사기는 상당히 위축되어 있었다. 숫자는 많아도 증강된 계엄군의 위력에 눌려 기가 죽었다. 일부만이 계엄군이 없는 곳에서 구호를 외치거나 산발적인 시위를 벌이고 있을 뿐이었다.

그러나 대규모의 차량 시위대가 등장하자 시위 구도는 삽시간에 뒤집혔다. 200여 대의 택시와 버스, 트럭이 경적을 울려대며 금남로 일대에 나타난 것이다. 택시와 버스가 시위대의 전면에 나섰다는 건 시위가 학생 주도에서 시민 주도로 바뀌었다는 걸 의미했다. 특히 택시 기사가 자기 차를 끌고 시위 현장에 나타났다는 건 생계를 포기하고서라도 계엄군에 맞서 싸우겠다는 의지의 표현이었다. 시민의 소리를 가장 잘 들을 수 있는 계층인 만큼 광주의 여론이 하나로 뭉쳐졌다는 걸 의미하기도 했다. 광주 시민 전체가 공수 부대의 무자비한 진압에 분노하여 들고 일어난 것이다.

대형버스가 앞장서고 택시가 뒤따르며 경적을 울려대자 계엄군의 전열이 흐트러지기 시작했다. 차량을 시위대 전면에 앞세운 새로운 공방전이 펼쳐졌다. 계엄군이 시위대 차량에 떠밀려 주춤주춤 물러나면서 판세가 확연히 시위대 쪽으로 기울었다. 그때 한 위관 장교가 뛰어나와 버스를 향해 사과탄을 투척했다. 그 바람에 버스가 멈춰 섰고 운전사가 멱살을 잡혀 끌려나왔다. 운전사가 바닥에 쓰러지자 계엄군이 벌떼같이 달려들어 구타를 시작했다. 이를 본 시위대의 흥분이 극으로 치달았다.

또 다른 버스가 계엄군의 바리케이드를 향해 급발진해 들어와 가로수를 들이받고 멈춰 섰다. 뒤따라온 시위대가 광주MBC와 KBS방송국을 향해 화염병을 던졌다. 광주의 시위 상황을 보도하지 않는 것에 대한 항의 표시였다. 언론사 건물에 불이 붙자 금남로 일대는 삽시간에 전쟁터로 변했다. 차량이 불타고, 최루탄이 터지며, 차량에서 울려대는 경적에 도심 전체가 혼돈과 광란의 도가니 속으로 급격히 빠져들었다.

공수 부대가 한 손에는 대검, 한 손에는 진압봉을 들고 시위대를 향해 달려들었다. 시위대 역시 몽둥이와 쇠 파이프를 휘두르며 치열한 공방전이 벌어졌다. 백병전이었다. 피가 튀고 살이 튀고 비명이 이어졌다. 해가 지고 나서도 싸움은 계속되었다.

밤이 되어 어둠이 깔리자 시위대 숫자는 더욱 불어났다. 결국 계엄군이 엄청나게 불어난 시위대에 밀려 도청으로 철수했다. 계엄군이 도청 입구에 바리케이드를 쳐 시위대 차량의 진입을 막은 후, 소속 부대와 상관없이 마구 뒤엉켜서 분수대 주변과 상무대 앞에 쓰러져 누웠다. 먹은 것이 없어 배가 고팠지만 참을 수 없는 건 쏟아지는 잠이었다.

광수도 소총을 끌어안고 분수대를 등받이 삼아 눈을 감았다. 분수대 광장에 가득했던 소음이 소거되고 몽롱한 기운이 퍼지면서 섬망(譫妄)처럼 수마가 밀려왔다. 누가 떠메어가도 모를 깊은 잠의 나락으로 빠져들었다.

얼마나 잤을까? 누군가 흔들어 깨우는 바람에 눈을 떴다. 전복기였다.

"이 와중에 잠이 오냐?"

전복기가 빵과 우유를 가져왔다.

"웬일이냐, 행정병이 여기까지 다 오고?"

광수는 전복기가 건넨 보름달 빵을 한 입 크게 베어 물었다.

"야식 나눠주러 왔다."

급식 준비에 바쁜 취사병을 대신해 본부 행정병이 야간 배식에 나선 모양이었다. 우유 한 팩을 들이켜자 정신이 돌아왔다. 전복기가 다른 병사들에게 빵과 우유를 나눠주고 다시 광수 곁으로 돌아왔다.

그가 작은 소리로 말했다.

"몸조심해라. 그리고 내일부터는 절대 앞에 나서지 마라."

전복기가 비밀 지령을 전달하는 지하 당원처럼 주위를 살폈다. 어두워서 주변이 잘 보이지 않았다.

"새삼스럽게 몸조심은 무슨?"

"그럴 일이 생겼다. 조금 전 3공수가 시위대를 향해 실탄을 쐈다."

귀가 번쩍 뜨였다. 생각지 못한 일이었다. 아무리 시위대의 반발이 심하다 해도 공수 부대가 실탄을 사용할 줄은 몰랐다. 광수의 목소리가 갑자기 높아졌다.

"실탄을 쐈다고?"

"쉿. 조용히 해. 광주역에 배치되어 있던 3공수가 실탄을 쏜 모양이다."

"죽은 사람은 없고?"

공수 부대의 사격에 사상자가 발생했다면 이건 보통 일이 아니다.

"그건 아직 확인되지 않은 것 같더라."

"일이 커지는 거 아냐?"

"그러게 말이다. 계엄군이 총을 쏘면 시위대가 가만히 있겠냐?

자기도 무장하겠지. 총격전이 벌어질 거라는 얘기가 장교들 사이에서 오가는 걸 들었다. 그러니까 내일부터는 절대 전면에 나서지 말고 뒤로 빠져 있거라. 알았지? 내 말 절대로 명심해라."

전복기가 배낭을 챙겨 일어서려는데 어둠 속에서 말참견하는 사람이 있었다.

"야. 전 상병. 너 지금 한 말 그거 사실이야?"

둘은 깜짝 놀라 옆을 돌아보았다. 대대 정보 장교인 차상철 대위가 어둠 속에서 몸을 일으키며 모습을 드러냈다. 분수대 돌출부에 가려 보이지 않았는데 바로 곁에 누워 있었던 모양이었다. 주변을 제대로 살피지 못한 걸 탓했지만 이미 엎질러진 물이었다.

"정보관님이 여기 계신 줄 몰랐습니다."

"왜, 내가 알면 안 되냐? 3공수가 총을 쏜 게 확실해?"

"그렇다고 들었습니다."

"어쩐지 아까 광주역 쪽에서 총소리가 나는가 싶더니 기어이 사고를 쳤구만. 3공수 놈들이 그럴 줄 알았지."

"무슨 말씀이십니까?"

그럴 줄 알았다는 말에 전복기가 의아해 물었다. 차 대위는 대답 대신,

"쫄병은 몰라도 된다아."하며 일으켰던 몸을 길게 눕혔다.

다음 할 말을 잃었다. 장교인 차 대위가 사병을 상대로는 이유를 말하지 않겠다니 그의 입을 열게 할 재간은 없었다. 그러나 전복기는 3공수의 실탄 사격이 예정된 결과였다는 게 궁금해 그

의 속을 은근히 긁어 물었다.

"여기서 광주역까지는 거리가 상당히 먼데 도대체 무슨 소리를 들었다고 그러십니까?"

차 대위가 어둠 속에서 돌아눕는 기척이 느껴졌다.

"너, 광주 지리 잘 아냐?"

"알다 뿐입니까? 여기서 중·고등학교를 다녔습니다."

"호오 그래? 광주 출신이었구나. 난 서울인 줄 알았는데."

"고향은 아니지만 고향이나 진배없습니다."

"좋아. 네가 광주 출신이라니까 너한테만 특별히 알려준다. 먼저 한 가지 묻자. 지금 공수특전단장이 누군지 아냐?"

"명색이 나도 공수 부대원인데 그걸 모르겠습니까? 정호용 소장 아닙니까?"

"그렇지. 잘 알고 있군. 그럼 이번에 광주에 투입된 공수 부대는?"

"그거야 3공수, 7공수, 11공수죠."

"그것도 잘 알고 있구만. 그럼 이 세 부대의 여단장이 각각 누군지는 알고 있냐? 물론 11여단장은 우리 부대니까 잘 알 테고."

"그것까지야 제가 어찌 알겠습니까?"

"그러니까 쫄병은 몰라도 된다는 얘기야."

어둠 속에서 차 대위의 얼굴에 머금어졌을 비아냥이 느껴졌다.

전복기가 약이 올라 다가들었다.

"공수 부대 여단장이 누군지 아는 게 뭐 대단합니까? 사병이야 모르는 게 당연하지만, 장교가 모른다면 그게 오히려 대단한 일이겠지요."

전복기의 당돌한 말에 차 대위가 튕기듯 일어나 앉았다.

"그렇지. 여단장이 누군지 아는 건 중요하지 않지. 하지만 그들이 어떤 인맥의 사람인지를 아는 건 대단히 중요한 일이지."

"인맥이라뇨?"

"그런 게 있다. 그러니까 너희는 몰라도 된다 이 말씀이야."

차 대위가 다시 벌렁 드러누웠다. 군대 내의 정보에 밝은 그가 뭔가를 알고 있는 게 분명했지만, 더 물었다가 면박이 날아올 것 같아 입을 다물었다.

광수는 듣기를 포기하고 분수대에 등을 기대며 어둠 속으로 몸을 눕혔다. 금남로 쪽에선 아무런 소리도 들리지 않았다. 전복기가 조선대로 복귀하려고 일어서려는데 차 대위가 물었다.

"너희들, 하나회라고 들어봤냐?"

처음 듣는 말이었다. 무슨 모임의 이름 같은데 아는 바가 없었다.

"처음 듣습니다."

"그렇겠지이."

차 대위가 푸념처럼 말꼬리를 길게 끌며 어둠 속에 묻혔다가 한참이 지난 후 작은 소리로 말했다.

"보안사령관 전두환, 공수특전단장 정호용, 수경사령관 노태우. 이 셋이 현재 한국 육군 최고의 보직을 장악하고 있지. 이들의 공통점은 모두 육사 11기 출신이고, 하나회 소속이라는 점.

그리고 광주에 투입된 3개 공수 부대의 여단장 모두 하나회 소속이지. 나 같은 비육사 출신이 아니라 정규 육사 출신의 군부 실세들이다 이 말이야. 내 말이 무슨 뜻인지 알겠냐?"

차 대위는 그 말을 끝으로 입을 다물었다.

둘의 머릿속이 갑자기 밝아지는 느낌이었다. 어려운 퍼즐을 풀어낸 기분이었다. 군대 내의 정보에 해박한 차 대위인 만큼 그의 말은 사실일 것이다. 그렇다면 지금 광주에서 벌어지고 있는 일련의 사태는 시위대와 계엄군 간의 싸움이 아니라 광주 시민과 하나회 소속 장교가 지휘하는 공수 부대와의 싸움인 셈이었다.

'이 싸움은 12·12사태 이후 군권을 장악한 하나회 소속 장교가 광주에서의 소요 사태 진압을 구실삼아 정권을 찬탈하려는 음모가 숨어 있다고 볼 수 있다. 힘은 총구에서 나온다. 찬탈 행위에는 무력이 개입하지 않을 수 없으며 희생자가 나오기 마련이다. 하나회가 광주의 희생을 발판삼아 정권을 장악하려는 것이다. 그래서 3공수가 시민을 향해 총을 쏜 것이다.'

이런 생각이 들었다. 생각이 여기까지 미치자 둘은 이제부터 달라질 접전의 양상에 촉각이 모아졌다. 작은 소리에도 머리털이 곤두섰다. 바야흐로 전쟁이 시작되려는 것을 직감했다.

어둠에 휩싸인 금남로 쪽에서 젊은 여자의 호곡성(號哭聲)이 들려왔다. 소름이 돋았다. 그 소리엔 희생자의 피를 부르는 귀기(鬼氣)가 서려 있었다. 이 소리를 신호로 다시금 금남로 일대가 소란스러워졌고, 도청을 배수진 삼은 계엄군과 이를 돌파하려는 시위대 간의 밀고 밀리는 공방전이 새벽 3시까지 이어졌다.

들불야학 프락치

전복기는 야식 배식을 마치고 조선대로 복귀했다. 조선대에서도 금남로의 공방전과 비슷한 상황이 벌어지고 있었다. 정문 앞에는 방송용 앰프를 단 시위대 차량과 시민이 뒤엉켜 소란스러웠고, 계엄군 역시 정문을 여러 겹으로 막아선 채 경계를 서고 있었다. 여단 본부가 지휘소로 사용하는 학군단 사무실의 불이 환하게 켜져 있었다.

전복기는 학군단 연병장 한쪽에 설치된 대대 인사과 텐트에 앉아 건너편 사무실을 바라보았다. 주변의 소란스러움에도 불구하고 학군단에서의 간부회의는 거듭되고 있었다. 조금 전 벌어진 3공수의 실탄 사격에 대한 후속 조치가 논의되는 듯했다.

폭풍 전야와도 같은 밤이 지나고 먼동이 텄다. 전복기는 인사과용 트랜지스터라디오를 켰다. 5월 21일, 오늘은 석가탄신일이다. 석탄일을 맞아 전국 사찰에서 부처님 오신 날을 경축하는 법회가 열린다는 뉴스가 흘러나왔다. 뉴스는 계속해서 작년에 일어났던 10·26 시해 사건 관련자에 대한 대법원 상고 기각 소식을 전했다. 어제 날짜로 전 중앙정보부장 김재규를 비롯한 시해 관련자 5명에 대해 사형이 최종 확정되었다는 소식이었다.

지금 광주에서 벌어지고 있는 유혈 사태가 김재규의 재판 결과와는 아무 관련이 없는 듯했지만, 전복기는 이들에 대한 사형 확정 소식이 마치 광주 시민에게 내려지는 사형 선고같이 느껴졌다. 어쩐지 두 사건 모두 동일한 가해자에 의해, 동일한 일정 속에서, 동일한 결과로 귀결되는 의도된 기획이라는 생각이 들었다. 계엄군에 대한 시민의 저항이 극에 달한 이 시점에 굳이 김재규의 사형 확정 소식을 전하는 저의는 무엇일까? 반항하면 죽는다, 라는 메시지 같았다.

아침 배식이 시작되었으나 이런 소식에 입맛이 싹 달아났다. 금남로의 상황은 점점 심각해가고 있었다. 흩어졌던 시위대가 아침이 되자 다시 몰려왔다. 광수는 전복기에게 들은 말도 있고 해서 시위대의 전면에 나서지 않으려 했으나 졸병으로서 그럴 수도 없는 처지였다. 시위대의 버스와 트럭, 택시가 금방이라도 달려들 기세로 움찔거렸고, 트럭에는 머리띠를 두른 청년들이 계엄군 철수를 연호하고 있었다.

그때 시위대의 중앙이 홍해처럼 갈라지면서 리어카 한 대가 나타났다. 리어카에는 두 구의 시신이 태극기에 덮여 있었다. 어젯밤 광주역에서 3공수의 발포로 사망한 시신인 것 같았다. 리어카 주위로 사람들이 몰려들었다. 도대체 어느 나라 군대가 제 나라 국민을 향해 총을 쏘느냐는 울부짖음이 연달아 들려왔다. 리어카를 둘러싸고 있던 한 무리의 젊은이들이 트럭에 올라타고 대열 뒤쪽으로 빠져나가는 모습이 보였다. 올 것이 오고야 말았다고 생각했다. 총에 맞아 사망한 시신을 보자 젊은이들이 총으로 무장하기 위해 떠나는 게 분명했다. 만약 저들이 총을 든다면 이것은 데모나 시위가 아니라, 전쟁이나 전투다.

팽팽한 대치 상태가 깨진 것은 시위대가 몰고 온 신형 장갑차 3대가 시위대의 전면에 나타난 직후였다. 장갑차는 방금 도색을 마친 듯 색깔이 선명했고, 까맣고 두꺼운 타이어는 근육질의 보디빌더를 연상케 했다. 장갑차의 등장은 시위대에게 계엄군과 대등하게 맞설 수 있다는 자신감을 심어 주기에 충분했다.

효과는 금방 나타났다. 계엄군이 시위대와 대화에 나선 것이다. 마이크를 단 차량에서 시위대 몇 사람이 내려 61, 62대대장과 차례로 이야기를 나눈 후 함께 도청 건물로 들어가는 게 보였다. 정면충돌은 피하자는 차원에서의 협상인 듯했다. 시위대와 계엄군 사이의 팽팽한 대치 상황도 많이 누그러졌다. 그러는 동안 전면에 배치되어 있던 61대대에 임무 교대 명령이 떨어졌다. 63대대가 앞으로 나오고 61대대는 뒤로 빠지라는 지시였다. 도청 분수대 광장으로 이동했다.

광수는 사지에서 벗어났다는 안도감에 한숨을 내쉬었다. 그러나 화장실에 다녀오는 사이 상황은 급변해 있었다. 각 지역 대장이 상부의 명령이라며 중대장과 장교, 일부 고참 하사관에게 실탄을 나눠주고 있었다. 실탄을 지급한다는 건 상대방이 이에 상응할 만한 공격력을 갖추었다는 뜻일 것이다. 시위대가 무장한 것일까? 상황은 누그러진 게 아니라 악화되고 있었다.

지역 대장이 말하길, 실탄은 자위권 확보 차원에서 배부하는 것이며, 명령 없이는 절대 발포해선 안 된다는 두 가지 전제 조건을 제시했다. 이상한 일이었다. 자위권 확보 차원이라면 부대원 모두에게 배부해야 마땅한데 간부에게만 지급하는 이유는 무얼까? 그러면서도 사격 명령 없이는 절대 쏘지 말라고 강조하고 있다. 이런 명령은 지휘관의 직무 유기가 아닐 수 없었다. 실탄을 제공하는 행위는 총을 쏴도 좋다는 암묵적 사격 명령과 다름없다. 그런데도 명령 없이 쏘지 말라는 건, '나는 사격 명령을 내릴 수 없으니까 총을 쏠 상황이 되면 각자가 알아서 쏴라.'는 것과 같은 말이다. 이는 곧, 사격 명령을 내리지 않았으니 사격의 결과는 책임지지 않겠다는 뜻이거나, 최소한 책임을 분산시키겠다는 의도였다. 그렇다면 이건 군대가 아니다. 명령 복종을 최우선으로 하는 군대에서 있을 수 없는 일이었다. 고급 지휘관은 뒤에 숨고 초급 간부에게 책임을 떠넘기는 것과 무엇이 다른가? 자기는 살고 하급 부하는 살육 현장으로 내모는 파렴치한 짓이다.

광수는 자신에게 실탄이 지급되지 않은 걸 다행이라 여기면서 실탄을 받아든 간부들의 표정을 살폈다. 그러나 그들은 탄창을 받자마자 탁탁 소리까지 내면서 노리쇠를 후퇴 전진해 총알을 장전했다. 실탄으로 무장하자 든든하게 여기는 것 같았다. 빈총과 실총은 하늘과 땅 차이다. 빈총은 쇠막대기에 불과하지만, 총알이 든 실총은 손가락만 살짝 당겨도 사람을 죽일 수 있다. 그 작은 까딱임으로 삶과 죽음이 나뉜다.

61대대를 후미로 빼는가 싶었는데 다시 시위대의 전면으로 복귀하라는 명령이 떨어졌다. 63대대와 교대한 이유는 실탄 지급을 위한 임시 조치였었다. 실총을 손에 쥐자 판세가 급변했다. 실탄을 휴대했다는 사실만으로도 분위기는 완연히 달라졌다. 시위대 차량이 당장 튀어나올 듯 위협적으로 움찔거려도 겁먹는 계엄군은 아무도 없었다.

협상의 결과는 즉각 알려지지 않았다. 대치의 시간은 더디게 흘렀고, 헬기가 나타나 정오인 12시 정각에 계엄군이 철수할 예정이니 시위대는 해산하라는 선무 방송을 반복했다. 이 소리를 듣고 대열을 빠져나가는 시민은 아무도 없었다. 약속한 12시를 기다리는 것 같았다. 대대장을 비롯한 간부들 역시 철수 명령이 떨어지기를 초조히 기다렸으나 현 위치를 사수하라는 무전만 계속해서 날아들었다.

정오 사이렌이 울렸으나 계엄군은 철수하지 못했다. 12시가 넘었는데도 철수 명령은 내려오지 않았기 때문이다. 군인은 명령 없이는 한 발자국도 임의로 움직일 수 없다. 다시 시위대가 술렁이기 시작했다. 힘으로 밀어붙이자고 주장하는 사람이 깃발을 들고 시위대의 전면으로 나섰다. 다시금 긴장의 끈이 팽팽해지면서 공방이 재개되었다. 시위대 차량에 시동이 걸렸다. 화염병이 날아와 터지면서 아스팔트를 시커멓게 불태웠다. 계엄군 역시 여기서 밀리면 끝장이라는 심정으로 최루탄을 쏘아대며 공격과 방어의 일진일퇴를 거듭했다.

치열한 공방전이 1시간쯤 지났을까? 어디선가 애국가가 울려 퍼졌다. 노래가 퍼짐과 동시에 계엄군 쪽에서 총소리가 났고, 이에 자극받은 시위대 버스가 계엄군을 덮치면서 대치 국면은 삽시간에 전쟁터로 변하고 말았다. 시위대 차량을 향해 계엄군은 누가 먼저랄 것도 없이 총을 난사하기 시작했다. 예상했던 결과였다. 다급히 외쳐대는 사격 중지 명령은 소음에 불과했다. 연발로 긁어대는 격발음, 화염병의 불꽃과 열기, 최루탄의 매캐한 냄새, 철판을 때리는 파열음. 금남로 일대는 삽시간에 아비지옥(阿鼻地獄)으로 변해버렸다.

연기가 가시면서 드러난 광경은 시가전이 끝난 전쟁터를 방불케 했다. 벌집이 되어 불타는 버스와 택시, 피투성이 시신들, 나뒹구는 신발과 옷가지, 깨진 벽돌과 유리병, 부상자의 절규, 간헐적으로 들리는 총소리. 갇혀 흐르는 초연(硝煙).

광수는 계엄군의 한복판에 있었지만 무슨 일이 벌어졌는지 분간할 수 없었다. 버스가 돌진해오자 계엄군이 총을 쏜 건지, 계엄군이 총을 쏘자 버스가 돌진해왔는지조차 인식할 수 없었다. 동시다발적으로 발생한 소리의 해일이 파도처럼 밀려와 금남로 일대를 휩쓸고 지나갔다.

광수는 도로 한복판으로 옮겨놓은 시멘트 화단을 엄폐물 삼아 엎드려 주변을 둘러보았다. 메마른 화약 냄새가 황무지의 뙤약 볕처럼 도사려 흐르고, 이따금 들려오는 먼 총소리에 시위대나 계엄군 모두 몸을 웅크린 채 눈알만을 굴리며 사방을 주시했다. 죽은 자는 말이 없었고, 부상자들의 신음만 금남로에 남았다.

계엄군의 실탄 사격은 예정된 결과를 빚었다. 시민들이 총으로 무장하고 나타난 것이다. 금남로 일대에 다시 나타난 시위대의 손에 카빈이나 M1 같은 구형 소총이 들려 있었다. 인근의 예비군 무기고에서 탈취해 온 것들이었다. 구형 소총은 계엄군의 M16 소총에 비해 살상 능력은 떨어지지만, 최근까지도 군의 주력 무기로 사용했던 것이라 무시할 수 없는 화력이었다.

시위대가 무장하자 상황은 급변했다. 비대칭 전력이긴 해도 무장한 시위대를 향해 적극적인 공세를 펼칠 수 없게 된 것이다. 계엄군의 일제사격으로 텅 비었던 금남로에 총을 든 시위대와 차량이 몰려들면서 15시경에는 다시금 시위대의 물결로 뒤덮였다.

팽팽한 긴장 상태는 일촉즉발의 위기 상황으로 번져나갔다. 어느 쪽이든 먼저 방아쇠를 당긴다면 무력과 무력의 충돌, 어쩌면 내전의 발발을 알리는 신호탄이 될 수도 있었다. 조금 전 계엄군의 일방적 사격으로 끝난 충돌과 달리 이제부터는 쌍방 간 시가전 가능성이 높아졌다. 이런 이유로 어느 쪽도 먼저 방아쇠를 당기지 못하고 있었다.

광수는 자기도 실탄을 배부받았다면 이런 상황에서 총을 쏘지 않을 수 없으리라 생각했다. 비무장인 자신에게 달려드는 무장 시위대의 영상이 그려졌다. 꼼짝없이 죽을 수밖에 없는 장면이었다. 앉아 쏴 자세로 전방을 향해 총을 겨누고 있는 계엄군이 보였다. 그에게 실탄을 몇 발 얻어 볼까 하는 생각도 들었다. 긴장 상태를 증폭시키기라도 하듯 먼 거리에서 총성이 울렸다. 조선대 쪽인 듯한데 건물에 가려 방향을 짐작할 수 없었다.

16시 정각. 드디어 계엄군에게 철수 명령이 떨어졌다. 계엄군이 철수하는 기미를 보이자 시위대 쪽에서 승리의 함성이 일었다. 시위대가 총으로 무장한 결과 계엄군이 물러나게 된 것이다.

61대대는 후위 부대의 엄호를 받으며 조선대로 철수했다. 조선대에 도착하자 부대원 모두에게 실탄이 지급되었다. 탄창 1개당 20발이 든 탄창 3개가 배부되었다. 총 60발. 드디어 계엄군 전원이 실탄으로 무장하였다. 센 불에 달구었다가 방금 꺼낸 듯 붉은 광택이 도는 M16 총알. 다른 소총 실탄에 비해 크기는 작아도 강력한 인마 살상용 총탄이다. 탄창 3개의 무게감이 크게 느껴졌다. 광수는 이 총알로 누군가를 죽일 수도 있겠다 생각했다.

어두워진 후 부대 이동 명령이 떨어졌다. 금남로로 다시 갈 줄 알았는데 도심을 버리고 조선대 뒷산을 넘어 화순 방면으로 진출했다. 이후 61대대는 간선도로를 봉쇄하는 새로운 임무를 부여받아 도로에 바리케이드를 설치하고 사주 경계에 나섰다. 시민군과의 직접적인 교전을 피해 도심을 봉쇄하는 쪽으로 작전 방향이 변경된 모양이었다. 계엄군의 봉쇄를 뚫고 시위대가 공격해올 가능성은 크지 않았기에 이런 상태라면 총 쏠 일은 벌어지지 않을 것 같아 마음이 놓였다.

전복기에게 보안부대로부터 호출 명령이 내려온 것은 5월 24일 저녁. 전복기가 이날을 특별히 기억하는 이유는, 김재규 등 10·26사건 관련자에 대한 사형이 바로 이날 집행되었기 때문이다. 신문은 1면 톱으로 김재규 등 5명에게 내란 목적 살인죄를 적용해 사형을 집행했다고 보도했다. 대법원이 상고를 기각한 지 불과 4일 만에, 그것도 교수형이라는 사형 집행 방법까지 상세하게 다룬 대서특필 기사였다. 서둘러 사형을 집행하는 의미를 생각하지 않을 수 없었다. 일단 형이 확정되었으니 언제든 집행해도 될 것을, 하필이면 계엄군이 광주를 봉쇄하고 있는 시점에 맞추어 형을 집행했다는 것은, 그것도 교수형으로 집행했다는 것은, 광주 시민을 밧줄로 꽁꽁 묶어 목 졸라 죽여버리고 말겠다는 의지의 투사(投射)로 여겨졌다.

전복기가 경계근무를 마치고 숙영지로 돌아와 취침 준비를 하는 도중, 인사 장교가 부른다는 전갈을 받고 인사과 텐트로 향했다. 민간인 복장의 두 사람이 기다리고 있었다.

505보안대에서 왔다고 했다. 보안대는 전국 주요 도시마다 하나씩 설치되어 있는 군 정보기관으로 광주에는 505보안부대가 있었다. 군사 보안 기관이라 일반에 노출되지 않았기에 광주에서 학교를 나온 전복기조차도 그 존재를 모르고 있었다.

검정색 지프에 실려 밤길을 나섰다. 신분을 감추기 위해 군용차가 아닌 민간인 차량을 이용하는 듯했다. 늦은 밤이어서 어디로 가는지 확인할 수 없었다. 한참을 달려 도착한 곳은 상무대였다. 계엄군이 광주 시내에서 철수했으니 보안대도 외곽지역인 상무대로 철수한 모양이었다.

차가 도착한 곳은 우거진 숲길 안쪽에 가려진 2층 건물이었다. 건물의 중앙 계단을 통해 지하로 내려가자 복도식 낭하를 따라 양옆으로 작은 방 여러 개가 보였다. 그중의 하나로 들어갔다. 방에는 테이블 하나와 의자 두 개만이 덩그러니 놓여 있었다. 잠시 후 대위 계급장을 단 장교가 들어왔다.

그가 들고 온 자료를 책상 위로 던지며 물었다.

"너, 이거 본 적 있지?"

대뜸 하대가 들어왔다. 조명이 어두워서 잘 보이지 않았다.

"자세히 봐도 되겠습니까?"

"그래. 자세히 봐."

대위가 자료를 전복기 쪽으로 밀어주었다. 자료를 보는 순간, 전율이 빠르게 등줄기를 훑고 내려갔다. 자료는 전에 나명준이 보여준 것과 똑같은 유인물로 '투사회보'라는 일련번호가 붙은 종이 묶음이었다. 페이지를 넘겨보았다. '민주시민아 일어서라, 결전의 순간이 다가왔다, 우리는 피의 투쟁을 계속한다, 민주투사들이여 더욱 힘을 내자'라는 제목의 인쇄물이었다. 시위 현장에서 수거한 삐라를 모은 것으로 보였다.

전복기는 다시 한번 자세히 살펴보았다. 다행히 대위가 제시한 종이철에는 며칠 전 나명준에게서 받았던 자료는 보이지 않왔다. 절체절명의 순간이 아닐 수 없었다. 엉뚱한 대답을 했다가는 경을 치고 말 것이 분명했다. 나명준이 준 것과 똑같은 자료가 없는 이상 버텨보기로 했다.

"처음 보는 겁니다."

"그래?"

대위가 알 수 없는 웃음기를 베어 물며 질문을 이어갔다.

"좋아. 그건 그렇다 치고. 그럼 얘가 누군지는 알아보겠나?"

대위가 사진 한 장을 내밀었다. 계엄군에게 연행되는 시위대의 모습을 찍은 사진이었다. 모두 5명이 찍혀 있었는데, 두 명은 얼굴을 들었고 나머지는 고개를 숙이고 있었다.

대위가 줄무늬 남방셔츠를 입은 두 번째 사람을 가리켰다. 대위는 정확히 나명준을 가리키고 있었다. 그가 나명준을 손가락으로 짚으며 누군지 아느냐고 추궁했다. 머릿속이 복잡해졌다. 나명준과 자신과의 관계를 대위가 얼마나 알고 있는지 모르는 상황이라 섣불리 대답했다가는 헤어날 수 없는 수렁에 빠지고 말 것이다. 사진 속 5명 중 나명준만을 특정해 묻는 것으로 보아 이미 그에 대한 정보를 파악했고, 또한 자신을 연행해온 것으로 미루어 나명준과의 관계를 알고 있으리라 생각했다. 빠져나가기 쉽지 않겠다는 예감으로 머릿속이 하얘졌다.

짧은 순간, 나명준을 안다는 것 자체만으로는 문제가 되지 않을 거라는 판단이 섰다. 자신과 함께 있는 장면을 찍은 것도 아니고, 나명준은 그저 여러 명의 시위대 중 한 사람일 뿐이었다.

말 빗장을 질러보기로 했다. 사슴을 못 봤다고 하기보다는 다리가 길고 꼬리가 하얀 사슴이 방금 저쪽으로 도망갔다고 말하는 게 신뢰감을 줄 것 같았다.

"압니다. 제가 대학생 때 야학에서 가르쳤던 학생입니다. 나명준이라고."

안다는 대답이 나오자 당황한 것은 오히려 대위였다. 손톱으로 책상을 톡톡 치는 소리가 들렸다.

"그래? 그렇다면 그를 가장 최근에 만난 건 언제였지?"

평정심을 되찾은 대위가 질문을 이어갔다. 이번에는 전복기가 궁지에 몰렸다. 대위가 어디까지 알고 있는지 의중을 파악할 수 없었다. 최근에 만난 적이 없다고 하면 거짓인 게 들통날 테고, 만났다고 하면 언제 만났느냐는 질문이 이어질 게 뻔했다. 어떻게 대답해야 난관을 헤쳐나갈지 막막하기만 했다.

일단 큰 비는 피해 가기로 작정했다.

"올해 초 정기휴가 때 만났으니까 한 사오 개월 전일 겁니다."

대위의 미묘한 표정 변화로는 의중을 읽어 낼 수 없었다. 속이 타들어갔다.

"그래? 그럼 이건 어떻게 된 거야? 자네가 한번 설명해주겠나?"

대위가 서류 몇 장을 책상에 늘어놓았다. 낯익은 서류였다. 그것은 나명준이 트럭에 실려 오던 날 자신이 직접 작성한 시위 연행자들의 인적사항 조사 자료였다. 조사 내용에 이상이 있어 부른 것일까? 그렇다면 지레 겁먹을 필요는 없었다.

전복기가 고개를 빤히 들고 대위에게 물었다.

"제가 작성한 시위대 인적사항 조사 자료군요. 제가 뭘 잘못 작성했나요?"

대위가 전복기의 얼굴을 쏠 듯이 노려보았다. 심장이 오그라드는 기분이었으나 죄 없이 붙잡혀 온 사람 같은 표정을 지었다. 방이 어두운 게 다행이었다.

"아니. 잘못 작성한 게 아니라 뭘 빠뜨리지 않았나 하는 거지?"

"무슨 말씀이십니까?"

"이 새끼. 엉까고 있네."

대위가 드디어 본색을 드러냈다. 느닷없이 얻어맞은 따귀에 귓속까지 얼얼했다. 내심 켕기면서도 끝까지 버텨보기로 했다. 그러나 대위의 다음 말에 전복기는 그만 저항 의지를 상실하고 말았다.

"시간이 없으니 짧게 말하겠다. 운전병이 네게 인계한 숫자는 13명인데 네가 작성한 서류는 12장이다. 한 장이 빈다. 그 한 명이 바로 이 사진 속 인물이다. 한 명이 비는 이유를 설명해봐라."

아차 싶었다. 정확한 숫자가 인수인계되지 않으리라 생각했었는데 그게 아닌 모양이었다.

대위가 한껏 여유를 부리며 손등을 턱받침 삼아 얼굴 밑에 고였다. 빠져나갈 구멍이 없어 보였다. 변명해봤자 더 깊은 늪에 빠져들 뿐이었다. 사실대로 말할 수밖에 없었다.

전복기가 자포자기한 심정으로 사실을 털어놓았다.

"제가 야학에서 가르치던 학생이었습니다. 많이 다친 것 같아서 풀어주었습니다."

"누구 맘대로?"

"그게 좀......"

"붙잡아온 폭도를 네가 뭔데 마음대로 풀어줘?"

"......아직 어리고, 착한 학생입니다."

대위의 손이 다시 따귀를 칠 듯 올라왔다가 내려갔다.

다음에 이어질 힐난은 뻔했다. 임의로 풀어준 것에 대한 책임을 물을 것이고, 무슨 얘기를 나누었는지 물을 것이며, 결국에는 이런 행위에 대한 징벌적 조치가 진행될 것이다. 어쩌면 군법회의에 넘겨질지도 모르는 상황이었다.

그러나 예상과 달리 대위가 종이철을 몇 장 침 발라 넘기며 물었다.

"좋아. 그 얘기도 나중에 차차 하기로 하고, 이걸 봐라. 이거 누가 쓴 글씨 같으냐?"

대위의 손가락이 동일인이 썼다고 볼 수밖에 없는 독특한 모양의 고딕체 글씨를 가리키고 있었다.

"잘 모르겠습니다."

대위가 고개를 갸우뚱거리며 말했다.

"그래? 들불야학에서는 교재를 자체 제작해서 쓴다며? 그럼 누가 필경했는지 알 것 아냐?"

대위는 전복기가 언급하지도 않은 들불야학까지 들먹이고 있었다. 보안사의 정보력은 빈틈이 없었다.

"정말입니다. 처음 보는 글씨체입니다. 제가 있을 당시에 이런 글씨를 쓰는 사람은 없었습니다. 이 자료가 들불야학 팀에서 만든 거라면 제가 모르는 사람이 쓴 겁니다."

"들불야학 팀?"

대위의 눈꼬리가 올라갔다.

속이 뒤집혔다. 나명준의 '회보는 들불야학 팀에서 맡기로 했다'라는 말이 무의식중에 튀어나온 것이다. 뱉어낸 말을 쓸어 담기에 전전긍긍했다.

"대학에는 많은 서클이 있는데 들불야학도 그중의 한 팀입니다. 보통 그렇게들 부릅니다."

대위가 말꼬리를 잡고 늘어지지는 않았다.

"아무튼 좋다. 그럼 이 회보 문안을 작성한 사람이 누군지는 알겠지?"

대위가 이번에는 문안 작성자가 누구냐고 물었다. 궁지에 몰린 터라 하마터면 윤상원의 이름이 튀어나올 뻔했다.

"제가 무슨 재주로 그걸 알겠습니까?"

그러자 대위가 다짐을 주듯 물었다.

"작성자가 누군지 모른다 이거지?"

"네. 모릅니다."

표정 관리가 쉽지 않았음을 전복기 스스로도 느꼈다. 어두워도 소용이 없었다. 전복기의 대답에 대위가 한참을 뜸 들이다가 서류를 간종그리며 말했다.

"좋아. 그렇다면 너에게 한 가지 임무를 주겠다. 지금 당장 광주 시내로 잠입해 들어가서 회보 문안은 누가 작성했는지, 필경은 누가 했는지, 또 만드는 장소는 어딘지, 어떤 루트로 배포하는지에 대한 상세한 정보를 수집해 와라. 그러면 네 잘못은 없던 일로 해주겠다. 기한은 하루, 지금부터 정확히 24시간 주겠다."

머리 위로 큰 바위가 굴러떨어지는 충격에 휩싸였다. 보안사가 꾸미는 음모의 한복판에 미끼용 고깃덩이로 던져지고 있음을 직감했다. 보안사는 현역 군인을 프락치로 만들어 들불야학 팀을 일망타진하려는 공작의 전면에 전복기를 내세운 것이었다. 대위는 헐렁한 바지와 품이 좁은 점퍼, 낡아빠진 구두가 들어 있는 보따리를 던져주고는 홀연히 사라졌다. 보안사에 보관하고 있는 민간인 복장 소품이었다.

시간이 없었다. 선택의 여지도 없었다. 옷과 구두를 갈아 신고 상무대 정문을 나선 시각은 아직 해도 뜨지 않은 신새벽. 정문을 지키는 초병이 전복기의 복장을 보더니 별 이상한 놈 다 봤다는 식으로 위아래로 훑으며 위병소 문을 열어주었다. 이곳을 통과해 들어올 때가 한밤중이었는데 새벽인 걸 보니 꼬박 밤을 새운 모양이다. 유령과 함께 보낸 악몽의 하룻밤이었다.

아무도 없는 새벽길을 걸었다. 가로수 밑의 웃자란 풀잎에 맺힌 이슬이 바짓단을 적시며 젖어 올라왔다. 걸음을 재촉했다. 주어진 시간은 단 하루, 24시간뿐이다.

광주를 죽이는 일

목적지는 들불야학당이 있는 광천동 성당.

멀지 않아서 걸어갈 수 있는 거리였다. 외곽도로를 봉쇄한 탓인지 차량은 보이지 않았고, 간혹 현수막을 단 시위대 차량이 빠르게 지나갈 뿐 전복기를 주시하는 사람은 아무도 없었다. 해방구라고 하기에 광주는 지나치게 조용했다.

광천동에 들어서자 낯익은 풍경이 눈에 들어왔다. 광천공단이 들어서면서 급조해 지은 허름한 건물과 좁다란 골목길, 널빤지를 덧대어 얼기설기 엮은 판잣집에서 새벽밥 짓는 누릿한 냄새가 풍기고 있었다.

광천동 성당은 차 한 대가 겨우 들어갈 좁은 골목의 끝에 있었고, 들불야학당은 성당 앞마당에 지어진 한일자 모양의 부속건물이었다. 문을 두드릴 필요는 없었다. 이 시간에는 아무도 없을 것이다. 손 그늘을 만들어 안을 들여다보았다. 흔한 교실 풍경이었다. 들불야학은 말 그대로 야학이라 새벽 시간에는 아무도 없다. 성당 본채에 가볼까 하다가 그만두었다.

갈 곳은 이미 따로 정해놓고 있었다. 여기에 가면 언제든 들불야학 식구를 만날 수 있고, 들불야학과 관련된 모든 정보를 알 수 있는 곳. 광천동 성당 바로 앞의 광천시민아파트 B동 106호. 들불야학 강학인 윤상원이 사는 집이다.

이 아파트는 디귿 자 형태로 지어진 3층짜리 콘크리트 건물인데 말이 아파트지 가구당 10평도 안 되는 비좁은 연립 주택이었다. 연탄 아궁이에서 뿜어 나오는 연탄가스와 재래식 공동 화장실에서 풍기는 메탄가스가 뒤섞여 사철 구릿한 냄새로 뒤덮여 있는 최하층 빈민 주택.

아파트 출입문을 밀고 들어가 복도의 한복판에 섰다. 날이 밝았는데도 복도는 퀴퀴한 냄새를 풍기며 어둠 속에 잠겨 있었다. 복도가 아니라 갱도의 막장 같았다. 106호 앞에 섰다. 초인종을 누르기 전에 전복기는 자신이 왜 여기에 왔는가를 스스로에게 묻지 않을 수 없었다. 보안사의 프락치가 되어 들불야학의 정보를 캐러 온 것이다.

식구들을 만나면 무슨 얘기를 할까? 계엄군 신분일 텐데 여기에 왜 왔냐고 물으면 뭐라고 대답할까? 프락치라고 솔직히 말할까? 아니면 탈영했다고 할까? 온갖 질문이 뒤엉켜 묻고 답하기를 반복했다. 차라리 그냥 돌아갈까? 모든 생각의 끝까지 달려가 보았으나 해답은 찾을 수 없었다. 초인종 대신 문을 두드렸다.

기척이 없었다. 다시 두드려 보았다. 아무런 반응이 없었다. 그럴 리가 없는데? 너무 이른 시간이라 아직 자고 있나? 좀 더 세게 두드렸다. 역시 인기척이 없다. 안에 아무도 없는 모양이었다. 그렇다면 지금까지 고민했던 생각의 해답을 찾았다.

"집에까지 찾아갔는데 아무도 없었습니다. 그래서 허탕 치고 돌아왔습니다."

이렇게 말하면 되겠지 싶었다.

'이렇게 간단한 걸 괜한 고민을 했군.'

더는 생각지 않기로 하고 돌아서려는데, 문 두드리는 소리가 성가셨는지 어깨끈 늘어진 러닝셔츠 차림의 옆집 남자가 고개를 내밀었다.

"엊그제부텀 죄 나가부렀어. 그 후론 아무도 안 왔당께."

아는 얼굴이었다. 늘 집에만 있는 남자. 남자가 문 뒤로 사라지기를 기다려 문틀 위를 더듬었다. 거기에 열쇠가 있을 것이다. 이 집에 드나드는 사람이라면 누구나 그곳에 열쇠가 있다는 걸 안다. 열쇠가 손에 잡혔다. 익숙한 손놀림으로 현관문을 따고 들어갔다. 방은 복도보다 어두웠다. 스위치를 올리자 형광등 불빛이 쏟아졌다. 식탁 겸 책상으로 쓰는 테이블과 의자, 가구를 대신하는 궤짝과 종이 상자가 주인을 대신해 맞이했다. 싱크대 안에 담긴 냄비와 그릇 몇 개, 벽에 걸린 낡은 옷가지가 사람의 온기를 전하고 있었다.

방 한 귀퉁이에는 갱지 더미와 크고 작은 통들이 가지런히 쌓여 있었다. 등사 잉크 냄새도 느껴졌다.

'아! 여기에서 투사회보를 인쇄했구나!'

그렇다면 여기 어딘가에 등사기가 있을 것이다. 종이와 잉크, 시너가 담긴 통만 있을 뿐 등사기는 보이지 않았다. 등사기가 없는 것으로 보아 인쇄 장소를 다른 곳으로 옮긴 모양이었다.

'어디로 갔을까?'

여기에도 없고 야학당에도 없다면 그건 전복기가 모르는 장소다. 시민군이 도청을 점거했다고 하니 아마 그리로 갔을 것이다.

'시내로 들어가 볼까?'

하지만 이런 복장과 머리모양으로 시내에 나갔다가는 프락치 표시가 날 게 뻔했다.

식탁에 팔을 괴고 앉았다. 모서리에 잉크 자국이 말라붙어 있었다. 파지라도 남아 있나를 살폈으나 보이지 않았다. 인쇄 용품과 종이가 쌓여 있는 것으로 보아 아직 이곳에서 완전히 철수한 것 같지는 않아 보였다. 여기서 기다리면 누군가 이걸 가지러 오겠거니 생각했다. 커튼을 젖히자 밝은 빛이 방 안으로 쏟아져 들어왔다. 도로 커튼을 닫고 형광등을 껐다. 졸음이 밀려왔다.

'기다리면 누군가 오겠지.'

며칠 밤을 뜬눈으로 새운 탓에 죽음처럼 깊은 잠이 밀려왔다. 잠의 늪으로 빠져들었다. 기억나지 않는 꿈들이 밀려오고 밀려갔다. 얼마나 잤을까? 잠결에 트럭 멈추는 소리가 들려 눈을 떴다. 아무것도 보이지 않았다. 그동안 낮이 가고 밤이 온 모양이다.

벽을 더듬어 형광등을 켜는 순간, 문을 열고 들어오는 사람과 얼굴이 마주쳤다. 놀란 것은 오히려 들어온 사람이었다.

"강학님이 어째 여기 계신다요?"

익숙한 목소리였다. 환한 불빛에 눈을 비비고 서 있는 전복기를 먼저 알아본 사람은 나명준이었다. 나명준이 한 청년과 함께 방에 들어서고 있었다.

"어? 그냥......."

전복기가 잠결을 가장해 얼버무렸다.

"지를 풀어준 일 땀시 무슨 문제가 생긴 건 아니지라?"

"아니. 별문제 없었다."

"참말로 별일 없었당가요? 설마 탈영한 건 아니지라?"

"탈영은 무슨? 지금 몇 시나 되았냐?"

고향 사람을 만나자 다시 익은 남도 사투리가 튀어나왔다.

"아홉 시가 넘었구만여라."

"나가 종일 잤는갑다. 근디 이 밤중에 여긴 어째 왔능가?"

"시방 누가 누구한티 묻는다요? 강학님이 어째 여그 계신가 모르겄어라."

덜 깬 잠에 대답이 궁색했다.

"쪼까 알아볼 일이 있어 나왔다. 야학 식구들은 다들 어디 갔능가?"

"시내로 이동했지라. 우덜은 종이랑 잉크를 가지러 왔다요. 그동안엔 여그서 회보를 찍었는디 거리가 멀어 엊그제 시내로 옮겨 부렀지요."

"시내? 도청?"

"도청은 보는 눈이 많아 도청 바로 앞 YWCA에 우리 본부를 채렸지라. 들불야학 팀은 거기 있어라. 아참! 야는 내랑 같이 일하는 이덕진이라고 합니다. 인사 디려라. 내가 전에 말했던 들불야학 강학님이시다."

나명준이 같이 온 청년을 인사시켜주었다. 머리가 짧고 교련복을 입은 것으로 보아 고등학생인 듯했다. 그가 어정쩡한 동작으로 목례하면서 미심쩍은 눈치를 보였다. 들불야학에 대해 더 캐묻고 싶었으나 더 알면 더 큰 죄를 지을 것 같아 그만두었다. 이덕진이 나명준을 재촉했다.

"성님. 물건 다 챙겼으문 언넝 갑시다. 늦었어라."

"쪼매 있어 보그라. 자네가 우선 이걸 차에다 싣고 있으문 내 금방 나갈랑게."

나명준이 이덕진에게 짐 지워 내보내고 나서 말했다.

"강학님이 어쩨 여그 오싰는가는 안 묻겄소. 들불야학 팀을 시위대에서 빼내려고 왔다면 그건 이미 물 건너간 야그지라. 우린 끝까지 싸우겄다고 각단지게 다짐했응게요. 또 강학님이 우릴 잡으러 왔다 캐도 할 수 없소. 광주를 피 말려 죽이려는 놈들한티 고분고분 당할 수만은 없응게."

나명준은 전복기가 이곳에 온 이유를 알고 있기라도 한 듯 스스로 묻고 답했다. 전복기는 자신의 속사정을 털어놓지 못해 입을 다물고만 있었다.

"밤엔 움직이지 마소. 어디서 총알이 날아올지 모른다요."

나명준은 이 말을 끝으로 문을 닫고 나갔다. 트럭 출발하는 소리가 들리고 정적이 찾아왔다.

들불야학에 대해 캐묻지 않은 건 잘한 일이었다. 알고 있다면 아무리 함구한다 해도 털어놓을 수밖에 없을 것이다. 자신이 죽는 한이 있더라도 그들을 곤경에 빠뜨려서는 안 된다고 다짐했다.

전복기는 긴 밤을 뜬눈으로 새우고 미명의 새벽길을 나서 상무대로 향했다. 먼빛에 정문 초소가 보였다. 어둠 속에서도 경비가 삼엄한 걸 느낄 수 있었다. 비표를 보여주고 정문을 통과해 어제 있던 방으로 들어갔다. 방에 들어서자 기다렸다는 듯 대위가 뒤따라 나타났다.

"수고했다. 갔던 일은 잘 되었고?"

대위가 새벽시장 경매인처럼 물었다.

"아무도 만나지 못했습니다."

대위의 눈초리가 사납게 변해 노려보았다.

"야학당에도 가보고, 사는 집에도 가봤는데 아무도 없었습니다."

"그래서 그냥 돌아오셨다?"

대위가 빈정거렸지만 달리 대답할 말이 없었다. 될 대로 되라는 심정이었다.

대위가 무언가를 결심한 듯 같은 어조로 덧붙였다.

"못 만났다면 할 수 없지. 그럼 직접 찾으러 가면 되겠네?"

"네? 찾으러 가다니요?"

"작전이 봉쇄에서 탈환으로 변경되었다. 광주 탈환 작전인 상무충정작전이 곧 시작될 예정이다. 따라서 너에게 주어졌던 들불야학 첩보 수집 임무는 해제되었다. 대신 네가 광주 지리를 잘 아니까 특공대의 길 안내 겸 척후병 역할을 해주어야겠다. 이것이 네게 부여된 새로운 임무다. 곧 특공대가 편성될 것이며, 광주 지리를 잘 아는 네가 특공대의 선두에 서게 될 것이다. 작전은 내일 새벽에 개시된다."

대위가 밖으로 나갔다가 둥그렇게 말린 종이를 들고 다시 나타났다. 종이를 책상 위에 폈다. 1:25,000 축척의 군사용 지도와 투명지였다.

"이건 광주 지도다. 네가 이곳 지리를 잘 아니까 이 투명지 위에 최적의 이동 루트를 작성하라. 출발 지점은 조선대 운동장이고, 중간 탈환 목표는 광주관광호텔과 전일빌딩, 그리고 최종 목표 지점은 전남도청이다. 오늘 밤에 있을 작전 브리핑 때 설명 자료로 쓸 것이니 현장의 특성과 지형지물을 고려한 최적의 동선을 투명지 상황판으로 작성하라. 완료 시간은 금일 오후 6시 정각. 할 수 있겠지? 아니. 그때까지 무조건 완성해야 한다."

전복기의 얼굴이 노랗게 변했다. 들불야학 팀을 위기에 빠뜨리지 않기 위해 입을 다물기로 작정했는데 오히려 광주를 공격할 특공대의 이동 루트를 작성하라니! 대놓고 프락치 짓을 하라니! 있을 수 없는 일이었다. 아니, 할 수 없는 일이었다. 광주를 죽이는 일에 광주 사람이 나설 수는 없는 노릇이었다. 대위의 얼굴이 인간을 밟고 선 천왕문의 사천왕상 같아 보였다. 대위가 나

275

가고 기간병 하나가 투명지 작업에 필요한 소모품을 가져왔다.

넋을 잃고 앉아 있었다. 커터 칼을 손목에 대보았다. 생각이 꼬리에 꼬리를 물었다. 이동 루트 작업은 광주 공격을 도와주는 결과가 될 게 분명했다. 광주 출신이 광주를 공격하는 특공대의 앞잡이 노릇을 한다는 건 죽는 날까지 두고두고 후회할 일이었다. 결단코 해서는 안 된다는 결심이 섰다. 그러나 시간이 지남에 따라 견강부회하는 마음이 고개를 들기 시작했다. 지도는 그저 지도일 뿐이라는 생각이 들었다. 그런 생각이 들자 다른 아무것도 떠오르지 않았다.

'이동 루트 작성하는 게 무슨 대수겠어? 이 정도쯤이야 누구에게 시켜도 할 수 있는 일. 적당히 시늉만 내면 되는 거지.'

스스로에게 묻고 스스로 답했다. 대단한 일이 아니라는 답을 내리자 마음이 진정되었다.

작업을 시작했다. 축척 지도를 보면서 조선대 뒷산의 소로길과 금남로, 충장로 등 간선도로, 이에 딸린 지선도로를 특정하고, 전남도청을 잇는 동선과 광주관광호텔과 전일빌딩을 우회로에 추가했다. 기초적인 밑그림을 확정한 후 지도 위에 투명지를 덮어 한 줄로 이어진 이동로를 그리자 완벽한 한 장의 공격 루트 상황판이 완성되었다.

시간은 6시를 넘기고 있었다. 투명지를 본 대위는 만족감을 표시했고, 전복기는 상황판과 함께 지프에 실려 송정리 비행장으로 향했다. 비행장에는 특공대로 차출된 요원들이 속속 모여들

276

고 있었다. 지프가 집결지인 격납고에 도착하자 61대대 정보 장교인 차상철 대위가 마중을 나왔다.

"전복기 상병. 특공대에 차출된 걸 환영한다. 보안대로부터 공격 루트가 확정되었다는 연락을 받았다. 수고 많았다. 네가 광주 지리를 잘 아니까 척후조에 편성했다. 브리핑 시간은 8시 정각이다. 우선 개인 화기와 장비를 챙기고 군복도 갈아입어라."

전복기는 그때까지도 내심 특공대에 차출되지 않기를 고대했으나 척후조 역할까지 맡게 된 것에 절망하지 않을 수 없었다. 한번 꿰어진 코뚜레는 제 손으로 빼낼 수 없다.

차상철 대위가 특공대 지휘관으로 차출된 모양이었다. 차 대위를 만난 것도 예상외였지만 자신에게 지급될 장비를 들고 나타난 사람을 보고 더욱 기겁했다. 신성진 중사였다. 요원으로 차출된 차 대위와 신 중사만으로도 특공대의 임무가 무엇인지 짐작이 갔다. 신 중사가 일반병 군복과 철모, 방탄조끼, M16 소총과 실탄, 수류탄을 건넸다. 군복은 공수 부대가 아닌 일반병으로 위장하기 위한 복장이었다.

격납고 뒤에 임시 가설된 식당에서 저녁 배식이 이루어지고 있었다. 식판을 들고 빈자리를 찾는데 전복기를 부르는 손짓이 있었다. 차상철 대위였다. 그가 옆자리를 좁혀 앉을 공간을 만들어주었다.

"상황판 아주 잘 만들었던데? 광주 토박이답게."

차 대위가 의미를 알 수 없는 표정을 지으며 말했다.

"제가 살던 곳이니까요."

"그렇지. 살던 곳이었지."

전복기는 대위의 호의에 방심해 순간 잘못 대답했다는 생각이 들었다. 그의 말에는 네가 살던 광주를 공격하기 위한 작전 상황판인데 왜 그렇게 정성을 들였냐는 비아냥이 묻어 있었다. 허물을 들킨 것 같아 얼굴을 들 수 없었다. 차 대위가 먼저 식사를 끝내고 일어나며 전복기의 귀에 대고 속삭였다.

"너무 상심하지 마라. 어차피 우린 소모품이야. 총알받이라구."

숟가락을 내려놓았다. 그가 그런 생각을 하고 있었다는 게 믿기지 않았다. 육사 출신이 아니라서 그런다는 생각도 들었다. 차 대위가 떠나고 나서도 한동안 그 말을 되새겨보았다. 본인이 원해 특공대에 자원했는지, 아니면 원하지 않았는데도 강제로 차출된 것인지 알 수 없었다.

격납고에서 작전계획 도상 브리핑이 있었다. 전복기가 만든 상황판을 앞에 두고 특공대 전원이 4열 횡대로 모여 앉았다. 차상철 대위가 지시봉을 들었다.

"지금부터 특공부대 작전명령을 하달하겠다.

우리 11공수여단 특공대 37명은 폭도로부터 광주시의 평온을 되찾고 시민을 보호하기 위해 상무충정작전에 돌입한다. 우리에게 부여된 임무는 폭도들이 점거하고 있는 전남도청의 주변 건물을 장악하는 것이다. 1차 공격 목표인 광주관광호텔과 전일빌딩을 차례로 탈환한 후 최종 목표지점인 전남도청을 공격하게 될 것이다. 혼선을 방지하기 위해 다른 부대 특공대의 투입 상황도 알려주겠다. 3공수의 최종 공격 목표 역시 전남도청이지만 우리와는 다른 루트를 통해 진입하게 될 것이다. 7공수의 목표는 중앙공원이다.

우리는 헬기를 이용해 오늘 밤 주남마을로 이동, 조선대 뒷산을 넘어 내일 새벽 04시 정각에 공격을 개시한다. 이동 중에는 철저히 보안을 유지하며, 필요한 경우를 제외하고 사격하지 않는다. 다음은 상세 지도를 보면서 공격 루트와 목표지점을 설명해주겠다."

차 대위가 이젤에 세워진 상황판을 지시봉으로 가리키며 말했다.

"이것은 광주 출신인 우리 대대 본부중대 전복기 상병이 만든 것으로, 현지 지형을 최대로 고려한 최적의 공격 루트다. 이 넓은 길이 금남로이고, 전남도청은 이 길의 끝, 바로 여기에 위치해 있다. 1차 공격 목표인 광주관광호텔은 바로 여기, 금남로 왼쪽이며, 전일빌딩은 맞은편 금남로 오른쪽, 이 건물이다. 이동 동선은 먼저 광주관광호텔을 확보하고, 전일빌딩 쪽으로 이동한 뒤 최종 목표지점인 이곳, 전남도청에 도착한다. 길 안내는 전복기 상병이 포함된 척후조가 앞장설 것이다. 건물 옥상마다 저격수가 배치되어 있다는 첩보가 있다. 최대한 자세를 낮추고 은밀히 접근한다. 이상이다. 질문 있나?"

전복기는 얼굴이 화끈거려 고개를 들 수 없었다. 광주 출신이 광주를 공격하는 특공대의 선봉에 선다는 게 말할 수 없이 부끄러웠다. 계엄군은 광주 시민을 공격하는 특공대의 길잡이로 광주 출신 병사를 앞세웠고, 공수 부대에서 차출한 병력을 이용해 광주를 장악하려는 작전계획을 세운 것이다.

3개 공수 여단이 협공하는 특공 작전의 무게감 때문인지 다들 굳게 입을 닫고 있었다. 위장크림을 발라 검은 고양이처럼 눈만 반짝이는 특공 대원들이 신속히 격납고를 빠져나와 4대의 UH-1H 헬기에 분승해 밤하늘을 날아올랐다. 전복기와 함께 척후조로 편성된 인원은 모두 3명이었다. 신성진 중사와 또 한 명의 하사관. 셋의 철모 뒤에 붙은 야광 표지판이 들개의 눈알처럼 어둠 속에서도 밝게 빛났다.

야간 비행으로 주남마을로 이동한 뒤, 조선대 뒷산 깃대봉에 침투한 시각은 다음날 새벽 1시 30분, 거기서 야간 산행으로 전남도청 뒤에 도착한 시각은 3시 30분. 주변 건물에서 새어나온 불빛이 새벽안개에 뒤섞여 아른거렸다.

4시 정각. 드디어 공격이 시작되었다. 척후조를 필두로 특공대는 다지류 동물처럼 은밀하게 스며들어 움직였다. 도청 건물을 우회하는 도중 도청 방향을 향해 이동하는 또 다른 병력의 기동 상황이 포착되었다. 3공수도 공격을 개시한 모양이다. 미명의 새벽, 정적 속에 다가드는 발자국 소리가 섬뜩한 귀기를 풍기며 광주 도심을 향해 은밀히 접근하고 있었다.

그러기를 1시간여, 도청 쪽에서 총성이 울리기 시작했고, 도청과 인근 건물 옥상에서 출발한 빛의 궤적이 서로를 향해 빗겨 올라가고 내리꽂히는 게 보였다. 11공수 특공대는 사격에 가담하지 않고 광주관광호텔 쪽으로 빠르게 움직였다.

척후조를 선두로 특공대는 건물 벽에 몸을 바짝 붙인 채 충장로로 접어들었다. 뒤따르는 병력이 척후조의 철모 뒤에 붙은 야광 표지판을 보면서 따라 움직였다. 충장로는 도청 쪽과 달리 철시한 상가처럼 조용했다.

우체국 네거리에서 우회전하자 길 건너편의 광주관광호텔이 눈에 들어왔다. 전복기가 건물을 가리켜 보이자 뒤따르던 차 대위가 양팔을 넓게 펴서 좌우로 흔들었다. 도로 양쪽으로 산개해 전진하라는 신호였다.

호텔 입구에 도착해 내부의 동태를 살폈으나 움직임이 감지되지 않았다. 첩보가 잘못된 것일까? 복도와 계단을 따라 위로 올라가면서 샅샅이 방을 뒤졌으나 아무도 없었다. 오히려 긴장감이 높아졌다. 목표지점 확보 상황을 무전으로 보고한 후, 다음 목표인 전일빌딩으로 향했다.

금남로 쪽으로 다가가자 다급한 총성이 여러 번 울렸다. 건물 옥상에서의 움직임이 포착되었다. 금남로를 횡단해야만 전일빌딩에 도착할 수 있는데 옥상 공격에 무방비로 노출되어 있어서 섣불리 움직일 수 없었다. 최단 거리를 뛰어서 건너기로 했다.

하나, 둘, 셋. 차 대위의 수신호에 맞추어 일제히 뛰어나갔다. 작전이 성공했다. 옥상의 저격수가 미처 겨냥할 틈도 없이 빠르게 대로를 횡단했다. 특공대가 지나간 다음에 쏟아진 총탄이 아스팔트를 튀기며 섬광을 일으켰다.

전일빌딩 역시 별다른 저항이 없었다. 척후조의 선두에 선 신성진 중사가 로비에 들어서기 무섭게 연발로 긁어댄 기관총 소리에 놀라 전의를 상실한 시위대가 총을 버리고 투항했다. 피아 간 사상자 없이 두 군데의 공격 목표 모두를 장악한 것이다. 이제는 최종 목표지점인 전남도청으로 들어가는 일만 남았다.

도청 쪽에서는 계속하여 총성이 울리고 있었다. 도청은 전일빌딩 바로 앞이라 한걸음에 닿을 수 있는 거리였지만 3공수 우선 작전 지역이기에 서두를 필요는 없었다. 아직 시야가 확보되지 않은 시간에 섣불리 진입했다가 3공수로부터 오인 사격을 당할 위험성이 있었다.

전복기의 안내자 역할도 이걸로 끝난 셈이었다. 작전 중 사상자가 발생하지 않았기에 어깨를 짓누르던 죄책감에서 벗어날 수 있었다. 1층 로비의 장의자에 철모를 벗어놓고 등을 기댔다. 아직도 창밖에는 마른하늘에 내리치는 번개와 천둥처럼 번쩍이는 불빛과 총성으로 가득했다. 물밑에 가라앉듯 피곤이 몰려왔다.

그러나 창문 틈으로 밖을 내다보던 차 대위가 도청으로의 진입을 서둘러 결정하면서 일이 틀어지기 시작했다. 앞선 두 번의 공격 모두 싱겁게 끝났기에 주의력이 흐트러진 탓도 있었지만, 도청까지의 개활지 노출 시간을 줄이기 위해 우회로를 선택한 것이 문제였다.

개활지를 우회하기 위해서는 YWCA 앞을 통과해야만 한다.

YWCA는 들불야학 팀이 점거하고 있는 건물이었다. 이곳은 특공대의 공격 목표가 아니었기에 아무도 건물 안에 사람이 있으리라 생각하지 못한 곳이었다. 이전의 공격에서 이렇다 할 저항이 없었기에 우회로 역시 시위대의 반격을 예상하지 못했다.

특공대원 중 선두 대열이 정문을 빠져나와 막 도로를 건너려는 순간 어딘가에서 쏜 총소리가 들렸다. 맨 앞에 나선 병사의 발 앞에 총탄이 쏟아지며 아스팔트 위에 불꽃이 튀었다. 이 소리를 신호로 주변 건물 옥상에서 아래를 향해 무질서하게 쏘아대는 총성이 울렸다. 그것은 특공대의 공격을 저지하려는 사격이라기보다는 시시각각 다가드는 두려움에서 벗어나고자 하는 단말마의 비명처럼 들렸다. 총성이 건물들 사이에서 공명음을 일으키며 공허하게 메아리쳤다. 대원들 모두 건물 벽에 바짝 붙어서 총성이 그치기만을 기다렸다.

총성이 멎고 적막이 찾아왔다. 그때 YWCA 건물 2층에서 사람의 움직임이 감지되었다. 분명치는 않으나 나명준과 같이 만났던 앳된 남학생의 실루엣이 겹쳐 보였고, 다급하게 뛰어다니는 사람들의 모습이 깨진 창문 사이로 여럿 보였다.

창문을 향해 사격 개시 명령이 떨어졌다.

야광탄이 날고 M16 총알이 특유의 쇳소리를 내며 2층 창문 안으로 쏟아져 들어갔다. 유리창 깨지는 소리, 집기 부서지는 소리, 절규하는 비명이 뒤섞여 들려왔다. 창틀이 뜯겨나가고 외벽이 헐려 조적 벽돌이 허옇게 드러날 때까지 총격은 계속되었다.

건물 내에서의 움직임이 멈추고 총성도 멎었다. 정적 속에서 전복기는 YWCA 건물을 향해 총을 겨누고 있는 자신을 발견했다. 총열을 만져보니 뜨거웠다.

'내가 지금 누굴 향해 총을 쏜 거지?'

총을 내려놓고 건물 벽에 기대앉아 하늘을 올려보았다.

'먼동이 트는 걸까?'

희끄무레한 여명이 낮게 흐르는 초연(硝煙)에 버무려져 도심의 윤곽을 깨웠다. 총성이 멈추고 한동안 기척이 없었는데 다시 YWCA 건물 쪽에서 무슨 소리가 났다. 2층을 향해 올려 쏜 사격이라 소리만 요란했지 치명타를 입지는 않은 모양이었다.

여명이 퍼지면서 주변 모습이 눈에 들어왔고, 앞쪽에서 신성진 중사가 M203 유탄발사기에 유탄을 장착하는 모습이 보였다. 유탄을 2층 창문 안으로 쏘아 넣을 모양이었다. 유탄발사기는 수류탄과 마찬가지 성능을 발휘하는 고폭탄이다. 저게 날아가 건물 안에서 터지면 그 안에 있는 사람은 누구도 살아남지 못한다. 들불야학 식구들과 나명준, 고등학생 이덕진의 몸이 형상을 잃고 건물 벽에 토감(土坎)처럼 발라지는 환영이 떠올랐다. 시민을 공격하는데 유탄발사기까지 쏘다니? 이건 명백한 살인행위라는 생각이 들었다.

신 중사가 YWCA 건물의 깨진 창문을 향해 총구를 조준하는 동안, 전복기는 서둘러 신 중사의 철모에 붙은 야광 표지판을 겨냥해 달구어진 M16 소총의 총신을 들어올렸다. 다음 순간, 신

중사와 전복기의 총에서 유탄과 총알이 동시에 튀어나갔다.

'타앙!'

갇힌 자들의 노래

전복기는 상무충정작전이 끝난 뒤 상무대의 헌병대 영창에 수감되었다. 수감 이튿날 아침, 전복기는 가수(假睡) 상태가 걷히고 낯선 풍경이 눈에 들어오자 영창에 갇혀 있다는 사실을 깨달으며 몸을 일으켰다. 사방이 콘크리트 벽으로 가로막힌 막다른 방이었다.

발끝을 세워 밖을 내다보았다. 사계 청소를 마친 너른 공터 뒤로 이중 철조망이 소실점을 사린 채 늘어서 있었고, 그 뒤편 회색 격벽 담 아래쪽에는 밤이슬에도 젖지 못한 마른 풀들이 버려진 묘지의 둘레석처럼 듬성듬성 웃자라 있었다.

상무대에는 전남북 계엄 분소와 군사 법원이 설치되어 있었다. 아직 전복기의 살인 혐의에 대한 수사가 정식으로 시작되지 않은 만큼 군사 법원으로의 기소 여부를 결정할 단계는 아니었지만, 군검찰이 정식으로 기소해 군사 재판에 회부한다면 전복기는 사형에 처해질 위기에 놓여 있었다. 군인은 민간인과 달리

단심으로 형이 확정된다.

　5월 27일 새벽.

　전남도청 기습 작전은 3개 공수여단에서 차출된 특공대의 일사불란한 공격으로 점령을 마쳤으나, 계엄군끼리의 오인 사격으로 사망자가 발생하는 흠결을 남겼다. 오인 사격의 가해자는 전복기 상병이었고, 피해자는 신성진 중사였다. 사건은 야간 작전 중 벌어진 일이라 오인 사격의 가능성이 충분했기에 처음엔 유야무야 묻히는가 싶었다. 그러나 전복기가 의도적인 조준 사격으로 신중사를 쏘았다고 주장했다. 그는 작전이 끝나고 숙영지로 돌아오자마자 신성진 중사는 자신이 정조준해서 쏴 죽였다고 말했다.

　사안이 커질 것을 우려해 특공대 지휘관 차상철 대위는 물론, 작전에 참여했던 특공 대원 전체가 한목소리로 그것은 분명한 오인 사격이라고 증언했다. 심지어 현장에 참여하지도 않은 대대장을 비롯한 간부들 역시 야간 작전 중 오인 사격은 얼마든지 일어날 수 있는 일이라며 이구동성으로 전복기의 주장을 부정했다. 그러나 전복기는 명백히 살해의 목적으로 방아쇠를 당겼다고 거듭 말했다. 사건의 여파가 걷잡을 수 없이 커지자 여단장은 하는 수 없이 전복기를 헌병대에 구금하고 군검찰의 수사를 받도록 조치하지 않을 수 없었다.

　전복기는 독방에서 아침 식사를 마쳤다. 오전은 그렇게 흘러갔다. 오후가 되자 무료한 시간의 끝에서 누군가가 철제 접의자를 질질 끌고 영창 안으로 들어왔다. 공격 루트 상황판을 작성하라고 지시했던 보안사 대위였다.

그의 출현은 뜻밖이었다. 전복기의 혐의는 그것이 사고였든 고의적 살인이었든 수사기관인 군검찰의 사안이지 정보기관인 보안사가 나설 일은 아니었다. 그럼에도 보안사가 나섰다는 것은 무슨 의미일까? 사건이 아직 검찰로 이첩되지 않은 모양이었다.

그가 의자를 펴서 앉으며 턱짓으로 맞은편 침상을 가리켰다. 전복기가 침상에 마주 앉았다. 대위는 빈손이었다. 심지어 심문 내용을 기록할 메모지 한 장 들려 있지 않았다.

심문이 시작되었다. 전복기는 정신을 바짝 차리기 위해 사투리 억양을 감추었다.

"어떻게 된 거냐?"

"뭐가 말입니까?"

"네가 조준 사격으로 신 중사를 쐈다며?"

"그렇습니다."

"오인 사격이 아니고?"

"정조준 사격이었습니다."

"네가 지금 한 말이 무슨 뜻인지 알기나 하고 하는 소리냐?"

"나는 사실을 말하고 있을 뿐입니다."

"지금과 같은 너의 진술은 제 목숨을 스스로 끊는 자살 행위란 말이다."

"설마 그걸 모르고 쐈다 했겠습니까?"

"알면서도 그렇게 말했다는 거지?"

"그렇습니다. 나는 지금 내가 저지른 살인 행위를 자백하는 중입니다."

대위가 곤혹스러운 표정을 숨기지 않고 말했다.

"단도직입적으로 말하겠다. 신 중사는 어차피 죽은 사람이다. 오인 사격이라고 진술하기만 하면 네게 어떤 책임도 묻지 않고 사건을 종결 처리해주겠다."

"마치 나를 위하는 것처럼 말하는군요?"

"모두에게 좋은 거지. 너는 재판받지 않아서 좋고, 우리도 골치 아프지 않아서 좋고."

"내가 골치 아픈 존재로군요."

"그러니까 오인 사격으로 그렇게 되었다고만 진술하면 그만인 거야."

"그럼 신 중사는 아무런 죄도 짓지 않고 죽은 것이 되지 않습니까?"

"그건 또 무슨 소리냐?"

"신 중사는 죽어 마땅한 죄를 지었단 말입니다."

"자세히 말해봐라."

"그가 YWCA 건물에 M203 유탄발사기를 발사해서 많은 사람을 죽였습니다."

"그들은 사람이 아니라 폭도들이다."

"폭도가 아닙니다. 평범한 시민이었습니다. 그 안에는 내가 야학에서 가르쳤던 제자도 있고, 동료 교사도 있었습니다."

"평범한 시민이 어째서 총을 들고 계엄군에 맞섰는데?"

"계엄군의 부당한 폭력에 대항하기 위해 총을 든 겁니다."

"너는 지금 계엄군의 진압 행위를 부당한 폭력으로 보는 것이냐?"

"그렇습니다. 이건 명백히 국가 폭력의 하수인인 계엄군 공수 부대가 무고한 광주 시민을 학살한 것입니다. 더 정확히 말하면, 집권을 노린 군부가 공수 부대를 동원해 제 나라 백성을 죽인 천살(擅殺)의 범죄를 저지른 겁니다."

"천살? 처음 듣는 말인데?"

"사람을 함부로 죽인다는 뜻입니다."

"너, 말 한번 잘했다. 그럼 신 중사를 죽인 네 행위는 무엇이냐? 무슨 권리로 신 중사를 죽인 것이냐?"

"당연히 살인이라는 범죄 행위지요. 전복기라는 개인이 신성진 이라는 개인을 죽인 것. 그러길래 제가 뭐랬습니까? 오인 사격이 아니라 살인이었다고. 그래서 그 행위를 자백하는 것이라고."

대위는 대화가 진행되는 도중 머릿속이 복잡해지는 걸 느꼈다. 전복기의 논리대로라면, 그를 살인자로 법정에 세우는 것은 곧 공수 부대가 의도적으로 광주 시민을 학살했다는 사실을 인정하는 꼴이 되기 때문이었다. 광주 시민을 죽이는 살인자를 응징하기 위해 살인을 저지를 수밖에 없었다는 그의 논리. 피는 피로써 피를 지운다는 그의 주장.

이 상태로는 심문을 계속하기 어렵다고 생각했다. 전복기가 말하는 국가 폭력의 문제는 자신이 언급할 사안도 아니고, 더군다나 광주에서의 학살이 집권을 노린 군부가 공수 부대를 앞세워 저지른 의도적 행위였다는 주장은 보안사의 일개 초급 장교가 대응할 내용도 아니었다. 그렇다고 전복기를 군검찰에 넘겨 재판을 받게 할 수도 없는 노릇이었다. 만일 전복기가 재판정에서 지금과 똑같이 진술한다면 계엄군인 공수 부대가 의도적으로 동료를 쐈다는 사실이 만천하에 공개될 테고, 당연히 왜 그랬냐는 질문이 쏟아질 것이다. 그러면 전복기는 이렇게 말할 것이다.

"공수 부대는 국가 폭력의 하수 조직이고, 광주에서의 유혈사태는 집권을 노린 군부가 저지른 집단 학살입니다."

그다음은 생각하기조차 싫었다. 대화의 초점을 다른 방향으로 돌렸다.

대위가 목소리를 눅여 물었다.

"혹시 신성진 중사와 사적인 원한 관계가 있었던 건 아니구?"

"사적인 원한이라기보다 그가 곧잘 말하던 무용담이 생각나는군요."

"무용담?"

"그는 베트남 참전군인이었습니다. 베트콩을 여럿 죽였다고 자랑했고, 시위하는 대학생은 모조리 빨갱이며 대가리를 뽀개야 한다고 말했습니다."

대위는 심문을 더 진행하려다 그만두었다. 가뜩이나 베트남 참전 군인을 차출해 광주를 싹쓸이했다는 말이 나오는 판에 베트남 얘기는 절대 나와서는 안 된다는 상부의 지침을 상기했다.

게다가 빨갱이 얘기까지 나오는 판이라 난감하기 짝이 없었다.

대위는 필터까지 타들어간 꽁초를 이빨 사이로 뱉어 시멘트 바닥에 비벼 끄고는 일어섰다. 영창문이 쇠 갈리는 소리를 내지르며 닫혔다.

시간은 빠르게 흘렀다. 505보안대가 원상 복구되었고, 상무대의 수감자를 보안대로 이감하라는 명령이 떨어졌다. 전복기는 민간인 차로 위장한 트럭에 실려 505보안대로 향했다. 밖은 이미 초여름의 무더위로 끈적하게 데워져 있었다.

보안대 영창은 지하에 위치해 있어 밖이 보이지 않았을 뿐 아니라, 방음이 제대로 되지 않아 온통 소음의 도가니였다. 간간이 째지는 여자 목소리도 들렸다. 남자만 수감되어 있는 게 아닌 모양이었다. 영창의 구조는 헌병대와 달리 욕조가 있다는 게 특이했다. 물때가 잔뜩 낀 것이 목욕을 위해 설치한 것으로는 보이지 않았다.

이감 첫날, 늦은 시간에 보안대 대위가 다시 나타났다. 이번에는 빈손이 아니라 두툼한 서류철을 가져와 뒤적이며 물었다.

"아직도 신성진 중사를 조준 사격으로 죽였다는 주장에는 변함없는 거지?"

"물론입니다."

"누가 시킨 건 아니고? 가령 들불야학 식구나 전남대 학생회 간부라든가?"

"그런 일 없습니다."

"김대중이나 좌익 용공 세력으로부터 사주받은 일도 없고?"

심문을 하자는 건지 국문을 하자는 건지 헛웃음이 나왔다.

"일개 사병이 그런 사람을 어떻게 만납니까?"

"그냥 물어본 거야. 마지막으로 하나만 더. 혹시나 해서 하는 말인데 북한에서 남파한 특수공작원과 접촉한 사실은 없지?"

피가 거꾸로 솟는 느낌이었다. 자신을 북에서 보낸 공작원의 프락치로 둔갑시키려는 속셈인 듯싶었다.

"그걸로 나를 엮겠다면 그렇게 하십시오."

"짜아식, 발끈하긴? 그럼 그건 됐고. 요약하자면, 누군가가 너를 사주했다거나 지령을 내린 사람은 없고 단독으로 판단해서 쐈다, 그런 얘기지?"

"그렇습니다."

대위는 전복기의 말을 서류철에 꼼꼼히 옮겨 적은 후 일어섰다.

"잘 알았다. 밤이 깊었다. 혼자라서 외롭겠구만. 난 이만 갈 테니 편히 쉬게나."

무슨 꿍꿍인지 찜찜한 구석이 남았다.

헌병대 영창에서의 수감 첫날, 그 하룻밤의 숙면을 제외하고는 이후 계속되는 불면의 밤이 오늘도 이어졌다. 몽롱함 속에 시간을 가늠할 수 없는 밤이 지나고 아침이 되었다. 배식차 구르는 소리, 식구통 여닫히는 소리, 스테인리스 통에 쇠주걱 부딪치는 소리가 고열 속에 터져 나오는 신음처럼 처연하게 들려왔다.

식사 시간은 그런대로 조용했다. 그러나 그것도 잠시, 수감자들이 갇혀 있는 방마다 맞아서 터지는 비명, 물 붓는 소리, 철봉 끄는 소리, 정체를 알 수 없는 대나무 마디 터지는 소리가 저승에서의 울림으로 너울졌다. 소리의 해일이 끊임없이 밀려와 맥놀이를 거듭했다.

소리는 저녁 배식 이후에도 이어졌다. 다른 방은 모두 끝났으나 복도 끝으로 짐작되는 방에서는 밤에도 심문이 계속되었다. 그러나 심문자의 목소리만 들릴 뿐, 이에 반응하는 수감자의 소리는 전혀 들리지 않았다. 언뜻 들으면 심문하는 사람 혼자서 미쳐 날뛰는 것 같았다. 수감자의 반응이 전혀 없는 심문이란 대체 어떤 상황일까?

둘째 날도 첫날과 다름없었다. 온종일 소리의 해일이 밀려왔다 밀려가기를 반복했고, 복도 끝 방에서의 반응 없는 심문도 계속되었다.

셋째 날이 되었다. 기존에 취조받던 수감자가 나가고 새로운 사람이 들어왔는지 다른 음감의 비명이 들려왔다. 콘크리트 벽의 반향(反響)에 가로막혀 명확하진 않았어도 익숙한 목소리라는 느낌이 들었다. 누굴까? 벽과 바닥에 귀를 붙이고 뿔뿔이 흩어지는 소리를 모아 생각나는 얼굴들을 떠올려보았다. 안광수와 정태철의 영상이 얼핏 스쳤다. 하지만 그들이 이곳에 붙잡혀 올 이유는 없었기에 이내 지워버렸다.

그렇게 또 소리의 해일 속에 하루가 지나갔다. 방음이 되지 않은 방에서 종일 터지고, 깨지고, 부서지는 비명을 듣는다는 것.

고문이 따로 없었다. 못 견딜 상황을 일부러 조장한다는 생각도 들었다. 심지어 대위가 기다려지기조차 했다.

대위가 다시 오길 고대하던 닷새째 되던 날, 드디어 그가 나타났다. 이번에는 혼자가 아니었다. 한 사람은 머리숱이 적고 뚱뚱했으며, 다른 하나는 마른 체형의 40대 남자 두 명이었다. 그중 뚱뚱한 남자가 한 발 썩 나서며 말했다.

"얘가 그놈입니까? 깝친다는 새끼가?"

그가 일말의 주저도 없이 전복기의 멱살을 붙잡아 세우고는 김일처럼 들이받았다. 느닷없는 박치기 공격에 머리를 감싸 쥐는 순간, 이번에는 복부를 치고 올라오는 빠른 어퍼컷에 명치를 강타당했다. 무방비 상태에서 당한 두 번의 공격에 전복기는 그만 까무러치고 말았다.

얼마나 지났을까? 아스라이 물소리가 들리는가 싶었는데, 전복기는 목 돌아간 풍뎅이처럼 시멘트 바닥에서 엎어져 버르적거리는 자신을 발견했다. 등 뒤로 차가운 물이 쏟아져 정신이 돌아왔다. 젖은 빨래처럼 건져 올려져 도로 의자에 앉혀졌다. 물 냄새가 진동했다. 자신의 몸에 뿌려진 냄새인가 싶어 방안을 둘러보았다. 언제 틀었는지 욕조 물이 채워지고 있었다.

'이 자들이 무슨 짓을 하려는 걸까?'

전복기는 개처럼 머리를 털며 생각을 모았다.

대위가 이런 광경을 뻔히 보고도 대수롭지 않은 듯 서류철을 넘기며 말했다.

"강 중사, 그러다 애 잡겠소. 살살하세요."

"이런 놈은 뒈져도 상관없습니다. 여기서 죽어 나간 놈이 어디 한둘이래야 말이지."

이번에는 마른 체형의 남자가 전복기의 뒷덜미를 붙잡고 추켜세워 번갈아 따귀를 갈겨댔다. 전복기는 빨래통 속에서 돌아가는 수건처럼 좌우로 일렁이며 양 볼을 부풀리고 있었다.

"하긴, 애초부터 자진해서 죽겠다고 나선 놈이니 그럴 수도 있겠네."

대위가 겁주기 위해 하는 말이라는 걸 숨기지 않으며 늘어져 있는 전복기의 눈앞에 서류철을 내밀었다.

"조사해봤는데, 너 말이야. 안광수, 정태철과 친하다면서?"

대위의 말에 전복기의 얼굴이 번쩍 들렸다. 친구들까지 끌어들여 회유하려 한다는 꿍꿍이가 읽혔다. 이런 야비한 방법까지 동원하는 대위가 가증스러웠지만, 자칫 친구들에게 화가 미칠지 모른다는 생각에 긴장하지 않을 수 없었다.

"그 친구들은 이 일과 아무 상관이 없습니다."

대위가 서류철을 한 장 한 장 넘기며 말했다.

"왜 상관이 없어? 밀접한 관련이 있던데?"

"우리가 살인을 모의라도 했단 말입니까?"

"그럴 수도 있지."

"그들은 특공대에 차출되지도 않았습니다."

"그건 맞아. 그렇지만 그들과 공모한 정황은 있지."

"무슨 말입니까?"

"차상철 대위가 증언했다. 너희들이 공모했다고."

"그가 뭘 안다고 증언합니까, 증언하길?"

"네가 안광수에게 말했다며? 3공수의 발포로 시민들이 죽었다고?"

"그건 사실 아닙니까?"

"그런데 그 얘길 왜 굳이 안광수에게 했을까?"

"그거야 안광수가 만에 하나 잘못될까봐 시위대 전면에 나서지 말라고 한 거죠."

"안광수를 보호하려고?"

"당연한 것 아닙니까? 친군데."

전복기는 전남도청 앞 분수대에서 안광수와 함께 차상철 대위와 나눴던 대화가 떠올랐다. 야식을 배식하러 갔다가 3공수의 발포로 시민이 죽었다는 걸 말한 적이 있었다. 3공수의 사격은 시민을 향한 최초의 발포였기에 이는 명백한 사실이었고, 그것을 말했다고 해서 하등 문제가 될 건 없었다.

그렇다면 무엇이 문제일까? 특공 대장인 차 대위가 지휘 책임에서 벗어나려고 위증했을 가능성도 있었다. 차 대위와 관련한 내용을 확실히 해두지 않으면 안 될 것 같은 예감이 들었다. 그래서 물었다.

"도대체 차상철 대위가 무슨 말을 했다고 안광수를 끌어들이는 겁니까?"

대위가 뒤적이던 서류철의 한 부분을 반으로 접으며 뚜껑을
덮었다.

"문제는 차 대위가 아니라 안광수야. 너, 안광수가 누군지 알
아?"

망설이지 않을 수 없었다. 안광수가 운동권 출신이고 학변자
라는 사실을 털어놓을 수는 없는 노릇이었다.

"잘 모릅니다."

"그러면서도 친구라고 두둔하는 거냐?"

전복기는 속이 뒤집히는 걸 참으며 입을 꾹 다물었다. 대위가
빈정거리는 투로 말을 이었다.

"내가 말해줄까? 운동권 출신이었더군. 몰랐었냐?"

전복기가 대위의 얼굴을 빤히 바라보았다. 대위가 제 입으로
말해주니 차라리 고마웠다. 그런데 이상한 일이었다. 안광수가
운동권이었다는 사실이 지금 이 문제와 무슨 관련이 있을까? 안
광수의 운동권 전력을 문제 삼아 자신을 이 지역 운동권 학생과
연결하려는 음모라고 생각되었다. 그래서 묻지 않을 수 없었다.

"내가 전남지역 대학생들과 무슨 내통이라도 했다고 의심하는
겁니까?"

전복기의 말에 대위가 코웃음 쳤다.

"아니. 그게 아니고."

"그럼 뭡니까, 대체?"

"네가 지금 안광수가 누군지 모른다며 오리발 내미는 이유를

다 안다. 연막 치지 마라."

전복기는 속이 뒤집혀 이대로 당하고만 있어서는 안 되겠다고 생각했다.

"그가 운동권 출신이라는 걸 당신 입으로 말해놓고 내가 무슨 오리발을 내민다고 그럽니까?"

"당신? 너 지금 나더러 당신이라고 했냐?"

"그럴밖에. 생사람 잡게 생겼는데 당신이라면 가만있겠어요?"

대위의 눈이 파르르 떨렸다.

그걸 신호로 뒤에 섰던 두 사람이 전복기에게 달려들어 팬티까지 홀랑 벗기더니 양팔을 깍지 끼워 욕조 속으로 머리부터 쑤셔 박았다. 가뜩이나 명치를 맞아 불편했던 호흡이 단 한 번의 들숨으로도 기도 안으로 물이 쏟아져 들어왔고, 허리를 붙잡혀 번쩍 들린 두 다리는 연신 허방을 짚으며 허우적거렸다. 손이라도 바닥을 짚을 수 있으면 좋으련만 양팔이 붙잡혀 있어 도리질만 쳐질 뿐 물은 계속 입과 코로 넘어 들어왔다.

거꾸로 쑤셔 박혀 삼켜진 물의 고통은 명치를 맞은 혼미함과는 델 게 아니었다. 날숨을 뱉어내기 무섭게 더욱 크게 따라 들어온 물 덩이가 허파를 채우고, 복부를 채우고, 머리를 채웠다. 몸이 풀어져 물과 하나 되는 느낌이었다.

검푸른 욕조 바닥에 이 세상 빛이 아닌 명부(冥府)의 실루엣이 비쳐 들어왔다. 밝음과 어둠의 교차가 거듭 반복된 후 전복기는 다시 물에서 건져 올려졌다.

"이래도 말 안 할 거야?"

대위는 전복기가 토해낸 토사물을 피해 멀찍이 물러앉아서 건들거리며 말했다. 도대체 무슨 말을 하라는 건가? 물속에 처박혀 있을 때보다 더한 곤혹스러움이 밀려왔다.

전복기는 고개를 숙인 채 자신의 샅 사이로 오그라든 음낭을 바라보며 이 자들이 끝을 보려 한다고 생각했다. 정녕 이게 끝이라면 끝다워야 한다. 그렇게 생각하니 오히려 침착해졌다.

"그러지 말고, 당신이 먼저 아는 걸 얘기해봐요. 그럼 내가 다 말해줄 테니."

대위가 당신이라는 말에 다시금 진저리를 치며 군홧발을 치켜들었다. 전복기가 지지 않고 대위의 발에 머리를 갖다 댔다. 대위가 도로 의자에 주저앉으며 말했다.

"좋아. 정 그렇다면 알려주지. 안광수는 안휘룡의 조카야. 그것도 친조카."

전복기가 '그래서 어쩼는데?' 하는 표정으로 대위의 다음 말을 기다렸다. 그러나 대위는 그 말을 끝으로 입을 다물었다. 오래 기다린 끝에 전복기가 물었다.

"그래서요?"

"그래서요라니? 안휘룡이 누군지 몰라?"

"처음 듣는 이름입니다."

"허어, 이 새끼 봐라. 아직도 정신을 못 차렸네. 정말 물귀신 되려고 작정한 거 아냐? 강 중사, 이 새끼 어떻게 좀 해봐요."

대위의 말에 두 사람이 앞으로 나서며 전복기의 양팔을 붙잡아 욕조로 끌고 갔다. 전복기는 무슨 오해가 단단히 있다는 확신이 들었다. 강하게 팔을 뿌리치며 외쳤다.

"안휘룡이 도대체 누구냐니까? 누군지 알아야 대답할 거 아냐?"

전복기의 입에서 다시 반말이 튀어나왔다. 대위의 흥분이 최고조에 달했는지 단음절의 피치로 전복기의 따귀를 갈겨대며 한 글자씩 끊어 말했다.

"인혁당 재건위 사건으로 사형당한 안, 휘, 룡. 그 안휘룡의 친조카 안광수. 그래도 모른다고 발뺌할 거야?"

전복기는 세상에 이런 어처구니없는 일도 다 있구나 싶어 실소하지 않을 수 없었다. 정말이지 자신은 안광수가 안휘룡의 조카라는 사실도 몰랐고, 인혁당 재건위 사건도 말만 들었지 구체적인 내용은 알지도 못했다.

"뭔가 오해가 있는 것 같습니다. 나는 솔직히 안광수의 삼촌이 안휘룡이라는 사실도 처음 듣는 얘기고, 인혁당 재건위 사건이란 게 뭔지도 잘 모릅니다."

"입에 침이나 바르고 거짓말해라. 대학에서 운동권 활동을 했다는 놈이 민청학련의 배후인 인혁당을 몰라? 북한의 사주를 받은 인혁당이 민중봉기를 일으켜 남한에 공산정권을 세우려다 발각된 사건. 주모자가 8명이나 사형당한 큰 사건이었는데 그걸 모른다고?"

대위는 이제 끝났으니 모든 걸 실토하라는 식으로 서류철을 덮고 담배를 꺼내 물면서 지나가는 말처럼, 그러나 단단히 오금을 박으며 말했다.

"저 소리 들리지? 저 목소리의 주인공이 누구 같으냐? 안광수야. 안광수. 그가 이미 다 불었으니까 빠져나갈 생각은 꿈에도 하지 마라. 정태철의 목소리도 들리지?"

설마 했는데 안광수와 정태철까지 붙잡아 고문을 가하고 있을 줄은 몰랐다. 그제야 비로소 새로 이감되어 들려온 목소리가 친구들이 질러대는 비명이었다는 사실에 전율했다.

"내 귀에는 두 친구가 너를 찾으며 부르는 노랫소리로 들리는데 너는 어때?"

대위의 이 말에 그만 전복기의 고개가 푹 꺾이고 말았다. 북한의 사주를 받은 인혁당이 남한에 공산정권을 세우려 했다는 말에 잘못 얽혀도 제대로 얽혀들었다는 걸 직감했다. 보안사가 안광수를 고문하여 전복기를 공산주의자, 빨갱이로 몰고 있다면 이것은 사실의 진위나 관련성 여부와 상관없이 그들의 각본대로 자신을 몰아갈 게 분명했다. 보안사는 전복기의 혐의를 오인 사격으로 처리하는 대신, 안광수의 삼촌 안휘룡을 끌어들여 전복기를 북한의 사주를 받은 빨갱이로 둔갑시키려는 것이었다. 계속 조준 사격을 고집했다가는 자신은 물론 안광수, 정태철과 들불야학 관련자들까지 모조리 빨갱이 공산주의자로 몰릴 가능성이 커 보였다.

다시금 M203 유탄이 터지면서 YWCA 건물 2층에 있던 들불 야학 식구들의 몸뚱이가 갈가리 찢겨 흩어지는 환상이 떠올랐다. 그리고 그 위로 안광수와 정태철의 얼굴이 겹쳐 보였다. 군부의 고문과 조작, 연좌의 시대를 살아가는 민중들의 핏빛 표상이었다.

더 주저할 이유가 없었다.

"오인 사격이었다고 진술을 번복하면 친구들은 무사한 겁니까?"

"물론이지. 네가 그렇게만 나온다면 전부 없던 일로 해주겠다."

"믿을 수 있습니까?"

"내가 처음부터 말하지 않았나? 오인 사격이라고 진술만 하면 없던 걸로 해주겠다고."

"좋습니다. 그럼 그렇게 하겠습니다."

전복기의 백기 투항에 대위가 만면에 큰 웃음을 지으며 미리 준비한 백지를 내놓았다.

전복기는 젖은 손을 닦을 새도 없이 대위가 불러주는 대로 진술서를 쓰고 지장까지 눌러 찍었다. 물기에 젖어 글씨가 번졌으나, 대위는 입김을 불어 말린 종이를 서류철에 끼워 넣으며 일어섰다. 나머지 두 사람도 대위의 뒤를 따라 나갔고, 철문이 쇳소리를 내며 닫혔다.

전복기는 물이 뚝뚝 떨어지는 나신을 내려다보았다. 벌거벗은 몰골의 모습을 바라보고 있자니 이승이 아닌 저승에 와 있다는 생각이 들었다. 몸에서 떠난 영혼이 자신이 살던 육신을 물끄러미 내려다보는 것도 같고, 뼈와 살이 녹아 흐르는 추깃물에 발을 담그고 서 있는 느낌도 들었다.

콘크리트 벽과 시멘트 바닥은 여전히 잿빛으로 가로막혀 있고, 닫힌 쇠창살 너머로 지하실 감방에서 터져 나오는 갇힌 자들의 비명이 끝도 없이 이어져 들려왔다.